恋に落ちたコンシェルジュ

Ayano & Yuichi

有允ひろみ

Hiromi Yuuin

EB
エタニティ文庫

目次

恋に落ちたコンシェルジュ

「今夜の歌舞伎《かぶき》のチケットを取ってもらいたい。いわゆる『かぶりつき』といわれる席がいいんだけど」

フランスからの常連客が、コンシェルジュデスクにくるなり、そんなリクエストを持ち込んできた。

「はい、かしこまりました。ただ今お調べいたします」

彩乃《あやの》はにっこりと微笑み、さっそく備えつけのパソコンに文字を打ち込む。その後ろからやってきた海外からのお客様が、隣にいるコンシェルジュに真剣な顔で耳打ちする。

「本物のニンジャに会いたい。どうにか会う約束を取りつけてもらえないだろうか」

お客様の要望は多種多様。たとえそれが非常に困難なことであっても、誠心誠意応えるのがホテルコンシェルジュだ。決して最初から〝NO〟とは言わない。

コンシェルジュは元々はフランス語で、門番とか管理人を意味する言葉だ。それから広がり、ホテル業界においては、お客様のリクエストに応えるよろず相談係といった意味合いを持つ職の名称となった。突拍子もない要求をされても、一流コンシェルジュは決して慌てない。必ず一度承《うけたまわ》って、その上で最善を尽くす。

桂木《かつらぎ》彩乃、二十七歳。大学在学中にホテルコンシェルジュになるという夢を抱き、卒業後はかねてから希望していた〝ホテル・セレーネ〟に就職した。ここは、外国からの宿泊客も多い、いわゆる高級ホテルだ。入社して最初の二年間はフロントや客室係をはじめとする、ホテル内のありとあらゆる部署を経験した。そして三年前にようやくコンシェルジュ部門への異動が決まり、晴れて夢のスタート地点に立つことができた。

それ以来、彩乃は自分が理想とする一流コンシェルジュになるべく奮闘し、日々努力を重ねているのだ。

長かった夏もようやく一段落した九月のとある木曜日の朝。まだ五時半という早い時間ながら、開け放った窓の外からは、道ゆく人の足音が聞こえてくる。

彩乃の住むアパートは、最寄駅から徒歩三分、通勤時間約三十分と好立地に建っている。しかも洋間七・五畳とキッチンで家賃六万五千円となかなかの優良物件だ。就職した当初は東京下町にある実家から通っていたが、利便性を考えて二年前からここで一人暮らしを始めた。

洗面所で彩乃は、勢いよく顔を洗い、寝癖のついた髪の毛を指で軽く梳《す》く。

「うわぁ、前髪、変な癖がついちゃってる」

たぶん、うつ伏せになったまま眠りこけたのだろう。前髪は、生え際からまっすぐに上に折れて、額《ひたい》が丸出しになっている。

鏡に映るたまご型の顔は、不器量ではないけれど、どうみても今時の顔をしていない。パーツの出来は悪くないけど、全体的に地味なレトロ顔なのだ。

（相変わらず広いおでこ）

彩乃は、額《ひたい》にコンプレックスがある。ちょっと面積が広すぎるのだ。しかも、ただ広いだけではなく、ちょっとばかり前に突きだしている、いわゆる〝でこっぱち〟だ。

小学生のころ、男子に〝でこっぱち〟とからかわれて以来、彩乃は決して額《ひたい》を出さなくなってしまった。その日までは、前髪を髪留めで押さえ、全開にしていたのだけれど——

そうして、早十年以上。そのままなんとなく前髪を下ろし続け、今や人前で額《ひたい》を出すなんて冗談じゃないと思うまでになってしまっている。

「広い。確かに広いよね、これ……」

前髪を水で濡らし、寝癖を完全にリセットした。それからドライヤーで後ろの髪をまっすぐに伸ばして、耳朶《みみたぶ》の高さでひとまとめにする。

朝食を食べた後、ニュース番組をチェックしたらもう出発の時間だ。玄関ドアに向かい、壁にかけた鏡を覗《のぞ》き込んで軽く頷《うなず》く。

「前髪、よし！」

おでこチェックは、出掛ける前の日課だ。

いつかまた、前髪を上げて外を歩く日がくるのか？　この広すぎるおでこを褒めてくれる男性にめぐり会うことはあるのか――

前髪に寝癖があった朝は、ついこんなふうに考えてしまう。

仕事に集中していてあまりにも恋愛から程遠い日常が続いているけれど、いつかは素敵な人と出会って、真っ白なウェディングドレスを着て結婚式を挙げたいという願望はある。

そして、その愛する人とともに、前髪の寝癖など気にせずおでこ全開の素顔でくつろぎたい……なんて、ぼんやりと思うこともあった。


彩乃が勤務する〝ホテル・セレーネ〟は、東京の中心地にある。ビルは地上三十七階で、部屋数は二百九十室。入り口を入ると、正面にフロントとコンシェルジュデスクが並び、右手には壁一面に窓を配した、広々としたホワイエとカフェラウンジがある。

ブラウンを基調にした内装は国内有名建築家の監修によるもので、インテリアから大理石の床に映る館内の光に至るまで、すべてが計算しつくされている。

ホテル利用者の約六割は外国からのお客様だ。彼らの多くはコンシェルジュという職業について知識があり、彩乃たちをホテル滞在中のよき相談相手と思ってくれている。

慎重で真面目な性格の彩乃は、今の部署に就いてからまだ大きな失敗をしたことがない。だけど、先輩コンシェルジュたちのように〝あなたがいるホテルだから〟という理由できてくれるような顧客がいるわけでもなかった。

つまり、お客様からいただいたリクエストに対して〝可〟ではあるけれど〝良〟でも〝優〟でもない対応しかできていないのだ。

このままではいけないと思うし、上司にもそう指導されている。

こんな状態から抜け出して、コンシェルジュとしてワンランクアップするにはどうしたらいいのか――

そんな悩みを抱えながら、彩乃は今日もフロントのすぐ横にあるコンシェルジュデスクにスタンバイをする。

コンシェルジュは全部で七人いるが、デスクに常駐するのはふたりだ。バックルームに控えのスタッフがいるとはいえ、基本はふたりだけで、やってきたお客様全員の担当をする。

今日のパートナーは、頼りになる先輩コンシェルジュの袴田健一《はかまだけんいち》だった。

『桜庭《さくらば》様のタクシーが到着しました』

フロント横にある置時計が八時を指すころ、インカムを通してドアマンから連絡が入った。それを聞いて、彩乃は調べ物をしていた手を止めて入り口に視線を向ける。

（あぁ、いよいよだ！）

桜庭雄一《ゆういち》。

現在三十二歳の彼は、世界的に有名な旅行家であり、人気ライターでもある。

両親とも日本人だが、父親の仕事の関係でロンドンで生まれ育ったという。その後日本の大学に進学して、今はロンドンに拠点を置いて世界中を飛び回っている。英語と日本語はもちろん、ほかにも数か国語に精通しているらしい。彼が書いた『世界紀行』なる旅行記は、イギリスで出版されるとたちまちベストセラーになり、今や三巻目が出る人気シリーズだ。

現在それは三十を超える国で翻訳出版されており、いずれの国でも好評を博している。彼自身の知名度はここ日本でも相当なもので、その容姿や人柄のよさから各種雑誌で特集記事を組まれるほどの人気ぶりだ。

その彼が、今回取材のために来日して、ここホテル・セレーネに二週間滞在する。宿泊の予約は、仕事の依頼主だという出版社が入れていた。指定された部屋は、見晴らしのいいデラックスルームだ。

普段から趣味と実益を兼ねた読書家である彩乃だけど、あいにくこれまで彼の本を一冊も手に取ったことがなかった。彼の宿泊を知らされ、彩乃は慌てて本屋に駆け込んだ。そこで三巻とも買い、読んでみたのだが――これが実に面白い。

(世界にこんな素敵な場所があるなんて知らなかった！　それに、こんな素敵な旅をする人がいるなんて！)

彼の著書を読んでからというもの、彩乃はその魅力にとりつかれ、どっぷりはまっていた。

一巻目、紅海《こうかい》に面した小国で秘境を旅するところからこの本は始まる。旅をスタートしてすぐ、彼は現地の住民と、三か月もの間一緒に暮らしている。その後アフリカ大陸を横断し北大西洋側に向かい、仲良くなった住人と湖のほとりでしばらく一緒に生活していた。そこでは、塩の採取に携《たずさ》わっている。

一見計画性のない放浪に思えるのに、読み終わってみれば、彼が旅の目的としていたものが伝わってくる。飾らないそのままの生活を現地の人とともに送ることで、彼は世界を体感しているのだ。

二巻目は中南米を、三巻目は海に浮かぶ島国を転々と巡っていた。今回の日本滞在は、きっと四巻目のどこかに書き記されるのだろう。

(本も素晴らしいけど、彼自身も……ねぇ)

桜庭雄一の魅力は、その文章力だけではない。彼はかなりの美男子でもあった。東洋人ではあるものの、どことなく日本人離れしており、そこからは西洋的な美しさも感じられる。全体的に彫りが深く、それぞれのパーツはどれをとっても非の打ちどころがない。笑うと親しみやすい顔つきになるけれど、真面目な表情をすると男性的な色気があふれる。

イギリスのゴシップ記事を賑《にぎ》わしたことも一度や二度ではないらしい。芸能人ではないものの、間違いなく海外セレブであり、名うてのプレイボーイといったところだ。

（絶対に素敵な人よね。でも、浮かれちゃだめ）

そんな彼は、職業柄、世界中のホテルに精通しているはずだ。それにホテル側にとって、絶対に粗相があってはならないお客様といえる。

（さあ、気をひきしめるのよ、彩乃！）

『桜庭様、ホテルに入られました』

ドアマンからの追加連絡が入った。

それと同時に、入り口のドアが開き、背が高く飛びぬけてスタイルのいい男性がひとり、フロアに入ってくるのが見えた。紺色のジャケットに、白いコットンパンツ。なんでもない格好なのに、それが驚くほど似合っている。

（うっ、わぁ。超絶的なイケメン……！）

彼は、ゆっくりとフロアを見回し、それからまっすぐにこちらに向かって歩いてきた。

ホテル・セレーネでは、フロントからそのまま繋がった形でコンシェルジュデスクを配置している。この配置ならコンシェルジュを利用したことのない人でも、チェックインなどのついでに気軽にデスクを訪れてもらえるためだ。

雄一は、フロントではなく先にコンシェルジュデスクに立ち寄るようだ。

(どうしよう、近づいてくる……)

今回の取材に関することで、なにかリクエストでもあるのだろうか？

今デスクに就いている彩乃と袴田、両者とも手は空いているし、受け入れ態勢はできている。どんなに胸がドキドキしていようと、彩乃はプロのホテルコンシェルジュだ。それに彩乃とて、著名人と言われるお客様を何十人と相手してきた経験がある。雄一のような素敵すぎるお客様相手であっても、緊張することはない。

だけど――

雄一から、なぜかものすごい圧迫感を感じる。まるで大きな波が打ち寄せてくるような、そしてそれに呑み込まれて前後左右の感覚を失ってしまうような――

近づいてくるにつれ、雄一の視線がまっすぐに彩乃に向けられていることがわかった。その口元には、魅惑的な微笑みが浮かんでいる。

(わわっ、こっちを見てる？)

彩乃の前に、雄一がたどりつく。髪の色は黒に近い焦げ茶で、瞳は綺麗なヘーゼル色だ。信じられないほどハンサムで、圧倒的なインパクトを持った男性。

その彼が、デスクの上に軽く肘《ひじ》をついた。視線が彩乃の胸元に下がり、フルネームが表記された名札で留まる。微笑んでいるものの、その目力《めぢから》は半端なく強い。

彩乃の心臓が、人知れず喉元まで跳ね上がった。これほどの男前と、こんなに近い距離で対峙《たいじ》したことなど一度もない。必死で穏やかな微笑みを浮かべる努力をしてはいるものの、心はもう大パニックだ。かけるべき歓迎の言葉がまったく出てこない。

「桜庭様、お待ちしておりました。ようこそホテル・セレーネへ」

隣にいる袴田から、穏やかな声が聞こえた。その声に、はっと我に返る。彩乃が慌てて雄一に挨拶《あいさつ》しようとした瞬間、デスクの縁に置いていた彩乃の手が、持ち上げられた。手を取った雄一は、そのまま自身の口元へひきよせる。

「はじめまして、桂木彩乃さん。――さぁ、俺と恋をしようか」

「はい……っ？」

彩乃は大きく目を見開いて、小さく声を上げた。

目の位置に持ち上げられているのは、間違いなく自分の指先であり、そこに触れているのは、正真正銘、桜庭雄一その人の唇だ。

（キ、キス……！　手にっ……キスされっ……）

ドラマや映画で幾多の劇的なシーンを見たことはあっても、実際に自分の身にそんなことが起こるなんてあろうはずもなかった。

（なんの冗談？　からかわれてる？　だとしても、なんで私っ？）

動転しすぎて、なんの反応もできない。

しかし、そんな彩乃の反応をまったく意に介さず、雄一の目がゆったりと細められた。

そして、おもむろに彼の唇が、彩乃の指先から離れる。

「ごめん、驚かせちゃったかな？　でも、今言ったことは本気だから」

（ほ、本気って……！　なにそれ！　余計わけわかんないっ……）

ようやく我に返り、彩乃は急いで手を引いた。その様子を見て、雄一はおかしそうに口元を緩《ゆる》める。

「……っ……よ、ようこそホテル・セレーネへ」

精一杯の作り笑顔で、ようやく絞り出した返答がこれ。あまりにも間抜けな受け答えに、自分ながら情けなくなってしまう。もっと気の利いた返しがあるのかもしれないが、これが二十七歳にして彼氏がいたことがない彩乃の、精一杯のレスポンスだった。

彩乃がおろおろしていると、袴田が助け舟を出してくれた。彩乃に代わり雄一のチェックインをすませ、後ろに控えているベルマンに目で合図を送る。

「ああ、荷物は自分で運ぶよ。それと、部屋の案内は彼女に頼みたいな」

雄一が彩乃を示すと、袴田とベルマンから同時に視線を向けられた。

そこでようやく、彩乃の頭が働き始めた。なんということだろう。突然のことに驚いたとはいえ、ただ棒立ちになって事の成り行きを眺めてしまうなんて。

「か、かしこまりました。桜庭様、お部屋までご案内させていただきます。どうぞこちらへ」

それまでの失態を挽回《ばんかい》しようと、彩乃はカードキーを持って、雄一のそばにいった。彼の身長は、明らかに百九十センチを超えている。見上げるほどの背の高さ、とはこのことだろう。

フロントを横切り、フロア左手にあるエレベーターホールへと向かう。

（なにか話しかけなきゃ……）

雄一の斜め少し前に身を置き、今度こそなにか気の利いたことを言おうと必死で考える。ぎこちない笑みを口元に浮かべながら、彩乃は頭をフル回転させた。初対面で突然〝恋をしよう〟だなんて変なことを言われたけれど、彼がこのホテルにとって大事なお客様であることは事実なのだから。

そもそも、さっきのセリフだって、彼にしてみればただの軽い挨拶《あいさつ》だったのかもしれない。というか、そうに違いない。なにせ彼は、こんなにも魅力あふれる外見の持ち主で、有名人で、そして海外で名の知られているプレイボーイだ。それくらい誰にでも普通に言っているのだろう。

（私、なんて恥ずかしい反応をしてしまったんだろう！　冷静に考えればわかったはずなのに……）

こんなイケメンが、自分なんかを本気で相手にするわけないではないか。

全部で六機あるエレベーターのうち、一番奥にある扉が開いた。頭でぐるぐる考えるだけで結局一言も言えないまま、彩乃はエレベーターに雄一を誘導した。案内する客室は、二十三階にある。

さっき唇を当てられた指先が、まだ火照《ほて》っている。背後から感じる彼の視線が、チクチクと背中に突き刺さるようだ。彩乃はなんとか口元に笑みを浮かべ、必死で動揺を隠して軽く視線を合わせてみた。

改めて見ると、本当に整った顔立ちだ。正直目のやり場に困るし、心臓が妙に高鳴って仕方がない。

（ああ、いったいなにやってんの、私――）

きっと彼は、ちょっとした挨拶《あいさつ》に対してこれほどぎこちない反応をされて、戸惑っているに違いない。いや、もしかすると、こんな反応にすら慣れっこになっているのかもしれないけれど。

（なんだこいつ、とか思われてるんじゃないかな？　思われてるよね、絶対。うわあ……）

「その制服、君にすごく似合ってるよ」

「はいっ？」

いきなり話しかけられ、つい突拍子もない声を出してしまった。

「あ、ありがとうございます」

慌ててお礼を言い、その場を取りつくろう。

ホテル・セレーネの女性用制服は、黒のジャケットに同色のボックススカート。職種によってはパンツスタイルも選ぶことができる。ジャケットのなかは白のシャツを着用し、襟元にはスカーフを結ぶ。彩乃自身、気に入っているデザインだ。

だけどその制服をせっかく褒めてもらったのに、その後の会話が続かない。いつもなら、もっとそつなく対応ができるのに、指先に残っている熱が、平常心を取り戻す妨げになっている。

「もしかして緊張してる？　さっき俺が言った言葉のせいなら謝るよ。ごめん」

なんとか言葉を継ごうとした矢先に、またしても先に言われてしまった。

「あ、いいえっ……。そんなことはありません。……あの、桜庭様は大学の四年間以外はずっとロンドンにお住まいだと伺っておりますが、今日もロンドンからお越しですか？」

よし、なんとか長くしゃべれた。

（この調子だ、彩乃。今がスタートだと思って、頑張れ！）

「ああ、そうだよ。両親は俺が生まれる前からイギリスに移り住んでいたし、生活の基盤はすっかりあっちだからね。でも、家では常に日本語優先の環境で育ったんだ。物心ついたときから、毎月何冊も日本語の本を読まされてね。それがずっと習慣になってて、今でも読む本の半分は日本語で書かれたものだよ」

「そうでしたか。イギリスにいながらにして、そこまで完璧な日本語をお話しになるには、やはりそれなりの努力が必要だったんですね」

「だけど、やっぱり欠落している部分がたくさんある。難しい言葉や言い回しを知っていても、逆に簡単な単語の意味や使い方がわからなかったりすることもあったりしてね」

そうだとしても、これほどしゃべれたらなんの不自由もないだろう。

言葉を交わしたことで、彼の顔に浮かんでいる微笑みが、より一層親しげなものに変わった。

（なんて人懐《なつ》っこい笑顔なんだろう……）

背も高く完璧に近い外見のせいか、人によっては、やや威圧的な印象を受けるかもしれない。だけど、笑うと途端に柔らかな印象になるし、表情自体とても豊かだ。

「今回のご旅行は、取材のためと伺っております」

「あぁ、本当はもっとゆっくり地方とか見て回りたいんだけどね。他の仕事が後に控えていて、終わったらすぐに日本を離れなきゃならないんだ」

「滞在中、なにかお困りのことやご要望がありましたら、なんなりとお申しつけください。スタッフ一同、誠心誠意対応させていただきます」

決まり文句のようでわざわざ言うまでもないことだが、なぜか彩乃は心からそう告げていた。

エレベーターを降り、フロア奥にある五十平米ほどのデラックスルームに案内する。館内の施設や部屋の説明を一通り終えると、ようやくいつもの調子が戻ってきた。

彼はお客様だ。しかも、旅慣れたセレブであり、上からも特に気を配るように言われているVIP。この際、イケメンであることは頭から取り去ってしまおう。そうでなければ、必要以上にドキドキしてうまく仕事ができない気がする。

「プールはこれから利用できる？」

「はい、二十二時までご利用いただけます」

「そうか、じゃあひと泳ぎしてくるかな」

そう言うが早いか、雄一は着ていたジャケットとTシャツを脱いで、上半身裸になってしまった。

「桜庭様っ、さすがにここから水着でいらっしゃるわけにはっ……」

突然あらわになった上半身から、彩乃は咄嗟《とっさ》に目をそらした。ほんの一瞬見ただけなのに、逞《たくま》しい筋肉が目に焼きついてしまっている。せっかく落ち着いたのに台無しだ。脈はこれまで以上に乱れまくり、声も調子っぱずれになってしまった。

「ははっ、わかってるよ。その前にちょっと着替えようと思ってね」

雄一の軽やかな笑い声を聞いて、彩乃は耳まで赤くなった。

「す、すみません。私ったら慌てて……」

それもそうだ。ちょっと考えればわかりそうなものなのに、急に服を脱がれて気が動転してしまった。いや、いきなり人前で服を脱ぐことは普通ではないけど、彼はすでにチェックインをすませている。つまりこの部屋は、彼のプライベートスペースだ。

「ちょっと待ってて。今着替え終わるから」

「はいっ……」

壁に視線を向けるが、脳裏に彼のしなやかな筋肉がちらつく。

「はい、もう着替え終わった。こっち向いてもいいよ」

まるで身内に話しかけるような気軽さだ。世界中を駆け回る人が持つ距離感というのは、こうも近しいものなのだろうか。

彼の方に向き直る。着替え終わったと言うものの、雄一はシャツを羽織っただけだ。

見事な筋肉はまったく隠れておらず、露《あら》わになったたまま。

「――っ。そ、それでは桜庭様、ごゆっくりおくつろぎください」

動揺を押し隠し、退室の挨拶《あいさつ》を告げる。

踵《かかと》をそろえ、軽く会釈《えしゃく》した。そして姿勢を正し、ドアのほうへ一歩踏み出す。その途端、ついと伸びてきた雄一の手が彩乃の前髪に触れた。

「あれ？　ちょっと待って、ここになにかついてる」

引き締まった胸筋が、彩乃の目前に迫る。

「え？　ええっ……？」

小さく声がもれ、驚きのあまり全身が固まってしまった。息が止まり、目が全開に近いほど開いているのを感じる。耳の奥にうるさく聞こえるのは、心臓の音だ。家族以外の、しかもこんなイケメンの裸の胸元が目の前にあるなんて。こんな状況に陥《おちい》ったのは生まれて初めてだった。

「……なんだろう。なにか綿毛みたいなものかな？」

緩《ゆる》く髪を引っ張られるまま、少しだけ顔を上向かせた。下から見上げる彼の顎《あご》のラインが綺麗で、そんな場合ではないというのに、つい見惚《みと》れてしまう。

「おでこ、広いんだね。前髪、上げたほうが似合うんじゃないかな」

気がつけば、下ろしていた前髪を全部上げられ、額《ひたい》を全開にさせられていた。

驚いて仰《の》け反《ぞ》った拍子に、身体のバランスを失う。

「ひゃっ！」

（た、倒れる！）

咄嗟《とっさ》に目を閉じた彩乃だったが、身体が床にぶつかることはなかった。気がついたときには、雄一の腕にすっぽりと抱え込まれ、身体はぴったりと合わさっている。目を開けると、ヘーゼル色の瞳の模様までわかるほどの至近距離に、彼の顔があった。

（ち……近いっ！）

身体じゅうの産毛《うぶげ》が総毛立ち、脳味噌がスパークする。

「わっ、私ったら、あ、ありがとうございます！」

礼を言って体勢を整えようとするけれど、雄一は彩乃の身体を離そうとしない。

「あ、あのっ、桜庭様っ……！」

「ふぅん、可愛いおでこちゃんだな。出していたほうが断然可愛い。なんで隠してるの？」

「お、おで……っ？」

いきなり額《ひたい》の話？　そんなことを聞かれても、今の状態ではなにをどう答えていいのかもわからない。

「それに、すごく綺麗な肌だね。きめが細かくて、まるでシルクみたいだ」

彩乃の混乱をよそに、雄一は彩乃の剥《む》き出しの額《ひたい》に、軽く唇を押し当てた。

「……ひ……っ……」

予想だにしない展開に頭がついていかない。

(なにやってんの？　早く身体を離さないと！)

そう思っているのに、逞《たくま》しい腕に抱きとめられたまま、身じろぎすらできない。身体のコントロールが利かないだけではなく、あろうことか彩乃の全神経は、額《ひたい》に触れる彼の唇の感触に集中してしまっている。

「うーん、いい香りだ。シャンプーはフローラル系を使ってるね？」

「シャ、シャンプーですか……。あ……あの、桜庭さまっ……」

質問に答えることすらできずに、今度は背中に当たる腕に気をとられる。ほぼ全体重をかけてしまっているのに、彼の腕は微動だにせず、彩乃の身体をしっかりと支えている。

「なんだかすごく落ち着く香りだな……」

睫毛《まつげ》の先に彼の顎《あご》が触れ、思わず目を閉じる。

ここまで男性と身体を近づけたことは、まったくと言っていいほどない。あっても、満員電車や、ぎゅうぎゅう詰めのエレベーターのなかだけだ。ましてや、こんなふうに男性の腕に抱かれるなど——。とにかく、早くこの状況をなんとかしなくては。

彩乃は踵《かかと》にぐっと力を入れ、まっすぐに立とうとした。すると、余計に身体が傾き、顎《あご》が上を向いてしまう。その拍子に雄一の腕に力がこもり、彩乃は大きく仰《の》け反《ぞ》る体勢になった。

慌てて目を見開くけれど、羞恥《しゅうち》のせいか、まるで焦点が合わない。必死になって瞬《まばた》きをするうち、唇になにか温かいものが触れたような気がした。

（え……？）

ようやく焦点があったと思ったら、眼前に雄一の目がある。瞳の微妙な色合いまでしっかりと判別できる近さだ。それはまるでひとつの天体のようで、見つめ続けると吸い込まれてしまいそうなほど神秘的だった。

「うん……、思った通り、柔らかい唇だな」

触れ合ったままの唇がそう呟き、彩乃を抱く腕の筋肉が硬く引き締まった。身体がぴったりと密着して、彼のぬくもりを肌に感じる。

「桜……、んっ……」

しゃべりだした唇を、改めて仕掛けられたキスで完全に塞《ふさ》がれてしまった。

いったいなにがどうなっているのか、まったくわからない。パニックの嵐のなか、彼の舌先が入ってきた。決して強引な感じではなく、ごく自然に。彩乃の固く握りしめていた拳《こぶし》が、徐々に開いていく。雄一の長い睫毛《まつげ》、深い瞳の色。その目が、うっすらと細められると同時に、触れ合った舌がゆっくりとからんできた。そして、まるでクリームを舐めとるように彩乃の口のなかをゆるゆると巡り始める。

「ん……ふ、ぅ……」

頭の芯がじぃんと痺《しび》れて、身体の中心にわけのわからない熱が宿った。呼吸が乱れ、目蓋《まぶた》が勝手に閉じてしまう。キスが立てる密《ひそ》やかな水音が聞こえる。

「……もしかして、こんなキスは初めて？」

雄一の低い声が、そう囁《ささや》く。

うっとりと頷《うなず》いてしまった後、彩乃ははっと我に返り、大きく目を開いた。じたばたと脚を動かし、ようやくぴったりとくっついていた胸を離す。そしてよろよろと後ずさった。

「さ、さっ、桜庭様っ！　いったいなにをなさるんですかっ？」

どもりながらさらに後ろ向きに進んで、ドンと壁にもたれかかる。

「なにって、キスだよ。嬉しいな、君からキスをしてくれるなんて」

「わ、私から？　ち、違います！　あれは、転びそうになったから、不可抗力で……。と、とにかく、違いますから！　誤解です。私から、キ、キスとか……し、失礼します！」

ドアに向かって駆けだしたローヒールの踵《かかと》が、なにもない床面にひっかかった。雄一の手が伸びるのが見えたが、それを振り切り、転がるように部屋から出る。廊下つきあたりのドアを押し開き、非常階段の踊り場に駆け込んだ。

「ぷあっ！」

いつの間にか呼吸を止めていたらしく、ひとりになった途端急に息苦しさを感じた。

「なに？　今のなにっ？　嘘、嘘、嘘っ……なんでキスとか……もう、信じられないっ！」

頭が完全にパニックを起こしている。いくらお客様とはいえ、あんなことをするなんて到底許されることではない。

しかも、これが彩乃にとって初めてのキスだ。浅い付き合いの男友達はいたけれど、誰ともそんな関係になったことはない。もっと言えば、キスはおろか男性と手を繋いだことすらないのだ。

二十七歳にもなって、乙女チックなファーストキスを夢見ていたわけじゃないけど、まさかこんな形で初めてのキスをしてしまうなんて。

「いきなりあんなこと……やっぱり、噂通りだったんだ……プレイボーイ……とんでもないセクハラ男……！　いくら名の知れたイケメンだからって、だからって……」

小さく独り言をいいながら、階段を下りる。手すりに掴まっていなければ足元がおぼつかないくらい、気が動転していた。

沸々《ふつふつ》とわいてくるのは、怒りなのか戸惑いなのか。なにせ脳みそが完全にショートしていて、自分の感情すら把握できないのだ。今やキスの衝撃が全身に影響を及ぼしている。行き場のない混迷に思いっきり振り回されているうち、さっき交わしたばかりのキスが頭のなかに思い浮かんだ。

——確かに、彩乃から唇を押しつける形になってしまったかもしれない。

「でも、もともとあっちがいけないいんだからね？　そもそも初対面だし、相手はお客様だよ？　なのにキスとか……ありえない！　なんでこうなっちゃったの？　ああ、もう信じられない～！」

しばらくパニックに陥《おちい》っていたが、その興奮状態が収まってくると、なんともいえない脱力感に襲われた。曲がりなりにも男性の腕に抱かれ、初めてのキスを交わした。しかも、ただ唇を合わせるだけじゃないキス。いわゆるディープキスを、だ。

「やだ、もう……。なにやってんのよ私……」

なぜあのときもっと毅然《きぜん》とした態度をとれなかったのだろう。突然のこととはいえ、冷静になっていればこんな事態にはならなかったかもしれないのに。

〝俺と恋をしよう〟なんて言われたのが、そもそもの元凶だ。

おおかたモテ男が言うちょっとした軽口だろう——頭ではそんなふうに思っていた割には、胸のドキドキが半端なかったことは事実だ。正直なところ、ちょっと舞い上がってしまっていた。――もっと言えば、不覚にも一瞬本気なのかと思ったのだ。

「あー情けない……。もしかしてこれって、こじらせ女子ってやつ？　やっぱりこの年になって男性経験ゼロってありえないこと？　だって仕方ないでしょ。忙しくて出会いなんかないし、そもそも別に恋人なんかほしいと思わないし……」

強がりじゃなくて、これは本当の気持ちだ。

今は仕事を頑張りたいし、仮に恋人がいてもデートに費やしている時間的余裕はない。

しばらくブツブツとつぶやいていた彩乃だが、長々と独り言を言っていることに気づき、慌てて口を閉じた。そして手の甲で、唇をごしごしとこする。

イギリスに生まれ育ったというだけで、無意識に紳士的な人物を期待していた自分が愚《おろ》かだった。

世界中を飛び回る旅行家なのだから、むしろ無頼漢《ぶらいかん》と考えるべきだったのかもしれない。

ホテルを利用するお客様は、みながみなジェントルというわけではない。なかには困ったふるまいをする人だっている。旅先で、普段より開放的になってしまいがちだとはいえ、いくらなんでもあの振る舞いはあまりにも自由すぎだ。

混乱したまま、気づけば二十三階から一階まで、階段を下り切ってしまっていた。だけど、心臓の動きが速いのは階段を駆け下りたためではなく、あのエロティックなキスのせいだ。

フロアに出る前に、立ち寄ったロッカールームで身だしなみをざっとチェックする。案の定口紅は落ちているし、前髪は完全に乱れていた。化粧を直し前髪を櫛《くし》で梳《と》かしていると、ふとさっき言われた言葉が頭のなかによみがえった。

〝可愛いおでこちゃんだな〟

確か、彼はそう言った。

これまでに、その台詞《せりふ》で彩乃の広い額《ひたい》を褒めてくれた人がひとりだけいた。彩乃が十五歳のときに病気で亡くなった母だ。母は、幼い彩乃の頭を撫で〝可愛いおでこちゃん〟と褒めてくれたものだ。

さっきいきなり額《ひたい》を丸出しにされたときはびっくりしたけど、不思議と嫌な感じがしなかったのは、母と同じ言葉を投げかけられたせいだろうか――

（って、感傷に浸《ひた》ってる場合じゃない！　仕事仕事っ！）

パン、と掌《てのひら》で軽く頬を叩き、背筋を伸ばしフロアに出る。

とにかく、さっきあったことは忘れよう。つけ入る隙があった自分にも非があると言えなくもないし、ことを荒立てるつもりはない。あんなふざけた男でも、このホテルにとっては大切なお客様なのだ。

〝俺と恋をしよう〟だなんて戯言《たわごと》も、不可抗力だったキスのことも、全部ひっくるめてなかったことにしよう。

（大丈夫、私はコンシェルジュだもの。職場にいるときは、個人よりもホテルウーマンとしての自分優先）

デスクに戻ると、袴田がちらりと視線を投げかけてきた。そして、お客様が途切れた合間に小声で声をかけてくる。

「さっきは驚いたね。部屋までいって大丈夫だった？」

常に穏やかな袴田の声は、いつだって安心感を与えてくれる。彩乃にとって彼は、新人時代の教育係であり、コンシェルジュのお手本のような存在だ。

「はい、さすがにちょっとびっくりしましたけど、もう平気です。ご案内も無事に終えてきました」

「よかった。今後桜庭様との間でなにかあったら、僕に言ってくれたらいい。できる限りサポートはするし、場合によっては君に代わって対応するから」

「ありがとうございます。でも、きっともう大丈夫です」

力強く頷《うなず》いて見せると、袴田も頷《うなず》いてそれに応えた。

彼は普段からなにかと周りのスタッフのことを気遣ってくれるし、彩乃自身もピンチを救ってもらったことがある。だけど、それに甘えてばかりはいられない。彩乃とて、コンシェルジュになって三年。降りかかったトラブルを、ひとりで処理できなくてどうする。そう思い、彩乃は改めて姿勢を正す。ほどなくして、コンシェルジュデスクに背の高い銀髪の紳士が顔を出した。

「あ、総支配人。お疲れ様です」

目の前の顔が、茶目っけたっぷりな微笑みを浮かべる。

「やあ、ふたりとも調子はどうかな？」

彼はリチャード・エヴァンスといい、七年前にロンドンのとある有名ホテルから引き抜かれ、ホテル・セレーネの総支配人に就任した人物だ。結婚四十周年を迎える彼の妻は日本人で、彼自身日本語がペラペラだった。そのうえ、ホテルスタッフの誰よりも日本文化に精通している。

「はい、なにも問題はありません」

袴田が答え、彩乃もそれに同意して軽く頷《うなず》く。

「結構。実に気持ちのいい返事ですね」

エヴァンスが満足そうに目を細める。

もう還暦を超えているが、この人からは老いを感じない。彼はかつて、伝説と謳《うた》われるほどの名コンシェルジュだったという。彩乃は彼のことを心から尊敬しており、目標としている。

総支配人という立場にもかかわらず、彼はまったくもって飾らない性格だ。暇さえあればホテル内を歩き回り、誰にでも気さくに声をかけている。

「時に桂木君。君にひとつ頼みたいことがあるんだ」

「はい、なんでしょう」

憧れの支配人から、直々に頼みごと？　こんなことは今までになかった。彩乃の胸が期待と不安でドキドキしてくる。

「先ほど到着した桜庭様だが、君にパーソナルコンシェルジュをやってもらおうと思うんだよ」

「私に、桜庭様の、パーソナルコンシェルジュを!?」

ひとつひとつ単語を区切るよう発音して、彩乃は言われたことの意味を正しく頭のなかで理解しようと努めた。パーソナルコンシェルジュ。それはつまり、彼のリクエストを専門に引き受ける担当者になるということだ。

「むろん、他の業務をやりながらだし、他のスタッフにもこのことは承知してもらっておく。業務の流れもあるが、基本的に桜庭様からのリクエストには君が応えてもらう、という感じになるかな。これは私からの提案であると同時に、桜庭様のご希望でもあるんだ」

彩乃の頬が、ぴくりと引きつる。

「桜庭様のご希望、ですか？」

「うん、そうだよ。桜庭様は君が気に入ったようだ。私も、君が適任だと思っている。君は東京が地元だから、取材のためにいらした桜庭様の担当に合っていると判断したんだがね。どうかな？　シフトの変更は調整するように言っておくよ」

——桜庭雄一は危険だ。

彩乃の頭の隅で、警告のアラームが鳴る。だけど、そんなことは言っていられない。総支配人直々に頼まれたことを、断ることなんてできるわけがない。

さっき部屋で起きた出来事は気になるけど、それは彩乃自身が気をつければすむはずだ。そうすればあんなことは二度と起きないだろう。

（さっさと頭を切り替えろ、彩乃。あなたならできるでしょ？　頑張れ！）

心のなかで自分を叱咤《しった》する。

それに考えてみれば、彩乃にとってお客さまから指名されるというのは初めてのことだ。しかも、相手はホテルにとって大切な人物。これは、尊敬する総支配人に認められるチャンスかもしれない。

「承知しました」

力強く頷《うなず》き、口角をきゅっと上げる。

「桜庭様のパーソナルコンシェルジュをお引き受けします。そして、引き受けたからには全力で対応させていただきます」

「よかった。では、桜庭様には私からお伝えしておくからね」

エヴァンスがデスクを離れると同時に、袴田がなにか言おうと口を開いた。だけど、やってきた団体客の応対をしなくてはならず、それきりになってしまう。

彩乃は元々人の世話を焼くのは嫌いではなかったし、人のためになにかして、それを喜んでもらうことにやりがいを覚える性格だった。だからこそ、コンシェルジュという職業を選んだともいえる。

コンシェルジュとしての成長をのぞむ今の彩乃にとって、桜庭雄一の件はきっと試練のひとつなのだ。そう考えれば、キスの件もすっぱりなかったことにできる気がする。

いや、そうでなければ困る。彩乃は、半ば無理やりそう自分を納得させて、目の前の仕事に没頭した。

ホテル・セレーネは四勤務形態のシフト制になっており、桜庭雄一がやってきた次の日の彩乃は、十二時半から二十一時までの勤務だった。桜庭を迎えた昨日のように七時から入る場合は、終わりが十五時半。十四時半からのシフトだと二十三時までで、二十一時からの夜勤に就く場合は、翌朝八時までが勤務時間だ。

彩乃は、雄一が滞在している期間中は、夜勤はなしで日勤だけを担当することになった。

今日は金曜。平日のお昼前ということもあり、フロアは比較的空いている。彩乃が引き継いだ仕事を再度チェックしていると、ふと強い視線を感じた。

顔を上げて見ると、白のカットソーにジーンズ姿の雄一が、にこやかな顔で近づいてくるのが目に入った。

途端に心臓が喉元までせり上がってきた気がする。昨日のキスが頭に浮かぶ。

（なんでもない、なんでもない。彼はお客様、ただの……）

心の動揺を抑えつけるように、口元に微笑みを浮かべる。隣にいるフランス人の同僚シャルルは、常連客からの依頼を処理している最中だし、そうでなくても雄一のパーソナルコンシェルジュを仰《おお》せつかった以上、彼からのリクエストがあれば彩乃が対応するのが当たり前だ。

雄一は、たたんで持っていた新聞を振りながら、デスク前に到着した。

「やぁ、昨日はどうも。俺のパーソナルコンシェルジュになってくれるそうだね。さっそくだけど、ひとつお願いがあるんだ。いいかな？」

目が合うと同時に、彼が口を開いた。デスクに軽く肘《ひじ》をつくしぐさが、憎らしいほど優雅だ。

「もちろんです。なんなりとお申しつけください」

日頃からお客様との距離感について気をつけてはいるけれど、彼に関しては通常よりも広めに距離を取ったほうがいいように思う。もちろん、物理的にも心理的にもだ。

彼のヘーゼル色の瞳は、きっと彩乃だけでなく、多くの人を惑わせるもの。光の加減で色を変えるそれは、油断するとつい魅入られてしまう。まったくもって危険極まりない。

「うん、実は今回取材を予定していたところが、ひとつだめになってね。奥多摩《おくたま》や国会図書館にはいく予定なんだけど、それだけじゃ足りない。君は東京が地元だっていうから、俺のために新たな取材先を考えてほしいんだ。派手じゃなくてもいい。なにかこう、心の奥底からわくわくできるようなレアな場所がいいな。ジャンルは問わないよ。いくつか見つくろって、できたら俺が帰ってくるまでに用意しておいて」

それだけ言うと、雄一はにっこりと微笑んで入り口へ歩いていく。軽装でカメラもなにも持っていないところを見ると、遠出ではないだろう。

できるだけ迅速かつ的確にリクエストに応える。それこそがコンシェルジュに求められることだ。それに今回のような漠然とした要求のときこそ、腕の見せ所だ。果たして彼は、どんな取材先を提供すれば喜んでくれるだろうか？

「よしっ！」

小声で気合を入れ、さっそく頭のなかに候補を思い浮かべてみる。雄一のパーソナルコンシェルジュとしての、最初の仕事だ。しかも、彼は彩乃が東京で生まれ育ったことを知った上でリクエストしている。彼の期待に応えなければ、そう思い、張り切って考え始めた彩乃だったが……

（あれ？　……結構難しいかも）

改めて考えてみると、彩乃は自分が思っていたほど情報を持っていないことに気づいた。

雄一が求めているのは、〝心の奥底からわくわくできるようなレアな場所〟だ。彼はプロの旅行家であり、世界中が彼の舞台といえる。そんな彼が求める取材先とは……

彩乃は、彼の著書をくり返し読み耽《ふけ》ってしまうほど、その内容に引き込まれている。だから彼が人一倍好奇心旺盛《おうせい》であることや、人とのコミュニケーションを重視することは十分わかっていた。そしてその取材スタイルが決して上《うわ》っ面《つら》なものではなく、真の密着型であることもきちんと感じ取っている。

ネットで検索して出てくるような情報ではなく、彩乃だからこそ提供できるようななにか――

変に奇をてらったものではなく、取材する上で彼が心から楽しいと思えるようなローカルで価値のある取材対象――

彼は彩乃に、それを求めているのだ。名は知られていなくても、本当に面白くて興味をそそられる場所とは、どんなものだろう。

〝自分目線ではなく、お客様と同じ目線で考え、見ること〟

それは、以前エヴァンスがスタッフに言った言葉であり、彩乃が常に念頭に置いている教えだ。

チェックインの時間を迎え、コンシェルジュデスクの前にもお客様が列をなす。いつもながらの目まぐるしさに追われつつも、彩乃はどうにか数か所の取材先を準備した。

すぐに帰ってくると思っていたのに、雄一がホテルに戻ったのは、夕方になってからだった。入り口から入るなり彩乃に視線を定め、まっすぐにコンシェルジュデスク目指して歩いてくる。

気持ちを切り替えて臨んだ彼からのリクエストは、決して簡単ではなかった。けれど、彼が言った〝心の奥底からわくわくできるようなレアな場所〟を選んだつもりだ。実際に取材をしてもらえるなら、きっと満足してもらえる。そう考えて、一刻でも早く雄一に披露したいと思っていた。

「おかえりなさいませ、桜庭様」

彼がデスクに手を触れるワンテンポ前で、声をかける。

「ああ、ただいま。思いのほか帰るのが遅くなってしまった。東京って、やっぱり面白いね。たった二週間じゃ時間が足りそうもないよ」

屈託なく笑う雄一の顔は、まるで少年のように無邪気だ。

「そうですね、二週間なんてあっという間に経ってしまうかもしれませんよ」

我ながら驚くほどスラスラと返答し、用意していた資料をデスクの上に置いた。

「リクエストいただいた件について、いくつか候補を挙げてみました。桜庭様のご要望にお応えできればいいのですが」

彩乃からの提案は三つ。それぞれに必要と思われる情報をまとめ、わかりやすいようにプリントアウトした写真も添付してみた。

雄一は、さっそくそれを開いて、軽く頷《うなず》きながら見入っている。

「ありがとう。さすが俺のパーソナルコンシェルジュは頼りになるな。詳しく聞きたいから、後で部屋にきてもらえるかな？」

「はい、承知しました」

資料の入ったファイルを持ち、雄一は改めてにっこりと微笑むと、エレベーターホールへと歩いていく。

「気に入ってもらえそうですね」

隣にいるシャルルが、デスク内側で小さくガッツポーズをした。中途採用の彼は年上だが、彩乃の同期だ。彼は彩乃が写真をプリントアウトする間、進んで他の仕事を請け負ってくれていた。

「ありがとう。そうだといいんですけど」

お客様が途切れたタイミングで、バックルームにいるスタッフに声をかけ、雄一の部屋に向かう。

エレベーターには他に人はいない。彩乃は口を大きく開閉して、こわばった表情筋と、高まりつつあった緊張をほぐそうと試みた。

部屋のドアに近づき、軽くノックすると、すぐにドアが開いた。

「失礼しま――」

「待ってたよ。ちょっとこっちにきてもらえる？」

挨拶《あいさつ》の途中でぐいと腰を抱かれ、部屋のなかに導かれる。

「は、はいっ」

戸惑いながらも、なんとか彼の歩幅に合わせて早足で歩いた。

「ところで、君のこと彩乃って呼んでいいかな？」

「あ、はい。構いません」

承知の返事をしつつ、彩乃は動揺していた。常連のお客様のなかには、親しみをこめて名前で呼んでくれる人も何人かいる。だけどそれは外国からきた年配の人ばかりで、彼のように若い男性客からそんなふうに呼ばれたことは一度もない。ましてや、いきなり腰を抱かれるとは。だけど、不思議と違和感がないのは、やはり彼がイギリスで育ったせいだろうか。嫌悪感などまったくないし、むしろドキドキする。

クリーム色を基調とした部屋を横切り、窓辺に近づいたとき彼がある一点を指差した。窓の外はすでに夕暮れ時を迎えて、立ち並ぶビル群には赤いライトが点《とも》っている。窓が大きくとってあるこの部屋は、外の景色がまるで一枚の絵画のように見えるのが特徴だ。

「あれ、見える？　あの青く光ってる建物。あれはなに？」

「はい、あれは四年前に建てられた電波塔で——」

目線が同じ高さになるまでかがみこまれて、あやうく頬がくっつきそうになる。

また昨日のようなことになってはいけないと注意していたものの、あれこれ説明をするうちに、いつの間にかまた近づいてしまっていた。

「へえ、東京の十年はひと昔どころじゃないな」

気づけば、雄一の顔がすぐ横にあった。

（ち、近っ！）

これはいけない！　というか、非常にまずい。彩乃は慌てて軽く咳払いし、そのタイミングで雄一から身を離した。

「あ、取材について聞く前にちょっとシャワー浴びてきていいかな？」

雄一は、すでにくつろげていた襟元を指差し、ほんの少し眉を上にあげた。

「そうでしたか。承知しました。ではまた改めてお伺いしますね」

そそくさとドアに向かおうとする彩乃を、雄一の腕がやんわりと制する。

「いや、せっかくきてもらったんだし、できたらここで待っていてくれないかな」

「えっ、ここで……？」

「うん、すぐに終わらせるから大丈夫だよ」

彩乃に向けて軽くウインクすると、雄一はさっさとバスルームに入ってしまった。

（ぜんぜん大丈夫じゃないわよ！）

用があるとはいえ、シャワー中のお客様がいる部屋で待機するなんて、到底好ましいことではない。けれど彩乃の戸惑いをよそに、バスルームからは早々にシャワーを浴びる音が聞こえてきた。

気ままというか自由すぎるというか。勝手に帰るわけにもいかず、彩乃は所在なくその場に立ちつくした。しばらくすると、半開きのままのドアの向こうから、雄一の歌声が聞こえてきた。決して大声ではないのに、ひとつひとつの音が部屋のなかに広がる、のびやかでよく響く声だ。その美声に誘われ、気づけば彩乃はバスルームのほうに歩を進めていた。歌声は、これまで彼が話していた日本語ではなく、綺麗なクイーンズイングリッシュだ。

その歌に聞き覚えはまったくないけれど、どうやら甘く切ない恋の歌らしい。耳をそばだてているうち、彩乃はいつのまにか目を閉じていたようだ。はっと気がついて目を開けた瞬間、バスルームのドアが大きく開いた。

「わっ！」

慌てて飛び退《すさ》ったけれど、ほんの少しドアに額《ひたい》をぶつけてしまった。

「うわ、どうした？」

「す、すみませんっ！」

謝りながら頭を下げると、またゴツンという鈍い音が聞こえてきた。

「いっ……」

思わず声が出そうになるも、どうにか抑えこんで平静を装う。

なんという失態だろう！　一度ならず、二度までも、ドアに頭をぶつけてしまうなんて。

「大丈夫か？」

問いかけられ、キツツキのようにうんうんと頷《うなず》く。

「そうか。じゃあよかったけど……。でも、なんであんなところに立ってたんだ？」

聞かれて当然の問いに、つい口ごもって視線をそらした。

「えっと……、あの、ドアが……、ドアがちゃんと閉まってなかったので！」

とってつけたような言い訳だけど、一応事実だし、嘘はついていない。いつもの倍以上努力して口元に微笑みを浮かべ、どうにか視線を彼に戻す。

「ふぅん？　どれ、一応見せて」

躊躇《ちゅうちょ》する隙も与えられず壁際に追い込まれ、温かな手で前髪をかき上げられた。

「ちょっと赤くなってるけど大丈夫かな……。うん、やっぱり可愛いおでこちゃんだ」

指先でそっと額《ひたい》をなぞられ、昨日のキスの感触を思い出してしまった。

ヤバい。このままではいけない。頭のなかに浮かんでくる生々しい記憶を振り払おうと、彩乃は極力明るい声で雄一に話しかけた。

「あの、さっきバスルームで歌ってらした曲……あれは、なんていう曲なんですか？」

「あぁ、あれ？　俺が好きなイギリスの古い歌だよ。歌詞の内容もいいだろ？　愛し合うふたりが、初めて会ったときのことを歌ってるんだ」

雄一は、簡単に曲の解説を始めた。日本ではあまり知られていないものの、愛する人の顔を初めて見たとき、初めてのキス、初めて結ばれたときのことを歌ったその曲は、イギリスでは愛を歌うスタンダード曲になっているという。

「とてもいい曲ですね。それに、あの……すごく素敵な歌声でした」

言いながら、耳朶《みみたぶ》が痛いほど赤くなっているのがわかった。

「ははっ、それはどうもありがとう。ホテルだし、あんまり大声をだしたら怒られるかな？」

「ここは防音がしっかりしているので、たいていの音は大丈夫です。……実はさっきドアに近づいていたのは、桜庭様の歌声をもっとちゃんと聴きたいと思ったからなんです」

本来であればお客様相手に言うことではないだろうが、雄一の歌声があまりに素敵だったせいか、気づけば彩乃はそう口にしていた。正直に話してしまうと、なんだかすうっと気持ちが楽になった。

「そういえば、本のなかに現地の人たちを前に歌声を披露したエピソードが載っていましたね。あのときも今の歌を歌ったんですか？」

驚いた表情を浮かべる雄一に、彩乃は彼の著作をくり返し読んでいることを伝えた。

「ああ、そうだよ。……しかしびっくりしたな。俺の本をそこまで細かく読んでくれていたとは」

「すごく面白かったです。あんなふうに旅ができたらって思いました。それに、たぶん自分では一生いけそうもない場所にも、実際にいったような気分になれましたし」

彩乃の顔をじっと見つめていた雄一だったが、ふっと目を細めて指で顎《あご》の先をしごいた。

途端にどきりと彩乃の心臓が跳ねた。

よく見ると、まだ濡れている髪から、Tシャツを着た肩に水滴が落ちている。

水も滴《したた》るいい男——そんな言葉が頭の中に思い浮かんだ。

なんだろう、このイケメンぶりは。

（いけない。油断しちゃだめだ）

なかったことにしたとはいえ、彼は彩乃の初めてのキスを奪った男だ。

「嬉しいことを言ってくれるね。それは、コンシェルジュとしての君の感想？　それとも、桂木彩乃個人としてのものかな？」

やや前かがみになっている彼の瞳が、彩乃を見つめる。急にフルネームで呼ばれて、身体に衝撃が走った。しっとりと濡れた睫毛《まつげ》が、照明の下できらきらと輝いている。秀《ひい》でた眉、まっすぐな鼻筋。弧を描いた唇が、やけに肉感的に思えてきた。

あまりにも強い視線に晒《さら》され、彩乃の頬はみるみる赤く染まる。見つめ合った目をそらすことができずに、壁に背中をつけたまま身体を硬くした。

「ど……どちらも、です。正直、最初は桜庭様に関する情報収集のために読んでいました。著名なお客様をお迎えする場合は、できる限りそうやって事前にその方のことを知っておくんです。でも、すぐに本そのものに引き込まれて、いつの間にかくり返し読むようになっていました」

話しているうち、自分でもなんでこんなに饒舌《じょうぜつ》なんだろうと不思議になる。だけど、一度話し始めると、伝えたいことが次々に出てきて、もう止まらない。

「それまで読んでいた本もあったんですけど、それもほったらかしになっています。なんでもっと早く読まなかったんだろう、ベストセラーになっていたことは存じ上げていたのに、って。そんなふうに後悔するほど面白くて……」

雄一は、下ろしていた手を上げてもう一度彩乃の額《ひたい》に触れた。前髪が持ち上がり、彼の唇が額《ひたい》の真ん中にそっと押し当てられる。

湯上がりのせいか、とても温かで柔らかい。

唇にキスをされたときはどうだっただろう？　もっと硬かったような気がするし、もっと濡れていて別の意味で熱くて――

「なおさら嬉しいな。彩乃はよく本を読むの？」

「えっ？　あ、あぁ、はい。どちらかといえばよく読む方かと」

雄一は、彩乃の返事に満足そうな笑みを浮かべた。その笑顔に、彩乃ははっと我に返る。

「そうか。さぁ、立ち話はこれくらいにして、向こうへいこうか」

（ちょ、ちょっと待って！　今のはなんだったの？）

あれほど気をつけていたのに、いつの間にかまた額《ひたい》にキスをされてしまっていた。

またしてもピンチだ。今のこの状況は普通じゃない。いくらイギリス育ちでも、これは明らかにおかしい。こんなこと道徳上よろしくない。もしかして、このまま押し倒されたりしたら――。冗談じゃない！

「あのっ……」

なにか言わなくては、と彩乃は口を開いたが、雄一には届かなかったようだ。彼は資料が置いてあるデスクまで歩いていき、そこに椅子を二つ並べた。

「さてと。じゃ、さっき聞いた取材先について、詳しく教えてくれる？」

「えっ……は、はい！」

さっきの甘やかな空気はもうそこにはなく、雄一は仕事モードに切り替わっている。

この気持ちをどこにぶつければ——と若干の肩すかし感を味わいながらも、彩乃はなんとか気持ちを切り替えて雄一の隣に座り、資料の説明を始めた。

雄一は熱心に聞き入り、時折質問を交えつつなにかしら書き込みをしている。これまでとは打って変わった真面目な表情の彼に、彩乃はまた違った意味でどきりとした。あれほど素晴らしい旅行記を書く人なのだから、仕事に対する姿勢が真摯《しんし》なのは当たり前だ。だけど、さっきまでの軽い態度の後では、どうしてもそのギャップに驚いてしまう。

しかもびっくりすることに、雄一は思った以上に日本文化に精通していた。彩乃に対する質問から、彼の深い知識が感じられる。そんな彼を知るにつれ、彩乃は自分の提案にまったく自信が持てなくなってしまった。

「あの……、もし的外れな情報でしたら遠慮なくおっしゃってください。もう一度最初から考え直して——」

すると、雄一がふいに顔を上げた。それまで一文字に結ばれていた口元がほころび、彼の顔に満足そうな微笑みが浮かぶ。

「いや、すごく気に入ったよ。特に、これがいい——明後日ある神社のお祭り。すごく風情がありそうだし、日程的に申しぶんない。まさにグッドタイミングだ。ここを取材先に選ぼうと思う」

「本当ですか？」

雄一が、自分の提案を気に入ってくれた。プレイボーイで軽い男ではあっても、彼は世界的に有名な旅行家だ。その彼に認められたことは素直に嬉しいし、気持ちが浮つくのも無理もなかった。

よほど嬉しそうな顔をしていたのか、彩乃を見る雄一の表情が、より一層笑顔になる。そこからは、自然と会話が弾んだ。

「ここは彩乃が生まれ育った町なんだね」

雄一が、印刷した地図を指差す。そこはお祭りがある神社を囲む地域で、歴史も古くちょっとしたレトロ感が味わえるエリアだ。

「はい、そうです。昔からの町ですから、歩いているだけでも面白いと思います」

「そうか。取材の許可は誰に取ったらいい？」

問いかけながら見つめてくる瞳に、また心臓が跳《は》ねる。ヘーゼル色には違いないけれど、光の加減で濃緑色に近くなったり、金色がまじったりする。美しい瞳を持つ人はたくさんいるけれど、こんな不思議な色合いの瞳は初めて見た。思わず見入ってしまいそうになり、彩乃は慌てて視線を地図に戻した。

「お祭りを実質的に取り仕切っているのは、町会長です。昔から家族ぐるみの付き合いをしていますから、私から町会長に連絡を入れておきます」

祭りのある神社は、規模は小さいが大正時代に創建された由緒《ゆいしょ》あるものだ。彩乃は小さいころ、よくそこで遊んでいた。祭りともなれば楽しみすぎて、前夜眠れないほどだったことを覚えている。

「この日、君は二時半からの勤務だったね。終わるのが夜の十一時となると、お祭りにはいけそうもないかな」

雄一の眉が、いかにも無念そうに八の字を形作る。彼のパーソナルコンシェルジュということで、彩乃の勤務表はすでに渡してあるのだ。

「そうですね。ここ何年か、仕事の都合で参加できていませんし、今年も無理そうです」

「残念だな、時間が合えば同行してもらえたのに」

僅《わず》かに口を尖らせた表情に、さらに心拍数が上がる。

本気で言っているとは思わないけど、まったく心臓に悪い。別段彼に恋心を抱いていなくても、心に刻んでしまうほど印象的な顔だ。

それにしても、彼はなんて表情が豊かなんだろう。その時々の感情や思いが、わかりやすくこちらに伝わってくる。彼に比べたら、自分なんか無表情に等しいんじゃないかと心配になる。

元々彩乃は、さほど表情が豊かではない。普通に笑うし怒ったりもするけれど、どちらかといえば感情を内に秘めるタイプだ。別にわざとそうしているわけではないけれど、普段からそうだし、今のところそれで困ったという覚えはない。

そんな彩乃でも、雄一を前にすると普段通りではいられない。感情は乱れっぱなしになるし、とてもじゃないけれど表情まで管理できなくなってくる。あまりにも衝撃的な体験をさせられ、すっかり感情が振り切れてしまったのだろうか。いつもより瞬《まばた》きが多くなっているし、仕事中にもかかわらず表情に喜怒哀楽が表れてしまっていることに気づいていた。

それが自分でもわかるくらいだから、雄一には間違いなく伝わっているはずだ。彼は彩乃を、いったいどういう気持ちで見ているのだろう。

（だって、初対面からあんなだったし。突然キスもされたし。普通そんなことしないよね？　驚いて当たり前だし……あぁ、私、今どんな顔してるんだろう……）

彩乃がそう思う間も、雄一は熱心に資料を眺めている。

「これは着物だよね？」

写真の一枚を指差し、雄一が尋ねた。彼の指先には、半被《はっぴ》を着て神輿《みこし》を担《かつ》ぐ人々が写っている。

「これは半被《はっぴ》といって日本の伝統的な衣装です」

雄一は、大学の四年間を東京で過ごしたが、勉強に明け暮れていて、あまり余暇を楽しむ暇がなかったらしい。

「多少旅行もしたけど、忙しくてものすごい駆け足だったんだよ。在学中はとにかく勉強を最優先にして、好きな旅行は卒業後に回そうと思ったんだ」

それからしばらくの間、半被《はっぴ》についてあれこれと説明が続いた。途中質問をされ、そこから浴衣《ゆかた》や袴《はかま》にまで話が広がる。半被《はっぴ》とは違い、着物ならば雄一もある程度の知識は身につけていた様子だ。けれど、着付けを始め、細かなことについてはやはり知らないことも多くあるらしい。

できる限りわかりやすい説明を心がけつつ、彩乃は今さらながら、もっと日本についいて勉強するべきだと痛感していた。

「なるほど。日本にはいろいろな用途の着物があるんだな。四年も日本にいたのに、服飾についてはほぼノータッチだったよ。しかし、ますます君と一緒にお祭りにいけないのが残念だ。いくときはやっぱり浴衣《ゆかた》を着るんだろう?」

「はい、母が着付けをやっていたので、昔からお祭りにいくときは必ず」

「そうか。あーあ、君の浴衣《ゆかた》姿が見たかったなぁ」

雄一が、大げさに声を上げて椅子にもたれかかった。彼の何気ない軽口に反応して、彩乃の頬がほんのりと桜色に染まる。もう九月とはいえ、そのお祭りには浴衣《ゆかた》で参加する人も多くいるのだ。

「そんな……期待されるほどのものではありません」

それ以上どう言えばいいのかわからず、視線を落とし口をつぐむ。

「謙遜《けんそん》することはない。彩乃は色白だし、日本の伝統的なものがとても似合いそうな顔立ちをしている。機会があれば、ぜひ君の浴衣《ゆかた》姿を見せてもらいたいな」

ややトーンを落とし気味に囁《ささや》かれて、彩乃の頬は痛いほどの熱を持った。

「じゃ、取材許可の件はよろしく頼むよ。いい取材先の提案をありがとう、感謝するよ。ところで、もうひとつ質問があるんだけど――彩乃は、今恋人はいるのか？」

いきなり投げかけられた質問に、ぽかんと口を開けてしまう。

恋をしようと言って、いきなりキスまでしてきたというのに。

なぜ今さら恋人の有無を聞くのかがわからない。いようといまいと、関係なく振る舞ったのではないのか？

「いません。それがなにか」

気が動転して、若干答え方がぶっきらぼうになってしまった。それに気づいたのかそうでないのか、雄一は大きく頷《うなず》いた後、軽く咳払いをした。

「いや、ちょっと確認しておきたかっただけだ。ありがとう、君の協力に感謝するよ」

部屋を後にした彩乃は、またしても非常階段を下りながらぶつぶつと文句を言う。

「恋人がいるかいないかの確認ってなによ!? どういうつもりで、いったい……」

デスクに戻ると、シャルルに代わり、シフトに入っていた袴田が気づかわしげに話しかけてきた。

「大丈夫？ なにか問題でも？」

「あ……、はい、大丈夫です」

「そうか。いや、なんとなく表情が険しいから、なにかあったのかと思って」

さすが袴田だ。ちょっとした表情の動きで彩乃の心の乱れを感じ取ってしまった。

「そうですか？ ありがとうございます。さっきここへ戻るときにちょっとつまずいてしまって……。結構驚いたので、そのせいです、きっと」

袴田に笑顔を向けてから、彩乃は町会長に連絡を入れた。快《こころよ》く取材許可をもらい、早々に雄一の部屋に連絡を入れる。

『ありがとう。君を俺のパーソナルコンシェルジュに指名してよかった』

耳元に聞こえる彼の声に、いったん治まっていた熱が戻ってくる。それはじんわりと首元に上り、花が水を吸うようにみるみる頬に広がっていく。

（なに？　なにを赤くなっているの？　過剰反応もいいとこだし！）

雄一に会ってからというもの、なにかと調子が狂う。感情の起伏が普段よりも激しくて自分自身もてあましぎみだ。

きっと今は、認められて褒めてもらったことで、つい舞い上がってしまったのだろう。耳朶《みみたぶ》に発生し、いつの間にか胸のなかにまで入り込んできた熱は、きっとそうに違いない。いや、絶対にそうに決まっている。

――評価されたことを素直に喜ぼう。それ以上でも以下でもなく、ただそれだけを。唇へのキスと同様、額《ひたい》へのキスもなかったことにしよう。彼にとってはほんの挨拶《あいさつ》レベルだろうし、いちいち反応しては面倒なやつと思われてしまいそうだ。

だけどそう思ってはみたものの、彩乃の頭のなかには雄一のヘーゼル色の瞳が、いつまでも消えないで残っていた。

ホテルは、二十四時間、三百六十五日営業し、常に万全の態勢でお客様を迎えている。スタッフは基本的に週休二日だが、休みとなる曜日は固定されてはいない。雄一がきて三日目にあたる土曜日、彩乃は丸一日休みだった。睡眠と読書に一日を費やし、翌日の日曜日。彩乃は日勤三番目のシフトに入るべく、十四時過ぎにホテルに出勤していた。

今日は雄一がお祭りの取材にいく日だ。昨日は終日雨模様だったけれど、今日はまずまずの天気だ。

朝一番のシフトだった袴田から、業務の引き継ぎを受ける。

「桜庭様はもう神社に向かわれた。終電の時間を気にしておられたので、だいぶ遅くまで取材する予定だと思う」

「そうですか。お天気が持ち直してよかったです」

何気なく返事はしているが、実のところ昨日は一日中今日の天気が気になって仕方がなかった。今朝一番で町会長に連絡を入れ、祭りが開催されることを確認しつつ、もう一度雄一の取材に協力してもらえるようくれぐれもお願いしていた。

『世界的な旅行家なのよ。すごく面白い文章を書く人だし、ぜひこの取材を成功させてもらいたいの』

電話口で熱っぽく語る彩乃に、町会長は呆れ気味だった。

『へぇ。えらく熱心だね。その人は、彩乃ちゃんの彼氏かい？』

慌てて否定するが、町会長は妙な含み笑いをして電話を切ってしまった。

仕事中も、頭の隅で雄一や祭りのことがずっと気になっている。

雄一の著作からは、彼がどれほど旅を愛し、人々との出会いを楽しんでいるかが窺《うかが》える。彼が綴《つづ》る文章には、そこにいってみたいと思わせてしまう力がある。

そこに、彩乃が提案したお祭りが描かれるとしたら？　それはなんて魅力的なことだろう。

結局一日中雄一のことが頭から離れずにいたのに、なぜか今日はいつも以上に仕事に対するモチベーションが上がっていた。結果、いつもよりはつらつとお客様の対応ができたような気がする。

気のせい？　それとも、まさかの桜庭雄一効果？

彼に会ってから、なんだか心が落ち着かない。彼が持つ活動的なエネルギーが、彩乃に多少なりとも移ったのだろうか。

夜も更《ふ》けて、外出していた宿泊客のほとんどが部屋に戻ってきた二十二時過ぎ。ホテルに、いかにも祭り帰りという格好をした雄一が入ってきた。すでに顔なじみになったらしいドアマンと機嫌よく挨拶《あいさつ》を交わして、両手になにか持ってこちらに歩いてくる。

近づくにつれ、それが祭りの戦利品であることがわかった。右手に綿菓子の袋といくつかの水風船、左手にキャラクターのお面をつけた大きなクマのぬいぐるみだ。

「桜庭様、おかえりなさいませ」

彩乃が声をかけると、雄一はあからさまに相好《そうごう》を崩した。近くで見るとやけにリアルなクマのぬいぐるみが、我が物顔でコンシェルジュデスクの半分を占領する。

「お祭り、すごく楽しかったよ。ばっちり取材できたし、いい写真もたくさん撮れた」

示されたカメラの液晶画面を覗《のぞ》くと、賑《にぎ》やかな祭りの風景が色鮮やかに収められていた。神輿《みこし》を担《かつ》ぐ人々や、出店が立ち並ぶ参道。お面を持った町会長や、昼間撮ったのであろう祭りの準備段階の写真もある。

「ずいぶん早くいかれたんですね」

「ああ、祭りだけじゃなくて、それを支える人たちの取材もしたかったからね」

雄一の口から聞かされる名前は、どれも彩乃が小さいときから知っている、町内会の人たちのものだ。

「屋台で買い食いもできたし、君が話を通しておいてくれたおかげで、いろいろとお土産《みやげ》までもらっちゃったよ」

雄一の肩にかけられている半被《はっぴ》の背中部分には、なぜか町会長を始めとする町内会重鎮《じゅうちん》たちのサインが書かれている。

「それはよかったです。それにしてもすごい荷物ですね。お部屋までお持ちしましょうか」

「いや、大丈夫。苦労してゲットしてきたから、自分で部屋まで持っていくよ。気を使ってくれてありがとう。じゃあ、また明日」

その場で優雅に腰を折って礼をすると、雄一は大股で歩み去った。その足取りが微妙にふらついているところを見ると、お酒好きの町会長と一緒に飲んできたのだろう。よほど気に入られたと見える。

彼の後ろ姿を見ながら、無意識のうちに口元が緩《ゆる》んでいたらしい。

「ふふっ、まるで恋人を見送っているような目つきね」

コンシェルジュスタッフのなかで彩乃と一番仲がいい谷《たに》が、彩乃を見ておかしそうに突っ込みを入れた。彼女は彩乃より八つ年上で、同じホテルマンの旦那様がいる。

「ち、違いますよ。えっと、あれです。昔うちの弟を連れてお祭りにいったときのことを思い出しただけで……」

「そう？　でもなんとなくわかる気がする。さっきの桜庭様、やんちゃないたずらっ子みたいな顔してたものね。ところでどうなの？　あれからなにか進展はあった？　せっかく『俺と恋をしよう』だなんて言われたんだもの。ちょうど彼氏いないんだし、この際本気で考えてみたら」

「ちょっ……、からかわないでください」

雄一が彩乃に〝恋をしよう〟と言ったことは、あっという間にホテルスタッフ中に広まっていた。

「でも、彼みたいな男性と恋をするなら、それ相応の覚悟を決めなきゃだめね。年上で男性的魅力にあふれているのに、やんちゃな子供みたいなところも持ち合わせてるとか……。ハマったら怖いわよ～。二度と抜け出せなくなっちゃうんだから」

本気で考えろと言うかと思えば、その口でじわじわと脅してくる。

正直なところ、彩乃はこれまでまともな恋愛をしたことがなかった。大学時代は学費を稼ぐためにバイトに明け暮れていたし、ホテルコンシェルジュになるという目標を持ってからは、いろいろと知識を得るのに忙しくて恋をする余裕なんてなかったのだ。それに、そもそも男性から言い寄られた経験など一度もない。周りからは誰それが彩乃をいいなって思ってるらしい、などと言われたりもしたが、実際に告白されたことはなかった。

だからこそ、雄一から恋をしようだなんて言われて、心底驚いてしまったのだ。雄一が本気でないことはわかっている。それでも、谷の〝本気で考えてみたら〟という言葉に、彩乃は動揺を隠せなかった。

週明けの月曜日。雄一は朝から部屋にこもり、取材した内容をまとめている様子だ。昼を過ぎてからホワイエにやってきた彼は、休憩中なのかそこにどっかりと腰を落ち着けた。そして、雑誌を読んだり新聞を広げたり、なにかしら考え込むようにじっと窓の外を見つめたりしている。一見のんびりとした時間を過ごしているようではあるが、時おりやけに考え込んでいる様子を見せることから、頭は常にフル回転しているのかもしれない。

雄一が座っているのはホワイエの一番入り口寄りで、彩乃がいるコンシェルジュデスクからも様子を窺《うかが》える位置だ。そのせいか、客足が途絶えるとついそちらのほうに視線が向いてしまう。

遠目でもイケメンだとわかる雄一は、座っているだけで人目につく。通りすがりに彼に目を向けた人のほとんどは、彼の横で歩調を緩《ゆる》める。桜庭雄一だと気づいて、しばらく立ちどまる人も少なくない。

いくつか並んでいるソファには、同じように長時間座り込んでいるお客様も見受けられる。

そういった方は、たいていが夫婦で旅行にきたという海外からの男性客で、妻が買い物にでかけている間、手持ち無沙汰になってぶらぶらと館内を探索にきているのだ。

すっかり時間を持て余している彼らに、雄一は気さくに話しかけたりもしている。

夕方、雄一はそうして話していたうちのひとりの男性と外に出かけ、二時間後には肩を組むほど仲良くなって帰ってきた。

再びひとりホワイエに座る雄一だったが、今度は小さな女の子になにやら話しかけられている。しばらくすると、雄一がその子を連れてコンシェルジュデスクにやってきた。

「彼女迷子なんだって。どうやらここに泊まっているドイツ人夫婦のご令嬢らしい。該当者、いるかな？」

調べてみると、それらしきドイツ人家族が泊まっている。部屋に連絡を入れたら、両親が慌てて下りてきた。どうやら、ベッドで寝ていると思い込んでいたらしい。雄一はと言えば、もうすでに女の子とバイバイをして、元いたホワイエのソファに戻り、また雑誌を繰《く》り始めている。

雄一の態度はとても自然で、このホテルでくつろいで過ごしているように思えた。

結局、その日は雄一との間に特になにごとが起きるわけでもなく終わった。

忙しくはあったけれど、比較的穏やかな一日だったような気がする。だけど、彩乃はどこか物足りなさを感じていた。お疲れ様を言い、ホテルを後にしながら、彩乃は知らないうちにくり返したため息をついていた。

雄一がホテル・セレーネに滞在して六日目の朝。コンシェルジュデスクにひとりの日本人男性が遠慮がちに近づいてきた。彼は、地方から観光に訪れた一家の父親であり、同伴者は妻と男の子ふたりだ。

昨日外出から帰ってきた一家は、なんとなく不満げで元気がなかった。日本人は、外国からのお客様に比べると、コンシェルジュデスクの利用率が低い。彼らのように地方から観光にきた一家は、滞在中一度もデスクを訪れないことも珍しくない。

今デスクにいるのは、彩乃とシャルルだ。困り顔で歩み寄ってくる彼からすれば、当然彩乃のほうが話しかけやすいし、なにかと安心だろう。近づきながらもまだ伏し目がちでいる彼は、いかにも困っていそうだ。けれど、遠慮があるのだろうか。だんだん歩みが遅くなっている。

これまでの彩乃なら、あと三歩こちらに近づいたらなんらかのアプローチをしようと考えただろう。だけど、この日は違った。彩乃の頭のなかに、昨日見た迷子の女の子が思い浮かんだのだ。そして、そのときの雄一の様子が。

きっとあの父親は困っている。なにをどう困っているのか、ぜひ聞いてあげたい。そう思うなら、こちらから聞いてあげればいい。もし迷惑ならすぐに引けばいいのだ。

「仁科《にしな》様、おはようございます。なにかお手伝いできることはありませんか？」

デスクから出て話しかけてきた彩乃を見て、父親は驚いた顔をした。明らかに委縮《いしゅく》した表情を浮かべたが、彩乃が眉尻を下げてにっこりと笑うと、ほっとしたような表情で頷《うなず》いてくれた。

「いや、実は家族をどこに連れていこうか迷っているんですよ。私は田舎《いなか》者だし、観光ガイドを見てもいまひとつピンとこなくて」

子供たちはまだ小さいし体力もない。せっかくだからあちこち連れていってやりたいが、どこをどう回ればいいのか見当がつかず、途方に暮れていたみたいだ。聞けば、昨日いったのは大型のアミューズメントパークだったという。てっきり大喜びしてくれると思っていたのに、子供たちは着ぐるみを着たキャラクターを怖がって大泣きした。

ちょうどやっていたイベントも年齢的に無理があって、結局まったく楽しむことができないまま帰ることになってしまったのだと。

「承知しました。では、——」

デスク内側に置いてあるいくつかのパンフレットを取り出し、父親の意向を伺いながら行先をチョイスしていく。

「もしよろしければ、観光バスなどのご利用はいかがですか？　今は、二階建てで屋根がないものも選べますよ」

「それはいいね！」

聞けば、ふたりの子供はそろって乗り物に興味があるらしい。特にバスが大好きで、そんなツアーに参加すれば喜ぶこと必至だという。

家族の滞在は、今日を合わせてあと三日だ。それに合わせ、いくつかの案と行き方を付箋《ふせん》にメモし、ガイドブックに貼る。そうしているうちに、エレベーターホールから男の子ふたりの元気のいい声が聞こえてきた。

「おとうさーーーん！」

ぱたぱたという可愛い足音を響かせ、野球帽をかぶった子供たちがデスクの前に走ってくる。

「出かけようよ！」

「ねぇ、どこへいくの？　なにを見るの？　昨日みたいに、怖いやつがいないところにしてよ」

父親の足元にまとわりついているのは、宿泊者リストによると小学一年生と幼稚園の年少さんらしい。

「お父さん、ごめんね。ふたりとももう部屋を出るって聞かなくって」

追いかけてきた母親が、彩乃に向かって軽く会釈《えしゃく》をする。微笑んで挨拶《あいさつ》を交わすと、彩乃はデスクの外へ出て子供たちのそばにしゃがみ込んだ。

「今ね、あなたたちのお父さんが、すっごく面白そうな行先を考えてくれたの。どんなところかは、いってからのお楽しみ！　お姉さん、聞いているだけでわくわくしちゃったんだよ」

彩乃の言葉に、ふたりは顔を見合わせてにっこりと笑った。

「ほんと？　うわ、お父さんすごーい！」

「すごいすごい！　ね、早くいこう！」

飛び跳ねて喜ぶ子供を見て、父親は嬉しそうに頷《うなず》く。

「よし、出かけよう！　忘れ物はないか？　今日はたくさん面白いところにいくぞ。準備はいいか？」

子供たちにそう言うと、父親は彩乃を見て嬉しそうに頷《うなず》いた。

「オーーー！」

子供たちがそろって声を上げる。入り口に向かう途中、父親が振り返り、彩乃に向かって手を振った。すると、子供たちもそれを真似《まね》て元気よくバイバイする。

デスクに戻る彩乃に、シャルルが笑顔で目くばせをしてきた。それからしばらくの間は、朝の忙しさが続いた。そして次のシフト担当者がくるタイミングで、彩乃はようやく一時間の休憩に入る。

バックルームで調べ物をした後、ホテル裏手にあるコーヒーショップに立ち寄り、チョコレートのラテを頼む。それを持ってホテルに帰る道すがら、ちょうどホテルから出てきた雄一に出くわした。

「休憩中？」

先に声をかけてきたのは、雄一のほうだ。お互いに気づいたのは同時だったけれど、彼の姿を見た途端心臓が高鳴ったぶん、彩乃の反応が遅くなってしまったのだ。

「はい、桜庭様は取材ですか？」

「いいや、ただの散歩。あぁ、ちょっと聞きたいことができたんだけど、三時頃に部屋にきてもらってもいいかな？」

「はい、承知しました」

別れ際、雄一はちょっと名残惜しそうに彩乃を見つめていた気がする。身体はもう前を向こうとしているのに、視線はそれよりも長く彩乃の顔の上に残っていたような……ちょうど客足が途絶えた午後三時過ぎ。彩乃はデスクにいる谷に断り、雄一の部屋にいく準備をした。別段なにをするわけでもない。ただ、ちょっと身だしなみを整え、どこかおかしくないかチェックするだけのことだ。

「どうしたの？　なんだかとても嬉しそうね」

そんな谷の言葉に見送られて、彩乃はエレベーターホールへと歩いていく。

廊下を歩きながら、初めて会った日に雄一から制服姿を褒められたことを思い出した。私服には自信がない。だけど、制服を着た自分なら比較的胸を張っていられる。そのせいもあるのか、雄一の部屋に向かう途中、気がつけば思いっきり表情が緩《ゆる》んでいた。

エレベーターのなかの鏡に映る自分を見て、彩乃ははっとする。

（私ったら、ちょっと浮かれてるんじゃない？）

自分は一コンシェルジュであり、雄一は宿泊しているだけのお客様にすぎない。お客様である以上、心を込めた対応は必須だけど、それはあくまでもビジネス上のこと。必要以上に個人的な想いを抱くのはよろしくない。

（だよね……。うん、ちょっと落ち着こう）

ジャケットの裾を軽く下に引っ張り、気持ちを引き締める。そして彩乃は、一度深呼吸をしてから雄一の部屋のドアを叩いた。

「やあ。待ってたよ」

笑顔で迎えられ、すぐにデスク前に座らされる。

「ここについて、もう少し教えてほしいんだ」

雄一がデスクに広げていたのは、彩乃が提案した取材先候補の資料だ。

先日祭りと一緒に雄一に提案した取材先のうち、彼は東京湾に浮かぶ離島にも興味を示していた。そこは東京でありながら、静寂と満天の星が楽しめる秘境だ。しかし、他の取材先との兼ね合いもあり、今回の訪問は難しいと雄一が無念そうに彩乃に告げる。

「ありがとう、しかし残念だな」

雄一はいまだ資料を眺めながら肩をすくめた。

「すごく詳しい資料をつけてくれているけど、ここに知り合いでもいるのか？」

「知り合いというか、以前その島にいったときに、民宿に何日か泊まったんです。そこのご主人がとてもいい方で、年賀状のやり取りだけは今も続けているんです」

「なるほど。君自身がいって、よさを知った上で勧めてくれたんだね。町会長といい民宿のご主人といい、彩乃は結構な人脈を持っているんだな」

「私なんかまだまだです。その点、うちの総支配人はすごいですよ。以前イギリスのホテルにいたとき、伝説のコンシェルジュって言われていたんです。もう、それこそ人脈は世界中に広がっています」

雄一が微笑みを浮かべ、彩乃をじっと見つめている。

「そうそう、この島、すごく綺麗な星空を見ることができるんですよ。まわりにはなにもなくて、真っ暗で静かで。ロマンティックだし、カップルでいくには最高の場所かもしれませんね」

彩乃がその島にいったのは、社会人になってすぐのことだ。大学の友人とともに夏の休暇中にいったのだが、宿にいた宿泊客はほとんどカップルだった。

「へえ、彩乃も彼氏といったの？」

「いいえ、残念ながら女ふたり旅でした」

「ふうん、残念ながら、ね。それほど勧めてくれるなら、次回日本にきたときにはぜひいかせてもらうよ」

「はい、ぜひ。……あの、近々また日本にこられる予定があるんですか？」

思い切って尋ねてみた。

「いや、今のところはないな。今回の取材が終わったら、アフリカにいく。その後、移動しながら三か月かけてあちこちの砂漠を取材するんだ。それが終われば、取材記事をまとめて――」

彼の話を聞く限り、彼は当面、日本にくることはないみたいだ。それに、彼の生活の拠点はロンドンにある。

（もしかして、これを最後に、もう二度と会えないのかも……）

そう思った途端、身体中の血の気がひいていく気がした。そんな彩乃をよそに、雄一が何か思いついたようにパチンと指を鳴らす。

「ちなみに、もし日帰りでも離島にいくことになったら、そのときは彩乃も同行してくれるのかな？」

「え……同行？」

「うん、離島に同行」

「私が、ですか？」

「そう、彩乃が。――そんなオプショナルツアー、出てない？」

ややおどけたように首を傾げて、雄一は広げていた資料に指先を這わせた。

（まさか本気で言っている？）

一瞬焦《あせ》った。けれど、そんなはずはない。たった今、今後のスケジュールを聞いたばかりではないか。雄一が次に日本にくる予定は立っていないのだ。となれば、彼はちょっとした冗談を言っているだけに違いない。

「いや、ごめん。冗談だよ」

――やっぱり。慌てて答えなくてよかった。また過剰反応して、雄一を困惑させるところだった。

「なーんて、やれやれ。どうも俺は振られっぱなしだな」

「……えっ？」

返答に困る彩乃を見て、雄一が笑い声をもらした。

「ごめん、困らせるつもりはなかったんだ。ただ、君と一緒にいけたら楽しいだろうと思って」

雄一は勢いよく立ちあがり、傍《かたわ》らにあったミネラルウォーターのボトルを手に取ると、ごくごくと飲んだ。彩乃の目の前で、隆起した喉仏が小気味よく上下する。

「ところで」

椅子の背もたれに腕を置いて、雄一が彩乃の顔を覗《のぞ》き込んだ。

「お祭りで食べた甘いお菓子……なんて言ったっけな、オレンジ色の果物を透明なキャンディでコーティングしたやつ」

彼の手が、なにか棒状のものを持つしぐさをする。

「あぁ、あんず飴《あめ》ですか？」

彩乃は、話が変わったことに安堵しつつ答える。

「そうそう！」

聞けば、雄一は祭りで食べ歩いたなかで、それが一番気に入ったらしい。

あんず飴《あめ》は、干したあんずに水飴《みずあめ》をからめたものだ。氷の上に乗せて売られていて、お祭りの定番ともいえるだろう。あんずばかりではなく、酢漬けのスモモや缶詰のみかんが使われることもある。

「あれってどこにいけば食べられるのかな？　まさか祭り限定とか？」

「そうですね、あんな形で売られているのはお祭りだけです。それに、あそこで売っているあんず飴《あめ》は、他のお祭りで売られているものとちょっと違うかもしれません。でも、使っている材料はわかりますので、自分でも作れますよ」

「ほんとに？」

よほどあんず飴《あめ》が気に入ったのか、雄一はどこにいけばその材料が手に入るか聞いてきた。

実家の近所には、彩乃の母親がまだ子供だったころから続いている駄菓子屋《だがしや》がある。お祭りのあんず飴《あめ》に使うあんずは、そこの店主である田中《たなか》ミツ手作りの品だ。彩乃は、彼女とは昔からの顔なじみだが、ここのところ忙しくて顔を出せていない。雄一と話すうちに、彩乃は久しぶりにミツの顔を見たくなってしまった。

「もしよかったら、私が材料を用意してさしあげますよ。知り合いの駄菓子屋《だがしや》にいけば、一通り全部そろうと思います。明日あたり、ちょうど実家に帰ろうと思っていたんです」

「ありがたいな。じゃあ、お願いするよ」

雄一が口元に優しい微笑みを浮かべた。さっきの気まずさがなくなり、少しだけうきうきとした気分になる。

「そういえば、今日の彩乃の対応は素晴しかったね」

「えっ？」

「朝、コンシェルジュデスクにきた日本人のお父さんだよ。どこにいこうか決めかねていた彼を、家族の前でヒーローに仕立ててあげてた」

「あ……、見てらしたんですか」

「話してることが全部聞こえたわけじゃないけど、一部始終見てはいたよ。きっと今頃、楽しいときを過ごしてるね。子供たちも、あっという間に君に懐《なつ》いていた。もしかして、彩乃にもきょうだいがいるのか？」

「下に双子の弟妹がいるんです。私より六つ年下で、来年社会人になります」

「そうか。じゃあ、実家には今ご両親と双子の四人が？」

「いいえ。母は、私が十五歳のときに病気でなくなっています」

「そうか……。それはお気の毒だったね」

急に低くなった声のトーンで、彼が心からそう思ってくれていることがわかった。

「じゃあ、それからは君が弟妹の世話をしてきたのか？」

「そんな立派なものじゃなかったです。しょっちゅう同じレベルで喧嘩していましたから。とはいえ、母の手伝いはよくしていて家事は一通りできたので、なんとかなりました」

母親は料理上手で、毎日のおやつもよく手作りしてくれた。母のそばで手伝いをするのが楽しくて仕方なかった彩乃は、いつしか見よう見まねで作り方を覚えていたのだ。

雄一が、優しく彩乃を見つめてくる。それに促《うなが》されるように、彩乃は続けた。

「両親は、とても仲がよくって……。うちの父、建具屋《たてぐや》をやっているんです。わかりますか？　あまりなじみのない職業ですけど」

「うん、わかるよ。家のなかのドアや障子《しょうじ》、襖《ふすま》を作るのは建具屋《たてぐや》さんの仕事だよな。あとは箪笥《たんす》とかの家具もそうだっけ」

「はい。父は本当に昔ながらの職人なので、すごく頑固で融通《ゆうずう》が利かないんです。職人気質、っていうんでしょうか。完全に我が道を行ってる感じです。私とは折り合いが悪くって。でも、母とだけは一度も喧嘩をしたことがなかったんですよ。それだけ母は穏やかな人だったんでしょうね。私なんか、父とはもう数え切れないほどしているのに」

「そうなのか？　君はとても穏やかに見えるけど、実はそうでもない？」

雄一は、意外そうに言って、彩乃の顔を改めて覗《のぞ》き込んだ。

「どうでしょう。でも、父も私も喧嘩はしても手は出しませんよ」

「そりゃあよかった」

雄一が、おかしそうに笑う。

「彩乃はお父さん似？　お母さん似？」

「そうですね……、顔は母に似てるって言われます。性格は父親似だって言われたりしますけど、自分ではそうは思いません。私、あんなに頑固じゃありませんから」

普段、家族について人に話すことなどない。ましてや、お客様相手にはありえないことだ。だけど、雄一と話している今、なぜか考えるより先に言葉が出てしまっている。

「……私、頑固そうに見えますか？」

「どうかな。でも、職人気質と聞いて、彩乃もそんなところがあるんじゃないかな、とは思った。職人さんって、ひとつの仕事をこつこつやるってイメージがあるけど、そんな感じ」

「私が？」

「うん。君の仕事ぶりを見ていて、なんとなくそう思った」

「そうですか……。なんだかためになります。自分のことって、自分ではなかなかわからないものですね」

「そうかもしれないな。俺の分析によれば、彩乃は素直な頑固者って感じだ」

「あっ、やっぱり私のこと頑固だって思ってるじゃないですか」

「ははっ、ばれた？」

雄一が、朗《ほが》らかに笑った。つられて、彩乃も声を出して笑ってしまう。

どうしてだか、とても話しやすい。

彼の人懐《なつ》っこさ。これもひとつの才能なのだろう。それがあるからこそ、雄一は世界各国を飛び回り、生き生きとその土地や人々の生活について書くことができるのだ。

「父は、ものすごく無愛想なんです。でも一生懸命働いて、男手ひとつで私たちを育て上げてくれました。すごく尊敬してるし、本当はもっと頻繁に実家に帰って親孝行したいんですけど、なかなかできなくって。だから、ホテルにいらっしゃる家族連れのお客様……特に、お父様のお役に立てるのが嬉しいんです」

「そうだったのか」

雄一の向こうに、窓の外の風景が見える。もう五年もこのホテルに勤務しているのに、こんなふうに客室で話し込むのは初めてだ。

「でも、自分から前に出てお客様に話しかけたのは、今回が初めてです。もしかして余計なお世話じゃないかとか、的外れなことを言ってしまうんじゃないかとか、いろいろ考えてしまって、これまではどうしても勇気が出なくて。でも、今日はなんだかすごく前向きな気持ちになって、とりあえず声をかけてみようって思えたんです」

きっとそれは、雄一のおかげだ。彼と接するうちに、彩乃は自分のなかのなにかが少しずつ変わってきているように感じている。

「そうか。それはよかった。あのまま彩乃が声をかけなかったら、彼はヒーローになれずに一日を終えたかもしれない」

そのまま話し続けて、気がつけばもう一時間以上たっている。さすがに長居しすぎだ。

「では、私はそろそろ――」

そう言って椅子から立ち上がろうとしたとき、正面に座る雄一が彩乃の左肩に手を伸ばした。

「彩乃、偉かったね」

雄一の瞳は、まっすぐに彩乃を見ている。その表情が驚くほど優しくて、彩乃は思わず動きを止めてしまった。

肩に置かれた掌《てのひら》から、ぬくもりが伝わってくる。

「いろいろと大変だったろうな。十五歳と言えば、まだ子供だ。なのに、彩乃は小さな弟妹の面倒をみて――。君は頑張り屋だね。普段の君の働きぶりからも、それが窺《うかが》えるよ」

彼の掌《てのひら》が、肩から彩乃の後ろ髪に移動する。そのままそっと後頭部を撫で、雄一がにっこりと微笑んだ。

「君は賢いし、家族のために一生懸命頑張れるほど強い心を持ってる。いろいろと辛いこともあったろう？　だけど、そのたびに耐えてきた。相談したいことができても、誰にも相談せずにひとりでどうにか乗り越えてきた——違うか？」

雄一の低い声が、彩乃の心にじんわりと染み入っていく。

自分では、そうしているつもりはなかった。だけど、そう言われてよみがえる思いはたくさんある。母を亡くして以降、なにか辛いことがあっても、弱音なんか吐かなかった。いや、吐けなかった。

「——どうして、そんなことがわかるんですか」

「今まで何百人何千人という人たちと接してきたからね。彩乃の働きぶりを見ていれば、なんとなくわかるよ」

彼の左手が、彩乃の頬を包んだ。

「彩乃……。君はいつも、そうやって泣くのを我慢してきたのか？　——目、涙でいっぱいだぞ？」

「っ……」

そう言われた途端、彩乃の目から大粒の涙が零れ落ちた。泣くのをやめようとすればするほど、新しく涙があふれてくる。声を上げまいとする彩乃に、席を立った雄一が大判のタオルを差し出してくれた。

「たまには思いっきり泣くのもいいんじゃないかな。遠慮なんかしなくていいよ。もしひとりのほうがいいなら、俺はしばらくはずすから」

「いえ……っ、いて……ください」

彩乃は、雄一を咄嗟《とっさ》に引きとめてしまった。

「いて、ください。ここは桜庭様のお部屋です」

真っ白なタオルで顔の大半を覆いながら、彩乃はもごもごとしゃべり続けた。

「出ていかないで、ください。お客様を追い出すなんてっ……私が……困ります」

しゃくり上げつつも、なんとか言いたいことを伝えられた。

コンシェルジュとして、お客様に言ったこの言葉は本心だ。でも――本当は、そうじゃなかった。

彩乃は、雄一にそばにいてほしいと思ったのだ。

「わかった。じゃあ、ここにいるよ」

雄一が椅子に腰かける音と、スイッチの押されるカチッという音がした。部屋のなかに、静かな音楽が流れ始める。

音楽に紛れて、鼻をすする音が目立たなくなった。

――どれほど時間が経っただろう。徐々に気持ちが落ち着いてきて、彩乃はようやく顔を上げた。

「もう大丈夫か？」

ゆったりと微笑む雄一に、彩乃は応えるように頷《うなず》く。

彩乃の額《ひたい》に、ふいに雄一が触れた。

不思議だ。普通なら触られると思うだけで逃げ出したくなるのに、雄一に限ってはぜんぜんそんなことはない。むしろ心地いいとさえ思っている。

一緒にいてここまでドキドキする人はいない。だけど、それと同時にこんなにも心が安らぐ相手もいない。

「前髪、ちょっと乱れてたから」

指先が離れ、少しの間お互い黙ったまま見つめ合った。

「ありがとうございました。もう大丈夫です」

もっと言葉を連ねてお礼の気持ちを伝えたいと思った。だけど、雄一の表情が言わなくてもわかっていると告げている気がして、それ以上は言わないでおく。一礼して部屋を出ていこうとする彩乃の先に立ち、雄一がドアを開けてくれた。

「いろいろと話を聞けてよかったよ。泣きたくなったらまたおいで。ひとりで頑張るのもいいけど、たまには人に頼ったらいい。仕事だってそうだ。君はもっと仲間を頼っていいと思う。きっとみんなもそうしてほしいと思ってるよ」

部屋から出ていく前、雄一はそう言って、もう一度彩乃の前髪に触れる。

「……はい」

これ以上ここにいたら、また違う涙が零れてきそうだ。雄一の口元の微笑み、細められた目。それが胸に焼きついて、心がひりひりと痛む。

（離れたくない）

咄嗟《とっさ》にそう思ってしまった自分を、彩乃はもう否定しようとは思わなかった。

雄一が滞在して七日目の水曜日。この日、彩乃は朝七時からのシフトだ。

昨日、雄一の部屋で泣いてしまった。だけど、彼はそれを咎《とが》めるでもなくただそばにいてくれ、泣きやんだ後は腫《は》れた目を冷やすために、氷まで用意してくれた。

（さすがに、みっともなかったよね……）

まさか、自分がお客様の前で泣くとは。

普通なら考えられないことだし、あってはならないことだと思う。

だけど、それをきっかけに、彩乃は雄一に対する自分の気持ちの変化に気づいてしまった。

（まさかお客様に恋しちゃった？　うわ、どうしよう。違うよね……恋とか）

心のなかのもやもやとした気持ちを消し去りたくて、彩乃はロッカールームを出る前に、ぶるぶると頭を振った。

正直なところ、この気持ちにものすごく戸惑っている。

恋愛経験のない彩乃には、実のところこれが恋なのかどうか確信が持てずにいるのだ。

（もしかして、イケメンに目覚めた？　優しさにほだされたとか？）

なんにしろ、彩乃は昨日、雄一ともっと一緒にいたいと思った。もっといろいろな話をして、もっとわかり合いたいと思った。

（それって、もっと友情を深めたいってことかな？　……そうかも。好きとかそういうんじゃなくって――）

彩乃には、男性に対して心がふんわりとする気持ちを抱いたことがない。こんな状態を、どう解釈すればいいのか。

疑問はぐるぐると頭のなかを巡って、結局答えがでないまま、また振り出しに戻ってしまう。

「桂木さん、なにかいいことがありましたか？」

デスクに向かう彩乃に、正面からやってきたエヴァンスが声をかけた。

「あっ、総支配人。はい……あの、私そんなふうに見えましたか？」

「ええ、見えましたよ。それだけじゃなくて、なんだか表情が豊かになったみたいですね。今も、笑顔の前はひどく難しい表情をしてましたよ。感情が豊かだと、表情もまた豊かになります。いいことですよ」

エヴァンスは言い、自《みずか》らもくるくると表情を変えて見せた。いつも穏やかに笑っている顔が、僅《わず》かの間にピエロのような泣き顔になったり、鬼の形相に変わったりする。

まるでプロの舞台俳優か大道芸人みたいに、目まぐるしくかつわかりやすく、表情が変わる。

「こうやっていると、顔の筋肉のいい運動になるんです」

澄まし顔でそう言うと、エヴァンスはまた微笑みを顔に浮かべ、館内巡りに戻った。

外見は完璧な英国紳士。だけど、日本語はネイティブ並み。彼はすでに日本の国籍を取得しており、このままこの国に骨を埋めるつもりなのだと聞く。

一方で雄一は、日本人でありながら、イギリスに拠点を置いている。取材が終わればまた旅立ってしまう人であり、今の仕事ぶりから考えると、将来的に日本に戻ってくるとは思えない。

「って、なに考えてんの私。だからなんだっていうの……。そもそも私にはなんの関係もないのに」

彼はこのホテルのお客様で、自分は彼のパーソナルコンシェルジュだ。それ以上でも以下でもない。ちょっとばかり個人的な話をしたからといって、それが変わるものではない。

結局自分の気持ちが掴めないまま、彩乃はバックルームに入った。

「ない。絶対にない」

「え？　なにがないって？」

「わっ、袴田さん！　い、いいえっ。すみません、なんでもないです」

ちょうど部屋に居合わせた袴田が、振り向いて彩乃を見た。

「そうか。なんだか難しい顔をしてたけど」

「いえ、本当になんでもないんです」

引き継ぎ用の書類を手に、そそくさと表に出て、コンシェルジュデスクで資料を確認する。一通り目を通してからふと左手のホワイエを見ると、雄一がいた。今日は、コンシェルジュデスクから一番近いソファに座って、昨日やってきた中国からの女性客ふたりと、なにやら楽しそうに話し込んでいる。雄一が宿泊客と楽しげに会話をするのは、珍しいことではなかった。なのに、今日に限ってやけに気になり、視線がそちらに向いてしまう。

しばらくすると、女性客はそれぞれひとりずつ、雄一とツーショット写真を撮り始めた。その後彼は、また別の女性客と話し始めた。

「桜庭様、今日は特にいろいろと忙しそうね」

隣にいる谷が、ホワイエのほうを向いて小さく肩をすくめた。

午前中忙しく働いた彩乃は、休憩のためバックルームにあるパソコンの前に座った。通常ならトップ画面が表示されているはずが、なにかの検索結果を出して放置されたままになっている。

それは、よくある海外セレブのゴシップサイトだ。最新記事として、あるハリウッド女優の記事が載っている。スクロールすると、二枚目の写真には、女優本人が自身のSNSにアップしたという、男性とのツーショット写真が掲載されていた。

「あ……」

どこかの劇場をバックにして、雄一がその女優と肩を組んで笑っている。

『彼らは、親密な様子だった』

『ふたりはいい感じで、このあと一緒に食事に出かけていた』

目撃者のコメントは、どれもふたりが恋人同士であると言わんばかりだ。よく見ると、雄一の左頬に口紅の跡がついている。

しばらくの間画面を眺めていた彩乃だったが、やがて大きく息をはいた。

（やっぱり、ないよね）

彼は世界をまたにかけるイケメン旅行家にして、人気ライター。片や彩乃は、彼が取材のために宿泊しているホテルの一コンシェルジュだ。あと七日経てば、彼はここを出て遥《はる》か遠い場所に旅立ってしまう。そんな人に想いを寄せてなんになるだろう。

（わかった……。いいよ、認める。私、桜庭様が好き。だけど、もうこんな気持ちになるの、やめにする）

そう思った途端、髪の毛を撫でてくれた掌《てのひら》の感触を思い出した。いまだかつて、誰かに労《いたわ》られてあんなに心が温かくなったことなんかなかった。でも、あれ以上自分と彼が近づくことはありえない。

雄一は、ハリウッド女優と浮名を流すようなプレイボーイなのだ。

〝俺と恋をしよう〟

――やはりあの言葉は、彼が旅先で何度となく口にした言葉に違いなかった。

所詮、期間限定のかかわりだ。これを機に淡い恋心を抱いた思い出として、すっぱり割り切ろう。そして、残りの日々を一コンシェルジュとしての仕事に徹すればいい。

午後三時半に仕事を終え、彩乃はホテルを出た。今日は、昨日雄一に約束した通り、実家に帰るついでに駄菓子屋《だがしや》に寄るつもりだ。前日にミツに電話を入れて、あんずと水《みず》飴《あめ》の在庫確認はすませてある。

彼ご所望のあんず飴《あめ》の材料を用意し、それを手渡して任務完了。明日は休みだから、届けるのは明後日になってしまうが、その点はすでに雄一に了承してもらっている。

コンシェルジュである以上、雄一とのかかわりを完全に断つことはできない。ましてや、彩乃は彼のパーソナルコンシェルジュだ。

「だとしても、もう必要以上に桜庭様にかかわったりしない。仕事以外で話したりしない。心を動かさない。もう、絶対……」

小声でそう呟きながら歩いていると、後ろで大声が聞こえた。どうやら、誰かに呼びかけているみたいだ。喧噪《けんそう》のなか、その声が徐々に近づいてくる。

「彩乃！　かーつーらーぎーあーやーのーさーん！」

「え？」

聞き覚えのある声と、自分の名前。

驚いて振り向くと、雄一が手を大きく振りながらこちらに走ってきていた。

「どっ、どうしたんですか？」

周りの人たちも何事かと立ち止まっている。

「頼んだ買い物、どうせなら俺も一緒にいこうと思って。手に入るとわかったら、明後日まで待っていられなくなってね。地下鉄に乗るの？　駅は神社と同じなのかな？」

無邪気に笑う雄一に流されるように、彩乃は彼と一緒に地下鉄の階段を下りた。ほんのちょっと前に諦めると決めたばかりなのに、もう胸が馬鹿みたいに高鳴っている。

ふたりで電車に乗り込んだ後も、胸のドキドキが止まらない。

きっと、彼への恋心をはっきりと自覚したせいだ。

乗り込んだ電車は、幸い会話できるような余裕もないほど混雑していた。ろくに話もできないまま目的の駅に到着し、雄一とともに目指す駄菓子屋《だがしや》へと歩く。駅前の商店街を抜けた場所にあるせいで、到着するまでに何人かの顔見知りに会ってしまった。

「あら、彩乃ちゃん。あーらら、雄一君も一緒？」

「はい、お祭りの楽しさが忘れられなくて」

愛想よく受け答えをする雄一は、たった一度祭りに参加しただけだというのに、すでにこの界隈《かいわい》にすっかり馴染んでいるようだ。案の定、駄菓子屋《だがしや》にたどり着いたときには、彼の手には果物やお菓子が入った袋がふたつもぶら下がっていた。

「こんなにもらっちゃったよ。ここに住んでいる人は、いい人ばっかりだな」

「そうですね。この界隈《かいわい》は古くからの下町で、ちょっと口は悪くても、みんな根は優しい人ばかりなんですよ」

そして、そんな人たちに彼はすっかり気に入られたのだ。

「おばちゃん、こんにちは」

駄菓子屋《だがしや》の引き戸を開け、奥に向かって声をかける。彩乃は小さいころ、学校が終わると毎日のようにそう呼びかけてこの店を訪れていた。そして駄菓子をひとつ買って帰ったものだ。

はいはいと返事をしながら出てきたのは、おばちゃんと言うにはちょっと歳を取りすぎた駄菓子屋《だがしや》の店主、ミツだ。

「彩乃ちゃん、いらっしゃい。電話で聞いてたもの、そろえてあるよ」

「ありがとう。うわぁ、これこれ。おばちゃんがつくるあんずって、ほんといい色してるよね」

ミツから受け取ったあんずを、彩乃は雄一の目の前にかかげた。

「そうそう、これだ！」

雄一が嬉しそうに微笑むと、彩乃の背後にいたミツがひょいと背伸びして下から首を伸ばす。

「あれ、彩乃ちゃん。今日は彼氏も一緒かい？」

「え！　おばちゃんったら、違うよ！　そうじゃなくて、この人は――」

「はい、こんにちは。俺、彩乃さんの彼氏の桜庭雄一と言います」

咄嗟《とっさ》に否定する彩乃を押し留めて、雄一がさっさと挨拶《あいさつ》をすませてしまう。

「あらそうなの！　あぁ、あんた、この間のお祭りで町会長さんと一緒に回ってた子だね？」

「そうですよ。あのとき食べたあんず飴《あめ》をどうしてももう一度食べたくて、こうしてやってきました」

「まあまあ！　じゃあ、せっかくだから作り方を伝授しようか？」

「ぜひ！」

雄一は即答し、作る過程を録画させてほしいともお願いしている。

「ああ、いいよ」

ミツは嬉しそうに破顔した。

呆気にとられる彩乃を横目に、雄一とミツはあんず飴《あめ》を作り始める。

「ほら、あんたらもやってごらん」

ミツに言われ、ようやく我に返った彩乃は、遅ればせながら参加することにした。

簡単そうに見えて、これが結構難しい。とろとろのままの飴《あめ》は果肉から滑《すべ》り落ちるし、かといって硬くすれば、思うようにからみついてくれない。雄一があれこれと質問を投げかけ、ミツはそれに答えながら氷の上に作り立てのあんず飴《あめ》を並べていく。

「いっぱい作ってあげるから、凍らせて持って帰りな」

「あ、うん！」

材料を受け取るだけのはずが、つい長居してあんず飴《あめ》を作り続けてしまった。結局、持ち帰り用の飴《あめ》を二十個ほど作り、やや形が崩れてしまったものはその場で食べることにした。

すべてを終えて店を出ると、もう十九時を回っていた。

「遅くなってごめん。でも、お陰でいい経験ができたよ」

笑顔で礼を言う雄一に、彩乃は掌《てのひら》を横に振った。

「いいえ、私こそ……」

なんだかんだで、彩乃も十分楽しんでいたのだ。

そういえば、飴《あめ》を作りながらふと顔を上げると、決まってスマホが自分のほうを向いていたような気がする。――いや、そんなのはただの自意識過剰だ。もしくは、ただ単に取材の協力者として記録に収めてくれただけだろう。

「それに、彩乃が普通にしゃべるのを聞いているのも面白かった。いつも、ちゃんとした敬語でしか話さないだろ？　なんだか新鮮だったな。できたら、俺に対しても敬語なしでしゃべってほしいくらいだ」

「いえっ、職場でそんなことしたら、さすがに叱られます」

商店街への曲がり角にさしかかったところで、それまで並んで歩いていた雄一がふいに彩乃の正面にきて立ち止まった。辺りはもう薄暗くなっており、人通りはない。

「今日はありがとう。すごく楽しかった。無理やりついてきてよかったと思ってるよ」

「はい、私も楽しかった――っ⁉」

彩乃の唇を、雄一の優しいキスが塞《ふさ》いだ。

驚いて全身が固まる。息を止め、呆然としていた彩乃の指先がやっとぴくりと動いたときには、もう唇が離れていた。

「君の家はこの道を右だろ？　駅は左。じゃあ、いい休日を。気をつけて帰るんだぞ」

まだ唖然として立ちつくしている彩乃に手を振り、雄一は駅へと続く道を帰っていく。

「嘘……」

彩乃は思わずそう呟いて、唇に指先を当てた。

（せっかく、好きになるのを止めるって決めたばかりなのに……）

唇が、とんでもなく熱い。

最初のときのように、舌がからんだわけではない。だけど、今のキスは本当に優しくて、心の奥まで揺さぶられてしまった。

（あ、甘い……）

唇を舐めると、すごく甘かった。それは、さっき食べたあんず飴《あめ》のせいだ。だけど……きっとそれだけじゃない。

二十七歳にして、初めてまともに恋をした。しかも相手はそんじょそこらの人物ではない。超絶イケメンで世界的に有名な旅行家、桜庭雄一だ――

雄一とあんず飴《あめ》のキスをした次の日。休日を実家で過ごした彩乃は、腑《ふ》抜《ぬ》けたようにぼんやりしたままで、いったいどうしたことかと父や弟妹を驚かせたのだった。


「おはようございます」

休日明けの金曜日。デスクに就いた彩乃の前に、ブラジルからのお客様が顔を見せた。

「おはようございます、ミスター・サントス。ご機嫌いかがですか？」

その男性は、妻とともに結婚五十周年の記念旅行に日本を訪れていた。彼は、自国で広大なコーヒー農園を営む実業家だそうだ。毎朝デスクを訪れては、夫婦ともに独学で会得《えとく》した日本語で会話するのを楽しみにしている。しかし今朝は、いつもと様子が違う。表情が硬いし、手には日本語の辞書とパンフレットの束を抱えている。

「なにかお困りですか？」

いつもよりゆっくりした調子で尋ねると、彼は大きく頷《うなず》いてメモ書きだらけのパンフレットをデスクの上に広げた。それは、彼が今日訪れる予定の、京都にある寺院のものだ。聞けば、どうやらその寺院との間にトラブルが発生したらしい。しかし、難しい日本語には対応できず、デスクに助けを求めにきたとのことだ。

「わかりました。どうぞ私にお任せください」

不安そうな顔をするサントスに微笑んで見せると、彩乃は状況を確認すべく寺院に電話を入れた。

そこは四百年以上続く由緒《ゆいしょ》ある寺院だった。普段一般公開はしておらず、今の時期だけ特別に拝観が可能になっている。拝観には事前予約が必要であり、担当者曰《いわ》く今日訪れる予定の拝観者リストにサントス氏の名前はないという。今朝、念のためにと寺院に確認の電話を入れたサントス氏がその事実を知って、大慌てでコンシェルジュデスクに助けを求めてきたというのが経緯だった。

「なんとかなりませんでしょうか。キャンセル待ちとかはできませんか？」

一縷《いちる》の望みをかけて尋ねる。

『申し訳ありませんが、キャンセル待ちもいっぱいなんです。期間中は毎日がそんな感じです。誠に残念ですが、拝観はまた次の機会にしていただく他ありませんね……』

結局、解決策が見つからないまま受話器を置いた。

忙しい上に高齢の夫妻にとって、今回の旅行がおそらく最初で最後の日本旅行になる。この機会を逃せば、もう拝観は望めないだろう。

夫の後ろにきていた妻が、小さくすすり泣きを始めた。今回、ネットを使って予約を入れたのは彼女であり、確認をしなかった自分をひどく責めているのだ。

京都には、他にもたくさんの寺院がある。同じように古い歴史を持つ寺を紹介し、そこを訪れてはどうかと代案を出してみるけれど、夫妻は悲しそうに首を振るばかりだ。なにか特別な思い入れがある様子だが、英語を話さないサントス夫妻とでは、彩乃は上手く意思の疎通がとれない。

（いったいどうしたらいいの――）

顔には出さないけれど、彩乃はすっかり途方に暮れていた。

だけど、せっかくの旅行を悲しい思い出にはしたくない。せめて、少しだけでも拝観できないだろうか。そう思い、もう一度寺院に連絡を入れようとしたとき、雄一がやってくるのが目に入った。彼は泣いているサントス夫人に気づき、声をかける。

その後、夫妻に何事か話しかけ、しきりに頷《うなず》いている。聞こえてくるのは、流暢《りゅうちょう》なポルトガル語だ。

二度目の交渉もむなしく、彩乃が寺院担当者にもらったのは、やはり無理だとの答えだった。

――万事休す。

こうなったら、夫妻に全力でなにか違う楽しみを提供するしかない。

受話器を置き、彩乃は改めて夫妻のほうに顔を向けた。すると、彼らと話し終えた雄一がデスクに両肘を置き、彩乃にそっと耳打ちをしてきた。

「事情は聞いた。どうにかするから、あと五分ほど夫妻をここに留めておいてくれるか？」

「え……」

どういうことかと問う間もなく、雄一はホワイエの片隅へと歩いていく。その足取りが妙に頼もしく思えて、彩乃は彼が口にした〝どうにかする〟という言葉を信じることにした。

沈痛な表情を浮かべる夫妻に話しかけ、京都までの交通手段について質問を投げかけてみる。すると、時刻は調べているものの、予約は入れていないという。急いで新幹線の指定席の空席状況を調べ、さらには京都駅から寺院までの道のりを考える。夫妻の体力を考慮すると、タクシーでいくのが一番いいように思った。まだ紅葉シーズンには早い平日だし、そこまで道は混まないだろう。そのことを伝え、乗り場の地図を用意している間に、雄一が口元に微笑みを浮かべながらデスク前に戻ってきた。

「お待たせ。ここへ電話してみて。話はついているから、ここに書いてある人を呼び出してサントス夫妻の予約を入れてあげて」

雄一は、小さなメモを彩乃に渡した。そこには、電話番号と男性の名前が書かれていた。

「あ……はい！　あのっ――」

「彼ら、ブラジルでコーヒー園を営んでいるんだって？　夫妻がいく予定だった寺院は、ふたりが敬愛している茶人ゆかりのお寺らしい」

なるほど。それで、ぜひともそこを訪れたいと思ったわけだ。

「それに、奥さんのお祖母《ばあ》さんは、京都出身の日本人だそうだ。お祖母《ばあ》さんはもうブラジルで亡くなってしまったが、先祖に当たる人のお墓が、その寺院にあるそうだよ」

亡くなったお祖母《ばあ》さんは亡くなる前に、もう一度日本に帰り、先祖の墓参りをしたいと言っていたそうだ。だから、今回どうしてもそこにいって、祖母の代わりにお墓参りをしたかったらしい。

彩乃では聞き出すことのできなかった本当の旅の理由が、雄一のおかげで明らかになった。そういった深い事情があるならば、なおのこと夫妻の望みを叶えてあげたい。

「俺はただ夫妻の事情を聞いて君に伝えただけ。拝観の予約が取れたのは、君の交渉が成功したから。いいね？　僕がしたのは通訳だけだ。いろいろとややこしくなるから、そういうことでよろしく」

それだけ言うと雄一は、夫妻にひと言ふた言話しかけ、歩み去ってしまった。

さっそくメモにある番号に連絡を入れると、聞いていた通りもうすでに話はついており、夫妻が予定していたのとほぼ同じ時間に拝観できるとのことだった。

「どうでしたか？」

心配顔のサントス氏に話しかけられ、彩乃はこっくりと頷《うなず》いて満面の笑みを浮かべた。

「大丈夫です。予定通り拝観は可能ですよ。新幹線やタクシーの手配もすんでいますから、安心してお出かけください」

それを聞いた途端、夫妻は抱き合って喜び、彩乃にくり返し礼を言ってホテルを出ていった。

今夜、夫妻は京都に宿泊し、明日の午後ここに戻ってくる予定だ。

気がつけば、もう雄一の姿はない。聞かされているスケジュールによれば、今日は午後から取材に出るはずだ。

「桜庭様なら、さっきお出かけになったよ」

デスク前に誰もいなくなったタイミングで、袴田が穏やかな口調で彩乃に話しかけてきた。

「そうですか。サントス様の件で、きちんとお礼をしたかったんですが」

結局、勤務時間が終わるまで雄一は帰ってこなかった。十六時過ぎにホテルを出た彩乃は、途中寄り道をすることなく自宅アパートに帰りつく。

築二十五年のアパートは、建物は古いけれど水回りはリフォーム済みで、比較的綺麗だ。普段はシャワーだけですますことが多いが、今日はゆっくりとお湯に浸《つ》かりたい気分だった。そうは言っても、狭い浴槽のなかでは体育座り以外の姿勢はとれない。それでもお気に入りのバスソルトを入れて、ちょっとだけ温泉気分に浸《ひた》るくらいのことはできる。

「うう〜！」

少し熱めの湯船に入り、筋肉が徐々にほぐれていく感触を味わう。

静かに立ち上る湯気をぼんやりと見つめながら、彩乃は頭のなかで今日の出来事を思い返していた。

それにしても、たった五分だ。そんな短い間に、雄一はいったいなにをしたのだろう？

二度トライしても不可能だったことを、あっさり可能にした彼は、どんな手を使ったのか。

「まるで魔法使いみたい……」

今回のトラブルについて、彩乃は自分なりに努力したし、寺院の担当者も前向きな対応を見せてくれた。だけど、人数が限られていることもあり、どうにも解決策が見つけられないまま受話器を置くことになってしまったのだ。

〝コンシェルジュは、ときに魔法使いにもなるんですよ。あなたにはそうなれる素質がある。私にはそれがわかっていますよ〟

彩乃がまだコンシェルジュになりたてのころ、エヴァンスはそう言って彩乃に笑いかけた。

彩乃は、まだ魔法使いになったことはないし、今現在なれる要素など欠片《かけら》もないと自覚している。

自分には、足りない部分がたくさんある。英語以外の語学を習得し、多方面の知識をもっと得ること。人との繋がりを持って人脈を広げること。やることは山ほどあるし、いくら時間があっても足りない。

日々持ち込まれるリクエストは、目的地へのいき方や美味《おい》しいお店の紹介など、一見単調で簡単そうなものが多い。だけど、同じ内容のリクエストでも、相手によって答えは違ってくるし、その答えも日々新しい情報に塗り替えられているのだ。それに、言葉の表面だけ理解してリクエストに応え、それで満足してはいけない。言葉のなかに隠れている心情を汲《く》みとり、お客様の立場になってベストな答えを導き出さなくてはならない。それこそがコンシュルジュの仕事であり、そしてそれができて当たり前の世界だ。

ぼんやりと目を閉じているうち、唇にキスの感触がよみがえってきた。

おとといのキス。初めて会った日のキス――

なんだかんだで雄一と普通以上のかかわりを持ち、忘れようとしていた恋心が完全に復活してしまった。

復活どころか、前よりもずっと想いが増している。これまで恋なんかしたことのない自分が、こんなふうに恋に落ちてしまうなんて。

叶わない恋――そう思って諦めたほうがいいに決まっている。彼はプレイボーイなんだから、と自分に言いきかせてみたりもした。だけど、もうすでに簡単には忘れられないほど、想いは増してしまっている。

次の日の土曜日、彩乃は普段よりも早起きした。七時からのシフトに備え、買い置いていたフェイスパックを顔の上に置く。十五分のパックの間、雄一の著作をパラパラと開き、気に入っている部分をもう一度読み返してみる。

彼の旅行記を読むと、彼が通ってきた旅の道筋を同じように辿《たど》ることができる。アフリカ大陸の奥地から氷河の国にいったと思えば、イギリスの古城にいたりする。それは、決して効率のいい旅の仕方ではないかもしれない。しかし、彼が自分で決めたテーマに則《のっと》り、心赴《おもむ》くままに足を向け、その土地を心から楽しんでいることが文面からひしひしと伝わってくる。読み進めるうち、観光地でもなんでもないその土地に思いを馳せ、どこでもいいからとりあえず旅に出ようかという気分になってしまうのだ。

「やばっ！　もうこんな時間！」

うっかり読み耽《ふけ》っているうち、いつの間にか出勤時刻が近づいていた。慌《あわただ》しく準備を終え家を出る。

土曜ということもあり、コンシェルジュデスクも混雑している。午前中の忙しさの波がちょうど一段落したとき、入り口から慌《あわただ》しい足音が聞えてきた。

「桂木さ〜ん！」

「サントス様！」

見ると、サントス夫人が両手を広げてこちらに走ってくる。夫妻は京都旅行を終え、新幹線で帰京してきたばかりの様子だ。

「ありがとう！　拝観、できました。お祖母《ばあ》さんのお父さんやお母さん、その人たちのお父さんやお母さんたちのお墓参りができました。ありがとう！　ありがとう！」

手をとられ、そのままデスクの外で思いっきりのハグをもらった。

「最高でした！　ポルトガル語、わかる人いました。全部素晴しかったですよ！　拝観も、新幹線も、全部！」

聞けば、拝観は夫妻だけ個別に行われ、特別にゆっくりとしたルートを辿《たど》り、ポルトガル語を話す通訳まで同行していたという。通常見ることができない特別な場所にも案内されたそうだ。さらには準備できていなかった線香やお花など、お墓参りに必要な用意までされており、最初から最後まで驚きと感謝の連続だったらしい。

「本当によかったですね。私も嬉しいです」

涙ぐんで喜んでいる夫妻の様子に、彩乃も胸が熱くなってしまう。

そして夫妻は、嬉々として部屋に帰っていった。しばらく経ったころ、雄一の部屋から彩乃あてに連絡が入った。

『ちょっと頼みたいことがあるんだけど』

受話器の向こうから、雄一の低い声が響く。彼の声を耳にした途端、頬が熱く火照《ほて》るのを感じた。

「はい。なんでしょうか」

なんとか平静を装って尋ねる。

雄一がリクエストしたのは、女性用の浴衣《ゆかた》の準備だった。浴衣《ゆかた》なら客室用に用意があるが、そうではなく、外に着ていける個人用のものがほしいという。

『君は浴衣《ゆかた》には詳しいんだったね？　実は、若い女性用の浴衣《ゆかた》が一式入用《いりよう》になってね。サイズは君と同じくらい。小物に関しては、普段君が使っているのと同じものを用意してくれたらいいよ。すぐに使うつもりだから、そのつもりで準備してほしい。少々値段が高くてもいいから、良質でエレガントなものを頼むよ。色や柄はすべて君のセンスに任せる。君自身が納得のいく品物を選んでくれ』

(誰が着るんだろう)

咄嗟《とっさ》にそう思ってしまった。すぐに使う、女性用のもの。どう考えても贈り物だ。やはり自分とのことは本気ではなかったのだ——

(そんなの、当たり前じゃない。だって彼は、世界で活躍する有名人で、そしてプレイボーイなんだから)

そう自分に言い聞かせ、彩乃はリクエストに応えるべく脳みそをフル回転させ始めた。

浴衣《ゆかた》とはいえ、れっきとした着物の一種であり、きちんと着こなすにはそれなりの準備がいる。

帯に草履《ぞうり》、和装用の肌着も用意しなければならない。

良質でエレガントなものがいいなら、モダンな色柄よりも、伝統的な柄のほうがいいだろう。それでいて、オリジナリティもあり着心地のいいものを選びたい。

彩乃は近くにある呉服店に足を運んだ。そこは、今までにも何度か外国からのお客様を案内したことのある、信用のできる老舗《しにせ》だ。通常はお客様自身が店にいき、実際に見て商品を決めるが、今回はすべてが彩乃に一任されている。

何点か候補を挙げてもらい、店主のアドバイスを聞きながら、彩乃はようやく納得のいく一着を選びだした。

「それなら、どこへ出しても恥ずかしくありませんよ」

店主が太鼓判《たいこばん》を押してくれた品を携《たずさ》え、ホテルに急いだ。紅梅小紋の浴衣《ゆかた》に、白地の博多帯。格子《こうし》状の生地はさらさらとした肌触りで、この時期に気持ちよく着られるだろう。

浴衣《ゆかた》は好きだし、いいものは見ているだけで心が弾んでくる。だけど、今日に限ってはその効果が感じられなかった。

リクエストの内容からして、雄一が部屋に女性を招いている可能性もある。彼にはサントス夫妻の件できちんとお礼を言いたいと思っていたけれど、それもタイミングによっては難しいかもしれない。そんなことを考えると、胸がちくちくと痛んだ。

(くよくよしちゃだめ。今は仕事中なんだし。それに言ったでしょう? どうせ叶わない恋なんだって)

彩乃は、そう自分自身に言いきかせる。

ホテルに戻り、雄一の部屋に連絡を入れると、すぐに持ってきてほしいと言われた。

たどり着いたドアの前で、深呼吸をする。

もしかして、すごく親密なシーンに出くわしてしまうかもしれない。それだけは避けたい。だけど、なかの様子はここに突っ立っていても窺《うかが》い知れるものではない。覚悟を決めてドアをノックしようと右手を上げた瞬間、目の前のドアが開いた。そしてそこには、微笑んだ雄一の姿が——

「そろそろくるころかと思ってドアを開けたら、ぴったりだったみたいだ。さぁ、なかにどうぞ」

「はい、失礼します」

一礼し、恐る恐る部屋に入った。前をいく雄一は、いつもと変わらない様子だ。長い脚、がっしりとした肩幅。僅《わず》かに癖があるらしい後ろ髪が、すっきりとしたうなじを飾っている。白いスニーカーを履いた足先が、部屋の真ん中で止まった。

「なんで下ばかり向いているんだ？」

頭上から聞こえてきた声に、はっと顔を上げる。

「あっ……、いえ……」

素早く辺りに視線を巡らせ、バスルームからの音に耳を澄ます。

「大丈夫。そう聞き耳を立てなくても、ここには俺たちの他は誰もいやしないよ」

心のなかを見透かされ、取り繕《つくろ》っていた表情が崩れてしまう。

「……申し訳ありません。いろいろと……気をまわしすぎてしまいました」

素直に謝ってもう一度目を伏せると、雄一は軽く笑い声を上げて、彩乃の顔を下から覗《のぞ》き込んだ。

「女性がいると思った？　君がいるホテルで、そんな不道徳なことはしないから安心して」

彼はそう言うと、窓のほうへ進んでいく。そして広々とした窓の縁《ふち》にもたれ、鷹揚《おうよう》に腕を組んだ。口元にはゆったりとした微笑みが浮かんでいる。

「浴衣《ゆかた》ですが、信用のおける呉服店の方と相談して選んでまいりました。きっと気に入っていただけると思います」

雄一の前に、持っていた風呂敷を差し出す。

「ありがとう。わざわざ出向いてくれたんだね」

手渡すとき、ほんの少し指先が触れ合った。そんな些細《ささい》なことで、一気に緊張が高まってしまう。ドキドキしたが、そんな場合ではないと自分に気合を入れた。

「あの……サントス夫妻の件、本当にありがとうございました。おふたりとも大満足で京都からお戻りになりました」

「そうか。それはよかった。役に立ててなによりだったよ」

にっこりと笑う雄一の口元に、白い歯が零れる。

「桜庭様には本当に感謝しています。でも、いったいどうやって手配なさったんですか？」

「京都方面にちょっとしたコネを持っている知り合いがいてね。それで、もしかしたらどうにかなるんじゃないかと、だめ元で聞いてみたんだ。そしたら、速攻動いてくれて、あっという間に解決してくれたってわけ」

「そうだったんですか……。それにしてもすごいです。拝観の際、とても手厚いもてなしを受けたとのことでした。ご夫妻はすごく感激して、私の手をとって涙まで浮かべられて……。今回のことはすべて桜庭様が手配してくださったことです。なのに、サントス夫妻は私のお陰だと思い違いをされたままで——。なんだか心苦しいです」

　夫妻は、あのときちょうど通りかかり、ポルトガル語の通訳をしてくれた雄一にもお礼を言いたがっている。だけど、雄一が望んだとおり、サントス夫妻にことの真相は告げていない。よって、彼が拝観を可能にした立役者だとは思っておらず、彩乃にはそれが申し訳なくてたまらないのだ。

「いいじゃないか。実際俺はなにもしてない。知り合いに連絡を入れただけだし、その人だって、拝観を可能にした当事者じゃない。人脈の人脈を上手く辿《たど》った結果だ」

「でも、それは桜庭様の人脈です」

「それはそうだけど、当の俺は、彩乃の人脈の末端にいるつもりなんだけどな。だから、つまりは君の人脈だろ」

「えっ……」

彩乃を見るヘーゼル色の目が、うっすらと細められる。よくそうして目を細めるのは、彼の癖だろうか。見るたびに心が揺さぶられる。

「君は俺のパーソナルコンシェルジュだ。来日して今日で十日になる。ずっと世話になりっぱなしなんだから、俺が困っている君を助けたいと思うのはごく自然なことだ。実際に動いたのが誰であれ、結果的にそうさせたのは君自身だよ。どうだい、立派な人脈だろ？　君はサントス夫妻に感謝されて当然の素晴らしいコンシェルジュだ」

彩乃に向けられる視線が、より一層強いものに変わった。このまま見つめられていると、全身が真っ赤に染まりそうだ。なにか言わなきゃ――これ以上黙ってじっとしていたら、彼への気持ちがばれてしまう。

「あのっ……お礼を……。なにかお礼をさせてください！」

部屋に響く彩乃の声。雄一が、僅《わず》かに首を傾げた。

「お礼？　お礼、ね……。彩乃、それ、本気で言ってる？」

「はい、もちろん本気です。私だけじゃありません。サントス夫妻からいただいた気持ちも上乗せして、桜庭様にお返ししたいと思ってます」

雄一の口元に、さっきまでとは違う笑みが宿った。

「そうか――」

雄一は、寄りかかっていた窓から身を起こすと、歩を進め彩乃の正面で立ち止まった。

「そこまで言ってくれるなら、お礼をしたいという彩乃の気持ちにつけこませてもらおう」

上から見据えられる姿勢に、以前ここでキスをされたときのことを思いだした。

「……は、はい。なんなりとお申しつけください」

その時点で、彩乃はもう自分から退路を封じてしまったのかもしれない。雄一の強い視線に晒《さら》され、身体から徐々に力が抜けていくのを感じる。

「俺と恋をしよう――。俺が彩乃に、そう言ったのを覚えているか？」

身体の前で緩《ゆる》く重ねていた指先が、ぴくりと緊張した。

「はい、初めていらっしゃったとき、そうおっしゃいました」

彩乃はこくりと頷《うなず》き、続く言葉を待った。

「じゃあ、俺の願いを叶えてくれ。彩乃と恋がしたい。言っておくけど、これは冗談なんかじゃないよ。最初から本気だったし、君のことを知れば知るほど、その気持ちが増していってる」

雄一の顔には、いつになく真剣な表情が浮かんでいる。

「ずるいかな？　俺は、コンシェルジュとしての君の責任感の強さや真面目さを利用しようとしている。リクエストと個人的な想いをごちゃまぜにして、君を惑わそうとしているんだ」

視線を合わせたまま、彩乃は微かに首を縦に振った。

「……わかりました。……具体的に、どうすればいいでしょうか」

口にした本人にも届かないほど小さな声。だけど、すぐそばにいる雄一には十分伝わったみたいだ。

「彩乃にキスをしたい。一度だけじゃなくて、何度も。それから、キスの先のことも……。具体的に言えば、君を裸にして一晩中愛し合いたい」

「……っ⁉」

驚きのあまり、まともに声が出ない。

現実味を感じられない雄一の言葉に、彩乃は思いっきり戸惑い、彼を見つめたまま棒立ちになった。みぞおちの辺りからわき上がった不可思議な熱が、一気に全身へと広がっていく。

「嫌？」

たった一言問われて、彩乃は反射的に首を横に振っていた。

雄一とキスしたい。そして、キスの先のことも——

職場でお客様相手に、いったいなにを考えているのか。だけど、自分がそんなふうに思っていることは、もう否定しようのない事実だ。

「嫌じゃないってことは、承諾してくれたものと解釈するよ。今すぐに、とは言わない。ここは君の職場だし、君にとっては神聖な場所だからね。どこか別のところで落ち合うことにしよう」

穏やかな口調だけど、同時に断固とした意思が感じられた。

出会ってまだ、たったの十日。

しかも、ちゃんと付き合ってもいない。それなのに、いきなり一夜をともにするなんて……。今までの彩乃だったら絶対にありえないことだ。

だけど、初めて恋心を抱いた人にもっと近づきたい、その想いは、もはや止められないところまできていた。彼がもうじきいなくなってしまうのはわかっている。だけど――いや、だからこそ、確かに恋をした想い出がほしいと思ったのだ。

彩乃の心は決まっている。でも、どうしても気になってしまうことがあるのもまた事実だ。

「でも……」

「うん？」

「桜庭様にはお付き合いしている方がいらっしゃるんじゃ……」

「は？　俺に？」

雄一が、いぶかしそうに首をひねる。彩乃は、サイトで見た女優との記事のことを話した。頬に赤いキスマークがついていたことまで。

「あぁ、あのときのことか……」

雄一の顔に、困ったような表情が浮かんだ。

「彼女のことは覚えてるよ。確かにそんな写真は撮った。だけど、そんな記事になっているとは知らなかったな。それに、彼女とはそのとき一度会ったきりだよ」

それを撮ったのは彼の本を出した出版社の記念パーティの会場であり、彼女とは初対面だったと言う。頬のキスマークについては、齢《よわい》八十歳を迎えた出版社の社長の母親から、歓迎の印としてつけられたものだと。

「もしかして俺のこと、とんでもない女たらしだと思ってる？　って、その顔を見たら、少なくとも半信半疑でいることはわかったよ」

「す、すみません」

ずばりと指摘されて、彩乃は目を伏せて恐縮した。

「いいよ。会ってまだ間もないんだし、その記事の写真は間違いなく俺だからね。こんな記事は今回が初めてじゃないし、プレイボーイだって言われているのも知ってる。俺は人と話をするのが好きだし、興味がわけば、初対面でも親しく語り合ったりもする。だけど、それは女性に限ったことじゃないし、このたぐいの記事は全部嘘っぱちだ」

顔を上げると、雄一がまっすぐに彩乃を見つめていた。その瞳に嘘はない。それに彩乃は、なにより彼の言葉を信じたいと思った。

「俺は気持ちもないのに女性を誘ったりしないよ。だから彩乃のことは……」

雄一の視線が、彩乃の唇を捕らえた。少しずつ、ふたりの距離が近づいていく。

「決心がつかないなら、全部俺のせいにしていい。俺が彩乃を誘った。君は俺に恩を感じて、その対価として、とうとう言うことを聞く羽目になった……っと、今はここまでにしとかないとな」

彼の身体が、名残惜しそうに彩乃のそばを離れた。

「俺は、彩乃が好きだよ。少しでも俺のことを好きだと思ってくれるなら、俺のリクエストに応えてほしい」

（好き？　私のことを、好きって……？）

雄一の真剣なまなざしが、彩乃をじっと見つめている。

（本当ですか？）

そう聞きながら、彼の腕にしがみつきたいと思った。だけど、実際にそんなことをする勇気はない。

どういうつもりで〝好き〟と言ったのか、その真意はわからない。けれど、遊びでも、一夜限りの過《あやま》ちでも、それでもいいと彩乃は思った。本気で恋をした人と、一度でも愛を交わせるなら——

「承知、しました」

そう言って、彩乃はすぐに下を向いてしまった。きっと顔が真っ赤になっている。そんな顔を見せたくなかった。

今、返事をしたのは、コンシェルジュとしての自分ではない。あくまでも桂木彩乃、個人として——ひとりの女性としての意思だ。

彩乃は、もしこれで傷つくようなことがあっても、後悔だけはしないと心に誓った。

「じゃあ、待ち合わせしよう。場所はあとで連絡する。俺は先にいって待ってるから、仕事が終わったらきてくれたらいい。いいかな?」

優しい彼の声。彩乃は頷《うなず》くと、一礼して何事もなかったようにコンシェルジュデスクに戻った。

勤務時間が終わり、スマートフォンを確認する。すると、伝えていたメールアドレスあてに、雄一からのメッセージが届いていた。

『ホテル・グラティア　四八〇一号室』

退社後、はやる気持ちを抑えながら指定されたホテルに向かう。

タワービルの上階にあるそのホテルは、地上四十五階にフロントがあり、客室に向かうにはフロント前にある別のエレベーターに乗り換える必要がある。

雄一は、今夜そこに一泊するという。

彩乃も一緒に泊まることになっているのだから、堂々とフロント前を通ってなんら問題はない。だけど、ただでさえ他のホテルを利用するときはなんとなく緊張するのに、この状況ならなおのことだ。もし、彩乃のことを知る人に会ったらどうしよう？　いろいろなことが頭をよぎり、不安になる。

もっとも、彩乃の身元がバレたからといってなにがどうなるわけでもない。他のホテルの従業員だって、普通に宿泊する。ただ、一緒に宿泊する相手が問題だった。彼は、世界的な有名人なのだ。

どうしようかと考えた挙句、彩乃は駅前にある雑貨屋で伊達《だて》メガネを買った。変装というにはお粗末すぎるけれど、ないよりはマシだと思ったのだ。

雄一の宿泊する部屋は、地上四十八階にある。ホテルウーマンとしての知識が正しければ、そこはおそらく、フロアのコーナーに位置するエグゼクティブスィートのはずだ。

エレベーターを降りて淡いゴールドカラーの廊下を歩く。たどり着いた先のドアをノックして、二秒ほど待った。

「やぁ、早かったね。っと……あれ？」

「はい。……えっ？」

ドアが開き顔を合わせると同時に、雄一は彩乃の顔に見入った。

「ははっ、一瞬誰かと思った。メガネ、なかなか似合ってるよ」

雄一が軽く笑うと、彩乃もそれに釣られるようにして口元をほころばせる。

「駅前の雑貨屋さんで買ったんです。一応軽く変装しておこうかなって」

到着して幾分ほっとしたものの、今度は雄一とふたりきりというシチュエーションに心臓がドキドキする。

「とりあえずゆっくりして。時間はたっぷりある」

意味深な言葉に、さっと頬が熱くなった。

部屋に足を踏み入れてすぐ目につくのは、キングサイズのベッドに、チョコレート色のデスク。

その向こうにある広々としたリビングの壁は、二方向が窓になっていた。ビル群は元より、遥《はる》か遠くに富士山まで臨むことができる。

「うわぁ、すごい……！」

思わず窓に駆け寄り、目の前に広がる素晴しい景観に見惚《みと》れた。

「さすがタワーホテルですね！　まるで空に浮かんでいるみたいなお部屋で。ここのベッドは寝心地が最高と、業界内でも評判なんですよ。バスルームもすごいともっぱらの噂です。洗い場がついていて、お湯をあふれさせても大丈夫なんだとか」

なにせ、初めて入る他ホテルの特別室だ。つい職業的な好奇心が顔を覗《のぞ》かせ、部屋のあちこちをうろうろと見回ってしまった。

「ここのシャワーヘッドは、イタリア製の五段階に切り替え可能のもので――」

バスルームから出てリビングに向かおうとしたところで、雄一の腕にすっぽりと抱き込まれる。

「さすがの知識だな。今日はその全部を満喫できる。そうだろ？」

ふいに低くなった声のトーンに、また新たに心臓が跳ねた。

「だけど、ここは彩乃の職場じゃないし、今は勤務時間外だ。せっかくきたんだから、コンシェルジュとしての自分を忘れてゆっくりしたらいい」

「あ……はい……」

腰を抱かれた状態で上を向くと、自分を見る雄一の視線と出くわす。

「もっと上を向いてごらん」

囁《ささや》くようにそう言われて、素直に顎《あご》を上げた。

「こう……ですか？」

「うん、上出来――」

「んっ……」

ぐい、と腰を強く引かれ、唇が重なる。

たちまち立っていられなくなり、力が抜けた身体ごと彼の腕のなかに抱え込まれた。

「はぁ……っ、……ぁ」

抱かれたままベッドに連れていかれて、腰を下ろした彼の膝の上に乗せられる。

徐々に激しくなるキスに意識が朦朧《もうろう》となり、キスを返す余裕なんてない。

「すごくドキドキしてるな。ごめん、急ぎすぎた？」

抱きしめられていた腕が緩《ゆる》み、彼の膝の上から下ろされた。そして、ベッドの縁《ふち》に腰かける体勢になる。

「きてくれてありがとう。もしかしてすっぽかされるんじゃないかとひやひやしてた」

「え、まさか……私、すっぽかしたりなんかしません」

「うん、そうだな。彩乃はそんなことしない。そうとわかってはいたけど……ね。こう見えて結構小心者なんだよ」

思いがけない彼の言葉に、ちょっとだけ気持ちが楽になったような気がする。雄一は、ゆったりと微笑み、おもむろに立ち上がってリビングのほうへ歩いていく。そして、すぐに戻ってきたその手には、見覚えのある桜色の風呂敷が抱えられていた。

「あ、それっ……」

「うん、彩乃に見立ててもらった浴衣《ゆかた》だよ。さっき見てみたけど、シックだしすごくいい柄だね。後で着てみてくれる？　きっとよく似合うだろうな」

「わっ……、私が？　それを着るんですか？」

てっきり特別な人へのお土産《みやげ》だと思っていた。まさか、自分が着ることになるとは。

「もちろん。そのために用意したんだ。本当は自分で選びたかったんだけど、彩乃が選んでくれたほうがだんぜんいいものが準備できると思ったから」

驚いて口をぽかんと開けている彩乃を、雄一がベッドから立ち上がらせる。

「彩乃は優秀なコンシェルジュだ。俺の望みをことごとく叶えてくれる。これまでいろんなホテルに滞在してきたけど、君みたいな人は初めてだな……」

雄一の唇が、彩乃の頭のてっぺんに触れ、指先が下ろしたままの前髪にからむ。眉根から生え際へと伝う指の腹が、やけに心地よく感じる。

「おでこ、いつも隠してるね。もしかして、あまりいじられたくない？」

背の高い彼が、彩乃の目線まで顔を下げる。

「あの……実は私、昔から広いおでこがコンプレックスなんです。小学校のころ、男子にからかわれたことがあって」

彩乃は、当時のことを思いだしながら、ぽつぽつと話し始めた。

「そのときの私は、まだ小学校三年生でした。ちょうど女子の間で可愛い髪留めをするのが流行《はや》っていて、私も母に買ってもらったもので前髪を留めていたんです」

そんなある日、同じ班だった男子が、彩乃の額《ひたい》を指差して大声で叫んだ。

『桂木のおでこ広っ！　そこでドッジボールできるくらい広い！』

それまで男子たちの話題に上るようなことがなかった彩乃が、その言葉をきっかけに急に注目を浴びてしまった。

『お、ほんとだー！』

『ドッジボールどころかサッカーだってできるんじゃね？』

いつの間にか、班のみんなだけではなく、クラス全員の視線が彩乃の額《ひたい》に集まっている。

『だろ？　俺の三倍はあるよな。な？　桂木でこっぱち彩乃』

言い出しっぺの男子が、自分の額《ひたい》をペチペチと叩く。

『ちょっと、やめなさいよ、バカ男子！　先生に言いつけるよ！』

彩乃と仲のいい女子がすぐさま抗議の声を上げ、その場はそれきりとなった――

「でこっぱち？」

「えっと、額《ひたい》がこう……私みたいに出っ張ってる人のことを言うんです。そのあとなにがあったってわけでもないんですけど、結構傷ついちゃったんですよね、私……」

実のところ、彩乃自身、自分の額《ひたい》が人よりも広いことにずいぶん前から気づいていた。

だけど、誰かに面と向って悪口を言われたことがなかったし、そのときまで別に気にすることもなく過ごしていたのだ。

むしろ、母親が〝おでこちゃん〟と呼んでいたそのパーツは、それまでの彩乃にとってどちらかといえば誇らしいものですらあった。

「なるほど……でこっぱちか。それって、悪口なのか？」

雄一が、眉間に皺《しわ》を寄せ、ほんの少し首を傾げた。そんな何気ないしぐさが、うっかり見惚《みと》れてしまうほどかっこいい。

「そうですね……言い方や受け取り方によりますけど、言葉自体は悪口ではないと思います」

「そうか。でこっぱちって、響きが可愛いし俺は好きだな。その言葉も、君のおでこも。君のここは、コンプレックスじゃなくて、自慢にするべき美しいパーツだと思うよ」

額《ひたい》に彼の唇を感じて、そこが熱くなった。

彼の言葉に、小学生のころから抱いていた心のしこりが消え去っていくような気がした。

「ありがとうございます。なんだか救われた気がします」

「そうか、じゃあよかった。それだけでも、ここへきたかいがあったろ？」

魅力的な笑顔を向けられ、彩乃は自然と微笑みを返していた。

「ところで、浴衣《ゆかた》と一緒に入っていたランジェリー。ずいぶんとセクシーなものだったけど、あれも着て見せてくれる？　どんなふうになるのか楽しみだな……」

彩乃の腰にあった彼の左手が、ゆっくりと背中へ移動していく。いつの間にか彼の両脚の間に、身体がはまり込んでしまっている。

「あ……あれを？　無理ですっ！」

「なんで？　浴衣《ゆかた》のときはいつもあれを着ているんじゃないのか？」

「そ、それはそうですけど」

風呂敷に入れていた和装用の下着は、昔からある和風なものとは違い、胸元はハーフトップ、ショーツはボックス型になっている。生地は柔らかな総レースで、洋装用とは違いボディラインを強調するものではない。とはいえ、全面花をモチーフにした繊細な作りは、一見勝負下着と見紛《みまが》うほどゴージャスではある。浴衣を選ぶ際に、もしかしてこれを着るのは外国の方かもしれないと思い、和装の下着では抵抗があるかもと、あえてこれを選んだのだ。

実は、彩乃は普段からそれを愛用している。恋人がいない彩乃にすれば、無駄にセクシーな品物だけど、少し大きめの胸を押さえつけるにはちょうどいいし、とにかく着心地が抜群にいいのだ。

「でっ……でもっ。あれは、どなたか違う人がお召しになるものだと思ってて……」

「彩乃の他に誰が着るんだ？　祭りの話をしたとき、君の浴衣《ゆかた》姿が見たいって言ったのを忘れたのか？」

「お、覚えていますけど、まさかほんとにっ……ひ、ゃあ……んっ！」

雄一の舌が、彩乃の首筋をかすめた。左の太ももに、彼の大きな掌《てのひら》を感じる。スカートが、徐々にたくし上げられていく。

「さ、さくら……ば様っ。ぁ……んっ」

「うん？　嫌だったら突き飛ばしてくれてもいいよ。でないと、俺はどんどん暴走する一方だからね。俺がここに君を呼び出した理由、忘れたわけじゃないよな？」

鎖骨の間にある窪《くぼ》みに、雄一の舌先が触れた。

「いぁ……ぅんっ」

ただくすぐったいだけとは違う不可思議な感覚にとらわれ、彩乃は彼の腕のなかで身体をぎゅっと縮こまらせた。

「感じやすいんだな。大丈夫、無理に襲ったりはしないよ。安心して」

強引なのに、紳士的。

正直でわかりやすいようで、まったくわからない。

とてもじゃないけれど、彩乃の手に負えるような相手じゃない。だけど、どうしようもなくひかれてしまう。

生まれて初めて抱く想いに、身も心も戸惑いを覚えている。自分はこのまま、わけもわからないまま彼に抱かれてしまうのだろうか。

その前に、今ある想いだけは彼に伝えておかなければ——

そう思った彩乃は、喘《あえ》ぐように雄一に話しかけた。

「桜庭様……私、すごく混乱してます。男の人とこんなふうになった経験なんかないし、自分が今ここにいること自体信じられない気持ちです。なにもかも初めてだし、いったいどうしたらいいか、まるでわからないんです」

それだけ言って、彩乃は目を閉じた。

言葉通り、本当にどうしていいかわからない。だから、正直にそう言うしかなかったし、自《みずか》らここへきた以上、今さら逃げるつもりもなかった。

「そうか。じゃあ、俺に任せてくれる？」

右の頬に温かな掌《てのひら》を感じた。そっと目を開けると、雄一がじっとこちらを見つめている。

決して威圧的ではない、優しくて穏やかな彼のまなざし。

「はい……。すべて、桜庭様にお任せします」

そう口にした途端、ふっと気持ちが楽になった。

掌《てのひら》に導かれて顔を上向けると、雄一の唇がそっと重なった。触れるだけのキスをしばらく続けた後、そのままの位置で低く囁《ささや》かれる。

「このまま抱いてもいい？　それとも、先に浴衣《ゆかた》を着て見せてくれる？」

うっとりとキスを受けている間に、心臓がとんでもなく高鳴っていた。

「浴衣《ゆかた》を……。でも着る前に、シャワーを使ってもいいですか？」

あまりにも心臓が強く打つから、ちょっとだけ落ち着く時間がほしいと思った。

「もちろん」

浴衣《ゆかた》一式を手に、雄一に見送られてバスルームに入った。淡いピンク色の大理石に、白いバスタブ。豪奢《ごうしゃ》な設備に一通り目を走らせ、大きく深呼吸をする。洗面台の鏡を覗《のぞ》き込むと、頬を火照《ほて》らせた自分の顔が映っていた。

手早く身体を洗い、風呂敷から浴衣《ゆかた》を取り出す。複雑な想いを抱えながらも、心を込めて慎重に選んだ浴衣《ゆかた》だ。さすがに仕立てがいいし、着るだけで気持ちが高揚する。今年は浴衣《ゆかた》を着る機会がないと諦めていたのに、まさかこんなシチュエーションで着ることになるなんて思ってもみなかった。

おろしていた髪を、持参していた髪留めでアップスタイルにする。

濡れた顔を整え、きちんと浴衣《ゆかた》を着ておそるおそるリビングに戻った。

雄一は窓の外を眺めながら、以前バスルームから聞こえてきた歌を口ずさんでいた。

「あの、桜庭様。お待たせいたしました」

思い切って声をかけると、雄一はくるりと身を翻《ひるがえ》し、彩乃を見た。頭からつま先まで、まるでスキャンするように見つめられる。

雄一はまじまじと彩乃の浴衣《ゆかた》姿に視線を向けたまま、微動だにしない。長く続く沈黙に耐えきれずに、彩乃は蚊の鳴くような声で尋ねた。

「浴衣《ゆかた》、どうでしょう……。着た感じ……思っていたものと違いましたか？」

なにも言わないのは、きっと期待外れだったからに違いない。彩乃は下を向き、それ以上なにも言えず黙り込んだ。

彩乃は、うつむいたままそっと後ずさった。ゆっくりと回れ右をしてバスルームに向かおうとした彩乃を、雄一の腕が強引に引き戻す。

「どこへいくんだ？」

「着替えに──もう十分ご覧になったでしょう？」

雄一は、彩乃の身体を正面からしっかりと腕に抱いた。

「いいや、まだ十分じゃない。もっと見たい。浴衣《ゆかた》を着た彩乃も、それを脱いだ後の君も。すごく綺麗だ。驚いたよ……びっくりしすぎて、どうしようかと思った」

「え？　嘘っ……」

「なんで嘘？　俺は嘘はつかない。特に、彩乃には絶対──」

顔を上げた彩乃の唇を雄一のキスが塞《ふさ》いだ。背中と腰に巻きついた彼の腕が、彩乃を包み込んで離そうとしない。そして腰に置いた左手を、下にずらしてくる。

「ん……ふ……」

掌《てのひら》で双臀《そうでん》をぐっと掴まれ、そのまま捏《こ》ねるように揉まれる。きっちりと着付けをしていたのに、少しずつ帯回りが乱れてきた。

「うなじ、信じられないくらい色っぽいな」

雄一は彩乃の首筋に唇を押しあてて、そこを軽く吸った。

「ひ、ぁ……あんっ」

引きつるような熱を身体の中心に感じて、思わず声を上げる。

「今の声、ヤバい。色っぽいよ。すごく興奮する」

「そ、そん……なっ、っぁ、ん……んぅっ」

ヤバいだの色っぽいだの——そんな言葉とは無縁の人生を生きてきた彩乃だ。普段そんなふうに言われたこともなければ、自分が欲望の対象になるなんて思ったこともない。

雄一のキスが襟元で留まり、もう一度唇へと戻ってきた。同時に、膝裏をすくわれて腕に抱きかかえられる。

「……っ!?」

歩きながらおも唇を食《は》まれ、いきついた先はキングサイズのベッドの上だった。

「本当に綺麗だ。浴衣《ゆかた》が、じゃなくて、浴衣《ゆかた》を着た彩乃が」

ベッドの端に座らされ、後ろからやんわりと抱きつかれる。

「ありがとうございます……。でも、褒めすぎで……ぁんっ！」

首筋をぺろりと舐められ、ベッドから腰が浮いた。その拍子に、首筋に触れていた彼の手が浴衣《ゆかた》の胸元に滑《すべ》り込む。

「あ、のっ……、桜庭様っ」

「今褒めすぎだと言ったけど、決して褒めすぎなんかじゃない。正当な評価だ。だいたい彩乃は、自分を過小評価しすぎる。君は十分魅力的だ。それに、すっごくエロい」

「エ、エロ……!?　わ、私のどこが……ひ、やぁあんっ！」

「ほら、その声、今の反応。たまらないな……。着たばかりで悪いけど、もう脱がしてもいい？」

「え？　えぇ……っ」

床に置いた足を、軽々とベッドの上に引き上げられた。

「強要はしないし、君が嫌だと言えばすぐにやめるよ。……ところでこの帯、ずいぶん固く結んであるね」

雄一はそう言いながら、さっそく帯を緩《ゆる》めようとしている。

「彩乃は俺のパーソナルコンシェルジュだったね。どうやって脱がしたらいいか教えてもらえる？」

雄一はいたずらっぽく笑い、わざと困り果てたような表情を浮かべた。

ずるい。さっき、コンシェルジュであることは忘れろと言ったくせに。

そう思ったのに、彩乃は反射的に頷《うなず》いてしまっていた。しかも指先は彼に促《うなが》され、帯を解《ほど》こうとしている。だけど、指先がこわばって上手く動かない。雄一の手が胸元にあるせいで、力がまったく入らないのだ。

「焦《あせ》らなくていいよ。だけど、なるべく早く脱がしたい。——でも、脱ぐ過程をゆっくり楽しみたい。すごく矛盾しているけど、これがパーソナルコンシェルジュへの俺のリクエストだ」

そんな不合理な——

そう感じているのに、なぜか怒る気になれない。

「君なら、俺が満足する対応をしてくれるね？　俺の、有能なパーソナルコンシェルジュさん」

セクシーで、ちょっとからかうような雄一の声音。彼の言葉に、頭だけではなく、心や身体までも反応してしまう。

「——はい、もちろん、です……」

そう返事をして、彩乃は帯をぐるりと反回転させた。まだ指先が震えているけれど、さっきよりはだいぶマシだ。するすると音を立てて解《ほど》けていく帯が、ベッドの縁《ふち》を飾った。伊達締《だてじ》め、腰紐と順を追って解《ほど》いていくと、雄一が片手でそれをサイドテーブルにまとめて置いていく。部屋のなかには、ごく低い音量で静かなクラシック音楽が流れている。

ふいに、こめかみにキスをされた。それに、心臓が破れそうな勢いでドキドキしてる。

「まだ指先が震えてるね。大丈夫か？　無理してない？」

囁《ささや》くような声が火照《ほて》った耳朶《みみたぶ》をかすめ、胸元に入り込んでいる雄一の手が徐々に胸のふくらみのほうへ下がっていく。

「だ……大丈夫です。でも、心臓、本当に破れそうです……」

肩をそっと動かし、浴衣《ゆかた》を脱ごうとした。

「ちょっと待って。襟足、すごく色っぽいな」

雄一の唇が、彩乃のうなじを軽く吸った。

「ぁ……っ」

思わず小さく声を上げ、身体を揺すった拍子に浴衣《ゆかた》の襟が腰の位置まですするりと下りた。腰が砕けそうになるのをぐっと抑えて、うつむいたまま浴衣《ゆかた》を脱ぐ。スリップも脱ぎ、思い切って顔を上げた。

きっとずっと見つめられていたに違いない。目の前に迫る雄一の瞳に、いつもとは違う熱っぽい光が宿っている。途端に頭のてっぺんから湯気がでそうなくらい、恥ずかしくてたまらなくなった。彼の掌《てのひら》が、彩乃の胸をそっと撫でさする。

「よく頑張ったね。ここからは俺がリードしよう。彩乃はもうなにもしなくていい。全部俺に任せて」

　そう言い終わった彼の唇が、彩乃の唇に触れた。

「口、開けて。舌を少し出してごらん」

　言われたとおり、ほんの少し口を開けて舌を歯列の間に浮かせた。唇の隙間から雄一の舌が入ってくる。それはすぐに彩乃のものにからみ、息ができなくなる。それまでとは違い、明らかに欲望を感じさせるキスだ。頬が焼けつくように火照《ほて》り、目を開けていられない。

　ようやく唇が離れる。なんとか目を開くと、雄一の視線が下着をつけた胸元に向いていることがわかった。彼の視線の先では、花模様のレースが乳房をしっかりと包み、理想的な和装用の胸元を作っている。

「……とても綺麗なランジェリーだ。それに、すごくストイックだね。ここまで隠されると、かえってそそられるよ。これをつけてて、苦しくはない？」

「はい、苦しくはないです。実は私、普段もこれをつけているんです。胸をあまり目立たせると、制服を着ていても見苦しくなるので……」

　彩乃は、ほっそりとした体型の割に胸がとても豊かだった。思春期のころはどちらかといえば小さめだったはずなのに、いつのまにか大きく成長してしまっていたのだ。

　そんなある日、彩乃は地元商店街にある呉服店の女主人からこの下着の存在を教えられた。以降、彩乃はずっとこれを愛用している。

「ふぅん、なるほど。君は、この下着同様、つつましやかなんだな」

「そんなこと……」

だって、今現在、ぜんぜんつつましやかな状態ではない。

仕事帰りに男性とホテルで落ち合い、ベッドの上で下着姿でキスをしているのだから。窓から見える風景は、そろそろ夕暮れの様相を見せ始めている。

「君と俺が会って、まだ十日しか経っていない。だけどこの十日間、俺は君をずっと見ていたし、君に俺のわがままをいろいろと聞いてもらった」

彼の指先が、胸元のレースをなぞった。まだデコルテの上。だけど、そんな場所に触れられたことなど一度もない。

「部屋に呼んで話をしたり、一緒に町を歩いたりキスをしたり。そんな時間を過ごすうち、俺はどんどん君が好きになっていた。そして、君をここに誘った。もしかして、君も俺と同じ気持ちなんじゃないか……、そう思ったから」

そこまで言うと雄一は指を止め、彩乃と目を合わせた。

「彩乃、俺は君が好きだ。君を抱きたい。もっと知りたいんだ、彩乃を」

彼の真摯《しんし》なまなざしが、彩乃の心を捕らえる。

「私も……、す……好き、です。私も桜庭様のことが、好きです！」

喉元まで響く鼓動を抑えて、彩乃は声を振り絞るように小さく叫んだ。

「ほんとに？　コンシェルジュとしての立場上そう言ってるんじゃなくて？」

「ほんとです。いくらコンシェルジュでも、こんなことは気持ちがなくてはできません。でも――どうして桜庭様が私を好きだなんて言うのかがわかりません。どうして私なんですか？　なんで私と恋をしようって思ったんですか。どうして――」

必死になってまくしたてる彩乃を、雄一が宥《なだ》めるように腕のなかに包み込んだ。そして、彩乃の額《ひたい》に口づけて掌《てのひら》で乳房全体を包む。

「彩乃だからだ。率直に言って、彩乃は俺の好みなんだ。もちろん、外見だけじゃないよ。中身にも、すごくひかれる。わかるか？　彩乃と出会って以来、毎日君に一目ぼれしてるようなものだったよ」

つい夢心地になって、彼の言葉を無条件で受け入れてしまいそうになる。雄一の指先が、彩乃の胸の先をなぞると、直接触れられているわけでもないのに身体が小刻みに震えだした。心臓が喉元までせりあがってきている気がする。

部屋のなかは、壁際の間接照明と夕日で飴色《あめいろ》に染まっていた。

「安心していい。今夜は君を世界一大切な宝物のように扱うって約束する」

キスが再び彩乃の唇を覆い、背中にある彼の指が下着のホックを外した。肩のレースが緩《ゆる》み、乳房が半分以上あらわになる。

急いで隠そうとする腕を、雄一の掌《てのひら》が押しとどめた。そのままやんわりと仰向けに押し倒され、唇にたっぷりとキスをされる。彼の指が、彩乃の胸の突端を摘《つま》んだ。最初はそっと優しく、徐々に捏《こ》ねるようにされる。

「っ！　ん、っぅ……」

せり上がった腰が、覆いかぶさっている雄一の身体に触れた。

硬くしなやかで、熱い彼の身体。

「すごく綺麗な胸だね。押さえつけているのがもったいないくらいだ」

唇が離れ、肌に触れていたシャツの感触が遠ざかった。

はっとして目を開けると、目の前にいたはずの雄一の声が、下に移動している。彼は今まさに、胸の先端を食《は》むところだった。

「ぁ……、ぁぁんっ！」

今まで感じたことのない刺激が走り、思わず声を上げる。指でシーツを掴んだ。がくがくと膝が震え、頭のてっぺんが痺《しび》れてくる。

「嫌じゃないか？」

囁《ささや》かれ、ぶるぶると顔を横に振った。

「気持ちいい？」

恥ずかしい——でも、死ぬほど気持ちがよかった。彩乃は、頬を真っ赤に染めて、無言で今度は首を縦に振った。

「そうか、よかった。じゃあ、もっと気持ちよくしてあげるよ」

雄一はもう一方の胸にキスを落とし、掌《てのひら》を下腹のほうへ移動させた。彼の指がローライズのショーツの縁《ふち》にかかり、生地を引き下ろしていく。

「ひ、……ぁっ……。やぁ、んっ」

「彩乃、その声、すごくエッチだ」

ちゅくちゅくと胸の先を吸われている間に、気がつけばふたりともなにも身に着けていない状態になっていた。

「彩乃……」

キスが首筋を伝い、唇へと戻ってくる。

「最初だから、できる限り彩乃が辛くないようにするつもりだ。痛かったり止めてほしいと思ったら遠慮なくそう言ってくれていいから」

「……はい」

雄一の掌《てのひら》が、彩乃の太もものつけ根をなぞる。そして、指がするりと脚の間に入り、ふっくらと膨らんだ花房に触れた。

「すごく、濡れてる。そんなに感じてたのか？」

雄一は感嘆したようにつぶやき、濡れた秘裂のなかに指を割り込ませた。ゆっくりと表面をこする彼の指が、あふれ出た蜜のなかをゆらゆらと揺れながら泳いでいる。

「ぁ、あっ……んっ！　ぁ、あ……っ！」

淫唇を左右に割り、硬くなった花芽を雄一の指先が捕らえた。軽く押しつぶすように
そこを捏《こ》ねられ、彩乃は衝撃に全身をこわばらせる。

「ぁ、や……ぁっ、んっ！」

蜜にまみれた硬い指が、彩乃の蜜孔《みっこう》の縁《ふち》をゆっくりと撫で回している。

まるで、全身に電流が流れるように筋肉が痙攣《けいれん》した。身体のなかの、ほんの小さな部位。そこが、こんなにも強い快楽を生じさせるなんて。激しくたたみかけてくる刺激に、彩乃はほとんど泣きそうになって腰をひねった。

「そこ、だめですっ……ゆ、指、そんなしちゃ……ぁ、あ、あんっ！　あぁっ！」

喘《あえ》ぎながら頭を振り、指の動きを止めてくれるよう懇願する。

「なんでだめ？　こんなに感じてるのに」

雄一は、ぷっくりと腫《は》れた花芽を指で摘《つま》んで、なかにある繊細な芯を露出させた。そして、その上で、指をゆっくりと揺らめかせる。

身体がびくびくと強く痙攣《けいれん》して、呼吸すら思うようにできない。

「桜庭さ……まっ、……んっ、ぅ！」

きつく目を閉じて唇を噛みしめ、もれそうになる声を抑えた。押し寄せてくる快楽に、

いのか？」

身体が硬くなる。すると雄一が彩乃の耳元で囁《ささや》いた。

「なんで声を出すのを我慢してるんだ？　恥ずかしい？　感じているのを見られなくな
いのか？」

彩乃はうっすらと目を開け、ぎこちなく首を縦に振った。もうこれ以上耐えられない。

「彩乃、まだイきたくない？　もっとゆっくり愛撫してほしい？」

まるであやすように雄一が問いかけてくる。

「わ、わかりません。だって、こんな……こんなことっ」

しゃべりだした途端に、それまで以上に呼吸が乱れた。いくら吸っても酸素が肺に届
いていないような感じだ。雄一の指が、彩乃の濡れた胸の先を摘《つま》む。

「彩乃は、なにもかもが初めてなんだな。大丈夫だ、俺が全部教えてあげるよ」

雄一の硬い歯列が、彩乃の柔らかな乳暈《にゅううん》を軽く引っかくようにかじった。

一方で、しとどに濡れる指は蜜孔《みっこう》の縁《ふち》をそろそろとなぞり続けている。

下腹の奥が、とんでもなく熱い。胸の先が――いや、身体全体がとろとろに溶け出し
そうだ。

「彩乃、もっと遠慮なく声を出せばいいよ。俺を悦《よろこ》ばせたいなら、そうしてくれ」

そんなことを言われても、もう頷《うなず》くことすらできない。返事をする代わりに、手を
雄一の背中に移動させた。

「あ、っ……」

やんわりと蜜を捏《こ》ねていた彼の指が、僅《わず》かに彩乃のなかに沈んだ。初めて知る違和感に、身体が反射的に硬くなる。

「なるべく辛くないようにする。少しずつほぐして、身体と心の準備ができたら……彩乃のなかに入る」

耳元に甘い声で囁《ささや》かれるうち、徐々に身体から力が抜けていった。

〝入る〟という言葉を、これほどエロティックに感じたことなんかなかった。もう余計なことはなにも考えられない。ただ、彼に触れてもらいたい――

「彩乃、君は本当に可愛い。なにも心配はいらない。素のままの君が、どれだけセクシーで俺を夢中にさせるか、これからゆっくり教えてあげるよ」

彼の声が、彩乃の不安を少しずつ消し去ってくれる。

「ぁ、あ……！」

雄一の指が、彩乃の内にある襞《ひだ》に触れた。外ではない、自分のなかに彼の指があると思うと、それだけで身体が熱い炎に包まれてしまう。

「辛くない？　気持ちいいか？」

「気持ち、いい……です」

吐息とともにつぶやいた言葉に、彩乃自身が真っ赤になる。

でも、雄一になんとか今の気持ちを伝えたいと思ったし、それが頭のなかに浮かんだありのままの言葉だった。

雄一はゆったりと微笑むと、彩乃の唇にチュッと音を立ててキスをした。

「そう言ってくれて嬉しいよ。彩乃がこんなふうに感じてくれているのを見るだけで、俺も気持ちがいい」

もう一度、キス。うっとりと目を閉じている間に、彼の指がじわじわと彩乃の奥へ入ってきた。

「ん……、ぁんっ！」

内壁をそろりとなぞられ、反射的に雄一の唇を噛んでしまった。

「ご、ごめんなさいっ」

「いいよ、なんともないから。そんな反応も可愛いな。だいぶほぐれてきたけど、もう少しこのままこうしていよう」

雄一のキスが彩乃の頬を通り、鼻のてっぺんをかすめて額《ひたい》へと移った。いつもなにかと話しかけてくれる雄一だけど、今は特にそうだ。きっと彩乃が不安がらないようにしてくれているのだろう。

こんな淫《みだ》らな状態でいるのに、なぜか突然雄一に対する感謝の気持ちがわき起こった。

彩乃は彼と出会ってから、いろいろと変わった。ちょっとずつだけど、自分が思い描いている理想に近づけているように感じる。

「桜庭様……」

「彩乃の顔は、どこもかしこも可愛い。ちんまりとまとまってて、それぞれがとても美しいよ。おでこは、間違いなく君のチャームポイントだ。昔からよく言うだろ？　広いおでこは賢い証拠だって。おまけにちょっと出っ張ってて富士額《ふじびたい》だろ。ってことは、明るくて人の気持ちがわかる愛情豊かな人ってことだ」

「ぁ、あんっ。あ、りがと……ございま……。褒めていただ……、ぁ、ふ」

時折り胸の先が疼《うず》くほどの快感を感じる。ちょっとずつ身体から余分な力が抜けて、彼がくれる刺激そのものを甘受できるようになってきていた。

雄一が、額《ひたい》に唇を当てながら小さく笑う。

「彩乃は可愛いうえに面白いな。こんなに感じているくせに、言葉遣いはコンシェルジュのままだ。こんなときくらい、下の名前で呼んで、普通にしゃべってくれていいのに。でも、それがまた俺を煽《あお》ってるって気づいてるか？」

「あ、ぁあんっ！」

蜜孔《みっこう》にある指をくちゅくちゅと動かされて、同時に指の先で花芽をいたぶられる。

「うーん、今の声はだめだ……」

「え……っ？」

（だめ？）

驚いて目を瞬《またた》かせると、眉間に皺《しわ》を刻みながら笑う雄一の顔が目に入った。秀《ひい》でた眉は、くっきりと八の字を刻んでいる。

「エッチすぎて、ヤバいってことだよ。彩乃、もうそろそろ我慢できなくなってきた。彩乃をもっと味わいたい。君の全身にキスしたい。これ、言葉通りの意味だから、それなりに覚悟しておいて」

雄一は彩乃の両の乳房に掌《てのひら》をあてがい、先端を指で摘《つま》みながら揉み始めた。

「あ、さ、桜庭さまっ……、あんっ！」

「彩乃、いい匂いだ」

鼻筋を彩乃の乳房にこすりつけた雄一は、ふくらみを舌で愛《め》でつつ大きく息を吸った。

「そ……それは、このホテルのボディソープが薔薇《ばら》の香りだからで――」

「そうじゃない。俺が言っているのは、彩乃自身の匂いのことだよ」

雄一は、大きく口をあけ、まるでかぶりつくようにして乳房を口に含んだ。しなやかに動く舌が、柔らかな乳首をみるみる硬く尖らせてしまう。乳房を愛撫にまみれさせると、雄一はキスの音を聞かせながら、唇を身体の中心へと移していった。

そして、彩乃の両脚を掲げ、自分の双肩に乗せた。

「やっ……、だめですっ！　桜庭様っ、見ちゃ、だ、だめですっ……」

　今までしたこともない恥ずかしすぎる格好に、彩乃は脚を下ろそうともがいた。けれど、太ももをしっかりと押さえられているから、ただ身体をばたつかせるだけに終わってしまう。

「いい子だから大人しくして。そうだ、恥ずかしいって言うなら――」

　雄一は、いったん彩乃の脚を下ろし、おもむろにサイドテーブルに手を伸ばした。そして、たたんであった腰紐を取り上げ、自分の目の周りをぐるぐると覆い隠す。

「ほら、これでいいか？」

　雄一が膝立ちになって両腕を広げた。雄一の身体は、まるで美術品のように美しくて綺麗だ。思わず見惚《みと》れながら視線を下へずらすと、見事に割れた腹筋の上に彼が男性であることの象徴が硬くそそり立っているのが目に入った。

　驚いて目を見開き、固まったまま狼狽《うろた》える。すると、まるで見えているかのような正確さで、雄一が彩乃の足首を探り当てた。

「えっ？　……あっ？」

「どうした？　……さては俺が見えないのをいいことに、人の裸をガン見してたな」

「ガ……、ち、違いますっ！」

　きっぱりと否定した割には、声が変に上ずってしまった。

「くくっ、彩乃は正直だな。見たい気持ちもわかるけど、後にしてもらえるかな？」

「きゃあっ！」

抵抗する暇もなく脚を広げられ、再び肩に乗せられる。僅《わず》かに上体を起こして見ると、目隠しをしているから、さっきよりはマシだろうか？

そこにはとんでもなくいやらしい光景が広がっていた。

「さ、桜庭様っ、なにをなさるおつもりですかっ……。こ、こんな……格好」

「なにをって？　彩乃が気持ちいいことをやってあげようと思ってるだけだよ。さっき、全身にキスしたいって言わなかったっけ？」

雄一は、目隠しをした顔でにっこりと笑い、自身の唇をちろりと舌で舐めた。

「や、やらし……っ……」

何気ないしぐさが、どうしてこんなにもセクシーなんだろう？

「やらしい？　ふうん……、どっちがいやらしいか、じっくりと比較してみようか」

彩乃がパチパチと瞬《まばた》きをするうち、雄一は彩乃の脚の間に顔を埋め、ぷっくりと膨れた花芽から蜜孔《みっこう》までをねっとりと舐め下ろした。

「ひゃあぁんっ！」

途端に下腹がじゅんと疼《うず》き、痺《しび》れるような快感が身体中を駆け巡る。

彼の舌が彩乃の蜜孔《みっこう》に沈み、うねった。唇の先で秘裂を撫でられ、蜜孔《みっこう》のなかの舌が緩《ゆる》く抽送《ちゅうそう》を始める。太ももから下りてきた指が、花芽をやんわりと押しつぶす。

「や、あんっ！　あ、あ、んん……っ！」

突然襲い掛かった激しい快楽に、彩乃の背中がベッドから浮き上がる。

すごく気持ちいい。

だけど、それだけじゃない。もっと違う感覚に、身体ごと呑み込まれる。とてつもなく淫《みだ》らで、頭がどうにかなってしまいそうな――

「彩乃、君のほうがよっぽどいやらしいよ……」

雄一の唇が彩乃の花房を離れ、舌で身体の線を辿《たど》るようにして少しずつ上へと上がってきた。

そして囁《ささや》く彼の唇が、彩乃の耳朶《みみたぶ》の縁《ふち》に触れる。

「ほら、聞こえるだろ？」

蜜を捏《こ》ねる密《ひそ》やかな音が、部屋のなかに卑猥《ひわい》に響く。

「彩乃のなかに入りたい。いいか……？」

目を開けると、雄一の目元にはすでに目隠しはなかった。

じっと見つめてくる瞳に、それまではなかった深い翠色《みどり》がまじっている。

もっと深いところで、彼と知り合いたい――

「はい。私も……桜庭様に……」

ようやくそこまで口にした。だけど、胸の鼓動が激しすぎて、それ以上言うことができなかった。

雄一がうっすらと目を細め、おもむろにサイドボードの引き出しに手を伸ばした。彼が手にしたビニールの袋を目にするなり、また一段と恥ずかしさが増す。それは、彩乃がこれまでの人生でまったく必要なかったものだ。

「彩乃、その先は？　最後までちゃんと言ってほしいな」

優しいけれど、ほんの少し嗜虐的《しぎゃくてき》な雄一の声。なぜだかそれが、彩乃の胸を痛いほど締めつけてくる。

言うことをききたい。彼の言うとおりに――

パーソナルコンシェルジュとして彼のリクエストに応えるうち、彩乃にとって、彼の望むようにすることが、一番自然なことになっていたようだ。

むろん、今は仕事中ではない。

だけど、もうすでに個人としての彩乃が、雄一に翻弄《ほんろう》され、それを甘受するようになっている。

「私も、桜庭様に……、私のなかに、入っ……て、きてほしい、です」

つっかえながら、ようやくそう口にした。頬に感じていた火照《ほて》りが、一瞬にして全身へ広がっていく。

雄一はかすかに頷《うなず》き、彩乃に腕を自分の背にまわすよう言った。

「わかった。君の言うとおりにする。彩乃のなかに入って、最高に気持ちいいと思わせてあげるよ」

一度伏せていた視線を上げると、目の前に雄一の唇があった。それは、さっき彩乃の身体をたっぷりと愛撫してくれたパーツだ。ふっくらとしていて、とても形がいい――そんなことを思っているうち、彩乃の脚の間に、指ではない硬く熱いものがあてがわれた。

「ぁ……っ……」

思わず小さく声を上げると、雄一があやすように彩乃の額《ひたい》に唇を寄せる。

「大丈夫だ。俺を信じて。絶対に彩乃を悲しませるような真似《まね》はしないよ」

その声がとても優しくて、身体に残っていた緊張が少しずつ解けていく。

「わかるか？　彩乃と俺、こんなにもお互いをほしがってる」

こすれ合う敏感な部分が、もう待ちきれないほどの蜜にまみれている。

「ゆっくりだ、彩乃。君を傷つけないよう、そうっと」

花芽を転がすように捏《こ》ねられ、雄一の背中に置いた指が震える。顔に降り注いでくる雄一のキスが、彩乃の額《ひたい》の上で止まった。

「できるだけ力を抜いて。いいか？　……入るよ」

雄一の切っ先が、熱く火照《ほて》った秘裂にわけ入っていく。はじめの軽い圧迫が、みるみ熱が彩乃の〝なか〟に入ってくる。そして、まだ誰も受け入れたことのない蜜孔《みっこう》の縁《ふち》を押し広げて、彼の熱が彩乃の〝なか〟に入ってくる。

雄一の硬い熱が、彩乃の蜜孔《みっこう》の狭さに抗《あらが》いながらさらに奥へと進んだ。あふれ出る蜜のせいか、思いのほか深いところまで彼が入ってくる。経験したことのない痛みを感じて、彩乃は硬く目蓋《まぶた》を閉じた。どうしていいかわからず、吸い込んだままだった呼気を一気に吐き出してみる。その途端、こわばっていた筋肉が緩《ゆる》み、呼吸がちょっとだけ楽になった。

「うん、上手だ。そうやって、力を抜いて。……もう少し奥に入るよ」

「はい……、ん、ぁっ……！」

上手だと褒めてもらうと単純に嬉しくて、自然と彼の身体にきつく腕を回していた。

雄一の腰がゆっくりと抽送《ちゅうそう》を始め、少しずつ奥へと進んでいく。

「彩乃、君からキスしてくれ」

彩乃は、うっすらと目を開け、雄一の瞳を見つめた。そっと唇を寄せて、彼の唇にキスをする。途端に、彩乃のなかにある雄一の猛《たけ》りが太さを増す。徐々に速くなっていく腰の動きに耐え切れずに、はしたないほど大きな声を上げてしまった。

「ああん、っ……ん、んっ……！」

お腹の内側を抉《えぐ》るようになぞられ、下腹にぎゅっと力が入った。

「辛くない？」

穏やかな雄一の声が、彩乃の唇の上で聞こえる。

「は……、ぁ……あ、っ……ああんっ！」

返事をする前に、また声を上げてしまう。恥ずかしさにきつく目を閉じると、目蓋《まぶた》に彼の唇を感じた。

「彩乃、君とこうなれて、すごく嬉しい。今、最高の気分だ」

雄一のつぶやきが頬骨の上に下りてきた。彩乃は無意識に顔を上げて、唇を寄せる。

「わ、たしも……。嬉し、ぁっん……」

雄一がほんの少し動くたびに、身体の奥がきゅうっと窄《すぼ》まるような感覚に襲われる。

今していることをもっとしてほしいと思った。こんなことをするのは初めてだったけど、雄一が彩乃のことを思い、心を砕きながら動いてくれているのを感じる。その優しさがわかるからか、身体だけではなく、心までも熱く潤《うるお》っていく。

彩乃のなかにある雄一への想いは、この濃厚なふれあいのせいで、より深いものになっていた。

「さ……くらばさまっ、ぁあ、っ……」

目を開けると、雄一が彩乃の顔を覗《のぞ》き込むようにしていた。すでに全身真っ赤になっているけれど、さらに恥ずかしさを感じて視界がぼやけてしまう。そんな彩乃に雄一はそれまでの動きを止め、唇にキスをしてきた。

耳の奥にキスの湿った音が響き、またうっとりと目蓋《まぶた》を閉じる。いつの間にか、最初よりも大きく脚を広げ、雄一のものを深く受け入れようとしていた。そんな品のないことをしてはいけないと思いつつも、止めることができない。

雄一をもっと感じたい。気がつけば、彼を含む蜜孔《みつこう》のなかが物ほしそうにひくついている。

口から彼の舌が抜き去られて、キスが軽いものに変わった。半開きになった彩乃の唇に、啄《ついば》むようなキスが降り注ぐ。

ちゅっ、ちゅっ、という音が彩乃の耳をくすぐり、それがすぐさま新しい快楽に変わる。

「もっと奥まで入れてほしい？」

雄一がほんの少し腰を引きながら言った。

「彩乃がそうしてほしいなら、そうする。もちろん、まだ慣れてないから少しずつ、な。どう？　もっと奥まで、ほしい？」

「ほ、ほし……っ……」

咄嗟《とっさ》にそう言ってしまった。それが本音だったたし、心からそうしてほしいと願っていた。

だけど、果たしてそんなふうに反応してもいいものだろうか？　初めてだというのに、こんなにほしがるなんて、おかしいんじゃないだろうか。

雄一は、じっと彩乃の顔を見ている。

（やだ、見ないで……。そんなふうに見られると……）

逃げ出してしまいたいほど恥ずかしい。だけど、本当に逃げたいわけじゃなかった。地団駄《じだんだ》を踏みたくなるくらい、今の状況がもどかしかった。

なんだろう、この感じは――

そんな彩乃の戸惑いを知ってか、雄一は片方の眉尻を上げ、口元にゆったりと笑みを浮かべた。

「彩乃、俺にしてほしいことがあったら、正直に言っていいよ。彩乃が今思ってること、感じてることなんでも」

雄一はさらに腰を引いて、彩乃の顔の横に両肘をついた体勢で彩乃を見る。

「そうやって恥ずかしがってる彩乃、すごく可愛い。たまんないよ。俺も正直に言おうか？　俺だってもっと奥まで入れたい。彩乃にもっともっとエッチなことしたいと思ってる。こうやって彩乃の反応を見ながら、もっといろんなことをしたいと思っている。……彩乃、そうしていい？」

彩乃は無意識に雄一の身体に縋《すが》りついて、くり返し頷《うなず》いていた。キスも彼の硬さも、もっと近くに感じたい。

「よし」

満足そうにそう言った雄一の顔が、たまらなく官能的に思えた。

「じゃあ、彩乃の望みどおり、奥まで入れてあげるよ」

雄一は、途中まで抜け出ていた屹立《きつりつ》をさらに先端まで引き抜き、それからゆっくりと彩乃のなかに突き戻した。

「あぁっ！　あ、あぁ……っ、ん、んっ！」

その途端、自分でも驚くほど大きな声が出てしまった。まるで、外国の映画に見るベッドシーンみたいだ。あんな声を自分が出すなんて信じられない。

「うーん、彩乃のなか、すごく気持ちいい。きつくて温かい。……それに、俺のものを必死になって抱きしめてくれてる」

雄一の右手が、彩乃の胸をそっと下から押し上げた。そしてやんわりと揉み込みながら、先端を指の間に挟み、こりこりと嬲《なぶ》ってくる。

「ひ……んっ！　ゃあんっ」

雄一の腕のなかにすっぽりと抱き込まれた。緩《ゆる》やかに続いていた抽送《ちゅうそう》が、徐々に速くなっていく。

胸の先への刺激が腰の抽送《ちゅうそう》とまざり合って、彩乃を翻弄《ほんろう》している。

「彩乃って、胸を触られると弱いよな？　こうして……ほら、ちょっと弄《いじ》っただけで、なかがびくびく震えるんだ」

雄一の指が、彩乃の胸の先をきゅっと摘《つま》んだ。そして、二本の指の腹でこするようにして捩《ね》じってくる。

「やぁんっ！　ん、ん……っ」

「声、もっと出してごらん。こうされて、どんな感じ？　言ってみて……俺の他には、誰も聞いてないから」

その〝俺〟に聞かれるのが恥ずかしいのに――

だけど、そう言われると、なぜか素直に言うことを聞いてしまう。

「し……下腹のあたり……が、きゅうって、なっ……、ぁ、あぁんっ！」

「そうか。痛くないか？」

「は、い……。でも、なんだか、熱く……って」

「彩乃、すごく気持ちよさそうな顔してるよ」

「なっ……」

上から見据えられたまま、にっこり微笑まれた。

「すごく恥ずかしいけど、ものすごく気持ちいい、って感じか？」

彩乃の気持ちを、雄一が代弁する。それがあまりに当たっていて、素直に頷《うなず》く他なかった。

正直、初めてのときはもっと痛みを伴うものだと思っていたし、我慢を強《し》いられるものかと思っていた。なのに、まるで違う。

優しくて、気持ちいい。たまらなく淫《みだ》らなのに、切なくて愛おしい。

「桜庭さま……、ぁ……」

雄一を呼ぶ語尾が掠れて、思いのほか淫《みだ》らな声になってしまった。

彼でいっぱいになっている部分がぎりぎりまで押し広げられているのがわかるし、自分が雄一のものを嬉々として咥《くわ》えているのもわかっている。

彼が望んだとおり、彼に身を任せた。だけど、これはただ単に彼のリクエストに応えたわけではない。だって、彩乃自身こうなることを熱望していたのだから。

「うん、彩乃……。その呼び方、却《かえ》ってエロかったりするよな。うっかりすると、嗜虐的《しぎゃくてき》な気分になる。彩乃って素直だから、つい意地悪したくなる。わざと卑猥《ひわい》なことを言わせたり、エッチな格好させたり――」

雄一の右手が彩乃の胸を離れ、太ももの上を滑《すべ》った。

「ここ、すごく綺麗だったよ。薄いピンク色で、びっくりするくらい濡れてた」

「っえ……？　あっ、さっき目隠し、してたんじゃあ……」

雄一の片方の眉尻が上がった。

「うん、目隠しはしてたな。でも、全部は隠れてなかったから」

いけしゃあしゃあとそう言ってのけると、雄一は口元を緩《ゆる》め、彩乃の柔毛《じゅうもう》のなかに指を進めた。そして、無防備だった花芽を爪の先でこすってくる。

「そんな、ひど……ぃあっ！　あんっ！　やぁん！」

自分で自分を叱りつけたくなるほど、甘えた声が零れた。でも、そこがそんなにも敏感なところだったなんて――

「ぁんっ、だ……めぇ……っ、あ、ん、っ……」

「だめ？　ほんとに？」

彩乃の嬌声《きょうせい》をキスで塞《ふさ》ぐと、雄一は腰の動きを一層激しくした。突然押し寄せてきた快楽の波に襲われ、彩乃は雄一の背中に指を強く食い込ませた。

「ぃ、あ……っ、桜庭さ、まっ！」

とろける――。そんなことをされたら、きっと脳味噌がとろとろにとろけて――

そう思った瞬間、彩乃の身体が雄一の下でびくりと跳ねあがった。そのまま全身が痙《けい》攣《れん》して、唇から掠《かす》れた吐息がくり返し零れた。

喉が引きつり、身体がベッドから浮き上がっているような気分になる。

「彩乃、好きだよ」

雄一が囁《ささや》くと同時に、彩乃の全身に真っ白な閃光《せんこう》が走り抜けた。彼自身が彩乃のなかで爆《は》ぜるのを感じる。身体のなかが、悦楽《えつらく》でいっぱいになった。

「さくら……っ、ぁ……っ……」

名前を呼ぼうとするのに、上手く声が出せない。快楽の波にたたみ掛けるように襲われる。もう彼の腰の動きは止まっているのに、痺《しび》れるような快感が彩乃を捕らえて離さない。喘《あえ》ぐ唇の縁《ふち》に、雄一がそっと口づけた。

「大丈夫か？　力抜いて……少し、休むといい」

雄一は囁《ささや》き、彩乃の髪をそっと撫でる。

「疲れたろ？　このまま眠ってもいいよ」

こめかみの上から、彼のごく小さな歌声が聞こえてきた。それはまるで子守唄のように優しく耳に響き、彩乃を心地よい眠りの中へと誘《いざな》っていくのだった。

雄一と夜を過ごした次の日の日曜日。彩乃はホテルから自宅に帰るなり、文字通り床《とこ》に臥《ふ》せっていた。終日お休みの今日は、どこにも出かける予定はない。

昨日のことを考えて、五秒おきにため息をついてしまう。

「はぁ……。なにやってんだろ、私ったら」

せっかく好きな人と結ばれたというのに、その後朝までぐっすりと眠りこけてしまった。せっかくのエグゼクティブスイートだったのに、満喫した部屋の設備といったら、一晩眠りながら堪能《たんのう》したベッドの柔らかさだけだなんて。

朝起きたとき、彩乃はきちんとホテル備えつけのバスローブを身に着けていた。ルームサービスの朝食を食べ終わったときには、もう十時を回っており、彼が取材に出かける時間が迫っていた。

「慌《あわただ》しくてごめん。本当はもう一度彩乃を抱きたかったけど、それはまたのお楽しみにしておくよ」

彼はそう言って彩乃の前髪を上げ、額《ひたい》にくり返しキスをした。そして彩乃より一足先に部屋を出ていったのだ。

それにしても、身体がだるい。脚の間に、いまだじぃんとした痛みが残っているし、心臓の上あたりに赤いキスマークがたくさんついている。

(私、本当に桜庭様と、しちゃったんだ……)

そのときのことを思うと、身体中が火照《ほて》り、息が苦しくなる。

結局その日は一日ほとんどの時間を、ベッドの上で過ごした。枕元に置いていたのは、雄一の著作。スマホからくり返し聞こえてくるのは、彼がいつも歌う曲をダウンロードしたものだ。

次の日の月曜日。

目覚めたのは、九時前だった。今日のシフトは十二時半からだから、ゆっくり用意しても、十分間に合う。昨日よりも身体中の軋《きし》みもだいぶ楽になってきていた。

顔を洗い、スマートフォンを確認する。そこには雄一からのメッセージが届いていた。

『おでこちゃん、身体は大丈夫か？　今日会えるのを楽しみにしてるよ』

短いけれど、彩乃にとって十分気持ちが温かくなるものだった。

雄一がホテルに滞在するのも、今日を入れてあと三日だ。せめてその間は、幸せな気持ちでいたい。

それにしても、一昨日自分の身に起きたことがいまだに信じられない。

二十七歳にして、ロストヴァージン。

思い返してみても、すべてが素晴らしかったし、なにひとつ足りないものはなかった。

彼はこの上なく優しかったし、彩乃の身体を終始気遣ってくれた。雄一のちょっとだけSっぽい発言も、優しくて不埒《ふらち》だった愛撫も、なにもかもが彩乃を夢中にさせ、熱くしていた。

（やっぱり、好き……）

昨日もそう思ったけれど、彼に抱かれたことで明らかに想いが深まっている。身体の関係ができたからでもあるだろう。だけど、決してそれだけじゃない。

一昨日までの身体とはまるで違う。彼に与えられた快楽が、身体の奥にずっと居残っているような感じがする。

「も……う、なんなの……」

朝から、一昨日抱き合ったときのことを考えるだなんて。冷静になろうとしてみても、雄一のことを想うと、いてもたってもいられなくなってしまう。

念のため体温計を取り出して熱を測ってみたが、まったくの平熱だった。

「あ、桂木さん、おはよう。……ん？　どうしたの、顔が赤いわよ？」

バックルームに入ると、部屋に控えていた谷に顔を覗《のぞ》き込まれた。

「え？　あ、赤いですか？　今ちょっと走っちゃったからかな？」

適当にごまかしてみたけど、谷の目は相変わらず鋭い。

「うーん、なんだか怪しいなぁ……。お休み中になにかあった？　あ、もしかして彼氏できた？　昨日デートだったんじゃない？」

「か、彼氏？　違いますよ」

「あらら？　なぁに、妙に慌てちゃって。さては図星？　やだ～、よかったじゃない！」

声を抑えながらも、谷は小さく手を叩いて喜んでいる。

「ちょっ、そうじゃなくて……なんていうか、その……」

確かになにかあったことはあったけれど、それは一昨日であって昨日ではないし、彼氏とかデートとかでもない。

「そうだったの～。私もこれでひと安心だわ～。桂木さん、いい子だし、ほんと男って見る目ないなぁって思ってたのよ」

谷は、彩乃が新人のころからなにかと気にかけてくれるありがたい存在だった。そしてここ一年は、彩乃が独り身であることをやたらと心配してくれていたのだ。

「桜庭様と……なぁんて思ったりもしてたんだけどなぁ。だって『俺と恋をしよう』発言まであったじゃない？　まぁ、イケメンすぎる恋人を持つと、なにかと大変だものね」

「は、ええ、まあ……」

そのイケメンに恋をして、ベッドをともにしました――

なんて言えるはずもなく、ここは当たり障りのないように頷《うなず》いておく。

「そういえば、桜庭様のことなんだけどね。実は、ここにお泊まりになってることが一部のファンにばれちゃったらしいの。それがあっという間に口コミで広がっちゃってね。昨日今日と桜庭様に会うためにフロアで出待ちしてる方が何人かでてしまって。結構大変だったのよ」

雄一の人気ぶりは、どうやら彩乃が思っている以上らしい。

そんな人と、よく密会なんてできたものだ。もし誰かに見咎《とが》められていれば、いろいろと困った事態に陥《おちい》っていただろう。

（っと、これ以上考えちゃだめっ！　仕事仕事！　今は仕事に集中して！）

平日昼間とはいえ、フロアはグループのお客様でごった返している。上階のレストランを利用しようと訪れた人も数多くいるようだ。

ビジネスのお客様の対応を終えた袴田が、彩乃に顔を向けた。一瞬、なにか言いたそうにしたが、結局なにも言わず、新しくやってきたお客様の対応を始める。

「――そういえば、桜庭様は一昨日別のホテルに宿泊されたようだね」

手が空いた少しの合間に、袴田が思いついたように話しかけてきた。

「はい。そう伺っています」

雄一のパーソナルコンシェルジュである彩乃が彼のスケジュールを把握していることは、取り立てて不自然ではない。

「どこのホテルだったかもお聞きしていた？」

「いえ、そこまでは伺っていませんでした」

「そうか」

何気ない会話だったけれど、妙にドキドキしてしまった。気のせいか、いつもより袴田の表情が硬い気がする。なにかあったのだろうか？

「あの……」

彩乃が袴田に話しかけるのをさえぎるように、彼が小さな声で言った。

「一昨日僕は休みで、ホテル・グラティアのカフェで友達と待ち合わせをしていた」

ホテル・グラティア――

それは、一昨日まさに彩乃が雄一と過ごしたホテルだ。

「そこで、十六時頃だったかな。桜庭様を見かけたんだ」

ペンを持つ彩乃の指先が震えた。

「そうですか」

もしかして、見られた？　手元にあったメモ用紙に意味のない線を描きながら、彩乃はできるだけなんでもないふりをして相槌《あいづち》をうつ。

「待ち合わせがてら、新しくできたカフェを見学しようと思ってね。綺麗だし、なかなか居心地もよかった。コーヒーも納得いく味だったたし、あそこなら相手が多少遅れてきても気にならないだろう」

グラティアのカフェは、フロントに向かう道すがらにある。友達が遅れていたとしたら、袴田はその人がくるのを待ちながら、いき交う人のなかに彩乃を見たのかもしれない。

なにか言われる覚悟をしていたけれど、結局袴田はそれ以上なにも言わず、やってきたシャルルに場所を譲り、バックルームに引っ込んでしまった。

(今のはセーフ……だよね？)

もし仮に袴田に見られていたとしても、自分で選択してとった行動であり、そこに後悔はない。ただ、相手がホテルに滞在中のお客様であることへの気まずさは感じる。できれば内緒にしておきたいのが本音だ。

「あ、桜庭様」

噂をすればなんとやらだ。シャルルの小さな声に視線を上げると、雄一がふたりの女性を伴ってホワイエのほうへ歩いていくところだった。女性のうちひとりは、立派なカメラを提げている。きっとなにかのインタビューなのだろう。

それにしても、雄一の周りにはどうしてこうも女性が集まってくるのだろうか。しかも、その大半が美人だ。

思わず小さくため息をつきそうになったそのとき、金髪の若い女性がコンシェルジュデスクに走り込んできた。

「Help me, Ayano!」

彼女は、四日前からここに泊まっているサラ・リンドバーグという女性だ。血相を変えている様子に驚いて訳を聞くと、彼女の祖母が急病で倒れたらしい。難しい手術も必要とのことで、最悪の場合を考えて今すぐに帰国したいという。ただちに帰りのチケットを手配してほしいと、涙ながらに訴えられた。

サラにとって、今回が初めての日本であり、初めての海外ひとり旅だ。心細かったのか、彼女はホテル・セレーネへくるなりすぐにコンシェルジュデスクにきて、彩乃に話しかけてきた。以来、彩乃と親しく接するようになっていたのだ。

「Leave it to me.（私にお任せください）」

彩乃は彼女を落ち着かせるようにしっかりとした声で話しかけ、すぐに帰国の手配をすることを約束した。

コンシェルジュになって三年、いろいろと緊急を要するリクエストに応えてきた。この件もそのうちのひとつだ。落ち着いて、かつ迅速な対応を心がける。

サラが住む町にたどり着くには、飛行機と電車を何度か乗り継ぐ必要がある。でも今日の最終便に間に合えば、明日中には帰宅できるはずだ。彼女の心情を思えば、とにかく早く彼女を送り出さなければならない。家族を失うことへの恐怖、その悲しみについては、母親を亡くしている彩乃自身よくわかっている。彼女には今すぐ荷造りをしてもらおう。だけど、すっかり取り乱した状態の彼女ひとりで大丈夫だろうか。とはいえ手伝おうにも、彩乃はチケットの手配を優先させなければならない。

基本的に、ひとりのお客様の要望には、ひとりのコンシェルジュが対応する。そうでなければ、お客様の混乱を招くからだ。必要に応じて他のコンシェルジュと情報を共有し提供し合うことはあるものの、彩乃はどちらかといえばそういったことが苦手だった。

同僚から手助けを頼まれれば、もちろん快《こころよ》く応じる。だけど、いざ自分が助けを借りる立場になると、どうしてもためらってしまうのだ。

そのせいで、もっと早くできたはずの対応が遅れてしまったことや、思うようなサービスを提供できなかったこともあった。頼るべきだとわかっているのにできないのは、自分だけでやり抜こうとする、頑な性格であるがゆえだ。

(どうしたら――)

考え始めたそのとき、先日雄一に言われた一言が頭に思い浮かんだ。

〝君はもっと仲間を頼っていいと思う。きっとみんなもそうしてほしいと思ってるよ〟

ふと顔を上げると、入り口にいるベルマンがじっとこちらの様子を窺《うかが》っていることに気づいた。

「すみません、力を貸してください」

視線を合わせインカムを通してそういうと、彼はすぐに近寄ってきて、なにをすればいいか聞いてくれた。そして、もうひとりのベルマンに声をかけ、荷造りを手伝うためにサラとともに客室に向かって歩きだす。

彩乃は急いでデスクに戻り、最終便の空席状況を調べた。

その間に、シャルルが高速の混雑状況を教えてくれ、タクシーの手配も引き受けてくれる。幸い渋滞もなく、上手くいけば最終便に間に合うことがわかった。

いつの間にか、デスクにはバックルームに控えていた後輩コンシェルジュが出てきており、新しくやってきたお客様の対応をしてくれている。

――仲間にひとつ声をかけただけで、驚くほどスムーズにことが運んだ。

そうしているところに、エヴァンスがにこやかな顔で通りかかった。その笑顔を見た途端、彩乃はあることを思いついた。

「総支配人」

彩乃は咄嗟《とっさ》に彼を呼び止め、これまでの事情を手短に話した。話を聞き終わると、彼は穏やかな顔で彩乃に尋ねる。

「それで、私になにをしてほしいのかな？」

「お客様の――リンドバーグ様の部屋にいっていただきたいんです」

サラは、異国の地でたったひとり、どんなにか不安に思っているだろう。そんななか、せめて飛行場に出発するまでの時間であっても、同じ言葉を話すエヴァンスがそばにいれば心強いに違いない。それに彼は、伝説のコンシェルジュだ。エヴァンスならサラの心をうまく支えてくれるのではないかと思ったのだ。

「なるほど」

彩乃の意向を理解した彼は、足早にエレベーターへと歩いていく。

無事チケットは用意できたし、チェックアウトの用意もできている。

あとは準備を終えたサラが下りてくるのを待つのみだ。すると十分も経たずに、エヴァンスがサラを伴ってやってきた。チェックアウトをすませ、ポーターが荷物を外に運ぶ。

「ちょっとお見送りにいってくるから」

サラのそばに付き添っていたエヴァンスが、彩乃に向かってにっこりと笑った。彼はサラに、ちょうど用事があるので空港まで同行させてもらいたいと言っている。サラの顔に、安堵の表情が浮かんだ。本当は用事などないことは、その場にいるスタッフ全員が知っている。

入り口を出ていくふたりを見送りながら、彩乃は心からエヴァンスに感謝をした。彼のスマートかつ温かい対応に、サラは間違いなく救われただろう。彩乃は改めて、彼に対する尊敬の念を深めた。今や直接デスクに就く立場にはないけれど、彼の気持ちは常にお客様とともにあり、視線は常にお客様と同じ方向を見ているのだ。

しばらくしてエヴァンスが空港から帰ってきた。彼は、フロントを見回し人手が足りていることを確認すると、彩乃を伴ってバックルームに向かう。部屋に入ると、エヴァンスは彩乃ににっこりと笑いかけ、小さく拍手をした。

「桂木君、リンドバーグ様は、君に大変感謝しておられたよ。ご家族の方も、彼女がすぐに帰国できると知って安心しているとおっしゃってた」

「そうですか。よかったです、本当に……。あの、総支配人、さきほどは申し訳ありませんでした」

彩乃はエヴァンスに向かって深々と頭を下げた。

「うん？　なぜ君が私に謝るのかな？」

実はあのときエヴァンスがフロアを通りかかったのは、ホワイエで待ち合わせていた旧友と会うためだったのだ。イギリス人であるその人は、日本への出張の合間を縫って彼に会いにきていたという。なのに、途中で彩乃が彼を呼び止めてお客様の相手を頼んだせいで、ふたりは再会を果たすことができなかったのだ。それに加えて、今日はエヴァンスの公休日だった。

「ああ、あの後すぐに友人から連絡がきたよ。彼は、ホワイエから一部始終を見ていたそうだ。『君の忙しさは相変わらずだな。残念だが、再会はまたの機会にしよう。僕は楽しみは後に取っておくほうだから、気にしないように』とね」

エヴァンスが旧友の野太い声を真似るのを聞いて、彩乃はうっかり噴き出してしまった。

旧友は、エヴァンスがホテルを出てまもなく、コンシェルジュデスクにやってきた。そして彩乃とエヴァンスについてしばらく話し込んだのち、ホテルをあとにしたのだった。

「デスクにいらしたときも、私にそう言ってくださいました。でも、私ったら総支配人のせっかくのお休みに仕事を――」

エヴァンスは、大げさに首を振って彩乃の言葉を遮《さえぎ》った。

「彼は、私がかつてコンシェルジュをしていたときの同僚なんです。だから、状況をみただけで大体のことはわかる。今はもう違う仕事に就いていますが、今度日本にくるときはぜひうちに泊まりたいと言ってくれたよ」

「そうでしたか」

「それに、私はホテルマンです。そしてここは、私の職場だ。休みの日であろうと、それは変わらないでしょう？　そういうことです。ただそれだけ。あぁ、もちろんこれは他の者もそうであれと言っているわけではありませんよ。私は、自分の心の赴《おもむ》くままに行動したまでです。コンシェルジュは、もはや私の生き方そのものなんです」

ぱちりと片目をつむり、エヴァンスは魅力的な微笑みを浮かべる。

「私は、コンシェルジュになってからの君をずっと見てきました。君は一生懸命頑張って、この三年の間にいいコンシェルジュになった。でも、もうひとつ上のランク――優れたコンシェルジュになるには、なにか足りなかった。君自身、そう感じていたのではないですか？」

穏やかな口調のなかの鋭い指摘に、彩乃は大きく頷《うなず》いて「はい」と答えた。

「個々のコンシェルジュにはそれぞれの個性があり、成長の仕方も違う。言葉で言われ、頭ではそうとわかっていても、経験して心でわからなければ本当の成長には繋がらないことも多々あります。君は、今回のことでひとつ学びましたね？　違いますか？」

彩乃は力強く頷《うなず》き、込み上げてくる高揚感で胸がいっぱいになった。

「仲間に負担をかけまいとする君の優しさは素晴らしいよ。でも、私たちはコンシェルジュだ。お客様のことを第一に考えると、そうも言っていられない。『立っている者は親でも使え』です。お客様は、スタッフにとって大切な家族同然の存在なんですから。そして、スタッフもまた君を手助けしてくれる家族だ。どうです？　ホテルをひとつの家族としてとらえてみるというのは」

「はい――」

エヴァンスに言われ、いままで彩乃の周りに立ち込めていた霧が、一気に晴れたような気がした。

「桂木さん、今、すごくいい顔をしていますよ。おめでとう。そして、ようこそ、ワンランク上のコンシェルジュの世界へ。君もこれで魔法使いの仲間入りだね」

就業時間を終え、帰途につくころにはもう夜の十時を回っていた。

サラの一件が終わってからも引き続きデスクは忙しく、ろくに休憩も取れない一日だった。

気がつけば、今日は一度も雄一からリクエストを受けることはなかった。彼は朝から取材に出かけており、夕方に帰ってきてフロアを通りかかったときに、ちょっと微笑みを交わしただけだ。

一日めいっぱい働いたという充実感はあるけれど、どこか寂しい。

たとえば、愛用のペンのインクがなくなったとか、チェーン店のコーヒーが飲みたいとか、用事はなんでもいい。ちょっとだけでも雄一にかかわり、一言でも言葉を交わしたかった。

雄一と話したい。話せなくても、ただそばにいるだけでも。

彼がチェックアウトするのは二日後。水曜日には、彼はいなくなってしまうのだ。こうしているうちにも、雄一の残りの滞在時間は着々と減り続けている。そんなことを考えているうちに、帰る足取りがどんどん重くなっていった。

背中に人がぶつかってきて、つんのめって転びそうになる。

「きゃっ――」

「おっと！」

転ぶ、と思った瞬間、横からひょいと腕が伸びてきて、くるりと身体が反転した。

「すみませ……あっ、桜庭様っ？」

「よかった、君が電車に乗る前に捕まえることができた」

雄一は嬉しそうに笑い、彩乃の手を引いて人が少ない脇道に入った。思いもしないタイミングで雄一に会えて、気持ちが一気に華やいでくる。

「仕事、もう終わったんだろ？　今からちょっと飲みにいこう。今日一日、ぜんぜん話せなかったし」

もちろん異存なんかない。むしろ大歓迎だし、すごく嬉しい。

雄一は、彩乃の答えを待つこともせず、手を引いたまま歩き始めている。

「どこかいい店はないかな。静かで、人目を気にしなくてよくて、料理と酒が美味《おい》しいところ」

「あ、それなら――」

彩乃の住むアパートの近くに、個人経営の居酒屋がある。連絡を入れると、店の一番奥の席を空けておいてくれるという。店内はあまり広くはなくて、出入りするのは年配の常連客だけだ。皆良識のある温かい人ばかりだから、うってつけだろう。

タクシーに乗り目的の店の前に着くと、雄一は看板も出ていないその外観を面白がった。なかに入ると、店主がおかえりと声をかけてくれる。男性が一緒だということで、ちょっと驚いた顔をされたが、そのままにこやかに奥に案内してくれた。

お任せで出してもらう料理は、素朴だけどみな手の込んだスローフードばかりだ。

「いい店を知ってるんだな。有名店もいいけど、俺はこんな落ち着けるところのほうが好きだ」

「あ、私もです」

ここは、彩乃が毎日通勤で通る道沿いにある。アットホームでありながら、事実上店主と知り合いでなければ入れないお店だ。一見普通の住宅のように見える外観のせいで、彩乃もここが居酒屋だとはまったく知らなかった。しかし、通勤途中に時折り顔を合わせ挨拶《あいさつ》を交わすうちに親しくなり、ある日店に誘ってもらったのだ。

「初めは、ただ『こんにちは』だけだったんです。でも、そのうち世間話をするようになって。ここのご夫婦、昔は学校の先生をしてらしたんですよ。すごく博識で、いつもためになるお話を聞かせてくださるんです」

彩乃から雄一の簡単な経歴を聞いた店主は、それならばと、とっておきの日本酒を出してくれた。

「そういえば、昼間はお疲れ様だったね」

唐突に言われ、彩乃は一瞬きょとんとした顔で雄一を見た。

「アメリカ人女性の帰国の件。スタッフ総出で見事彼女を送り出したそうだね」

「あぁ、リンドバーグ様の――はい。今回は、本当にみんなに助けられました。私ひとりじゃ、あんなふうにはできなかったです……って、なんでそのことをご存じなんですか？」

「ふふん、俺の取材能力を見くびってもらっちゃ困るな——な〜んて、通りかかったスタッフを捕まえて、ちょっとばかり話を聞かせてもらったんだよ。見事な連携プレイだったそうじゃないか。見たかったたな、彩乃の大活躍」

雄一は、彩乃からさらに事の顛末《てんまつ》を聞きだし、彩乃とスタッフの尽力を褒め称えた。

「彩乃はコンシェルジュになるべくしてなった人だな」

「いえ、そんな偉そうなものじゃありません。コンシェルジュという職業を選びましたが、元々すごく人見知りだし、消極的なんです。だけど、コンシェルジュをやっていく上でそんなこと言っていられません。だから、自分なりに努力をしたというか……」

自分の性格については、もう嫌というほどわかっている。なんとか折り合いをつけて頑張ってきているけれど、雄一のように、ただいるだけで人が近寄ってくる人を、正直うらやましいと思う——そんなことを話すと、雄一はじっと彩乃の顔を見て、にっこりと笑った。

「確かに、俺は人懐《なつ》っこいし誰にでも躊躇《ちゅうちょ》なく声をかける。これは持って生まれた性質だろうな。君の努力して得た、いわば第二の性格は作られたものかもしれない。だけどそれは、そのぶん価値があるし、培《つちか》ってきたという自負もあるだろう？　偉いよ」

「そんなに褒めないでください。私、図に乗っちゃいますよ」

「いいんじゃない？　彩乃は控えめすぎる。もっと図に乗ってもいいくらいだ」

美味《おい》しい料理を食べ、思いがけず雄一とこんなときを過ごせているせいか、いつもより少しだけ杯が進んだ。元からそんなに飲めるほうではないけど、店主とあっという間に親しくなり、楽しそうにあれこれと話している彼を見るうち、気分がうきうきと弾んできたのだ。

「今日のリンドバーグ様の件、あれって実は桜庭様のおかげなんです」

珍しく饒舌《じょうぜつ》になっている彩乃は、店主がテーブルから去ったタイミングで言った。

「俺の？」

「はい。桜庭様、この間私に言ってくださいましたよね？　『君はもっと仲間を頼っていいと思う。きっとみんなもそうしてほしいと思ってるよ』って。リンドバーグ様がデスクにいらっしゃったとき、私、なにをどう優先してやっていけばいいか一生懸命考えようとしていました。だけど、ふと桜庭様の言葉が頭に思い浮かんで……。ああ、そうだ、って」

嬉しそうな顔で話す彩乃を見て、雄一も同じように顔をほころばせる。

「今日、いろいろなことを学びました。今までいろいろと本を読んだりして、頭ではわかったつもりになっていたことも、実はちっともわかってなくて実践できてなかったって。やっぱり経験が大事なんだって思いました。桜庭様は、これまでたくさんの国でいろいろな経験をしてきたんですよね。それってすごくうらやましいです。……桜庭様の家族の単位は、世界なんですね」

「家族の単位？」

「はい。今日総支配人に言われたんです。ホテルをひとつの家族としてとらえてみたら、って」

雄一は頷《うなず》きながら、彩乃をじっと見つめている。

「そして言われました。『君もこれで魔法使いの仲間入りだね』って」

しかし、魔法使いというなら、雄一こそそう呼ぶにふさわしい人だ。

だって彼は、わずか十数日の間に彩乃のこれまでの人生を一変させてくれたのだから。

「あの、ひとつ聞いていいでしょうか？　桜庭様は、どうして旅行家になられたんですか？」

彩乃がそう尋ねると、雄一は微笑んだ顔で天井を見上げ、なにか思いを巡らせるようにしばらくの間考え込んでいた。

「うーん、俺って、ひとつのところにじっとしていられない性格なんだ。ハイスクールを出て、大学に進学するとき、自分のルーツである日本にくることを選んだ。そこで一種のカルチャーショックを受けてね。世界って面白いなって思うようになって」

在学中、雄一は忙しい勉強の合間を縫って旅行を重ねていた。そして、卒業後は思う存分あちこちの国を旅して回り、気がついたらこんな形になっていた、と。

「すごい行動力ですね。それに、素晴らしいお仕事だと思います。桜庭様は、私が一生いかないようなところにいった気分にさせてくれる。狭かった世界が、ぐーんと広がった気がします。ふふっ、気持ちだけでも、うきうきしてしまいます。桜庭様って文才もあるし、優しくて明るくって……私、本当に尊敬します」

出会ってからまだ二週間にも満たないけれど、彩乃は雄一に対して、愛情とともに尊敬の念も抱いている。

「ずいぶん褒めてくれるね。なにか企《たくら》んでる？」

雄一のいたずらっぽい瞳。店の照明の下で、それはいつもより淡い色合いに見える。

「企《たくら》んでなんかいません。桜庭様だって、よく私を褒めてくださるじゃありませんか。それが移ったんです」

唇を尖らせる彩乃を、雄一はテーブルに肘《ひじ》をついて覗《のぞ》き込んだ。

「彩乃は？　なんでコンシェルジュになろうと思った？」

「え、私ですか」

やけに強く見つめてくる雄一の視線に圧倒されながらも、彩乃は少しずつ話し始めた。

「私が大学二年生だったとき、買い物途中でおばあさんに会ったんです。彼女は、一生懸命なにかを探していて、それが見つからないですごく困っていました」

高架下の河原にいたその人は、春先の雑草が伸びた土手を懸命にかきわけて探し物をしている様子だった。彩乃が近寄って事情を聞くと、亡夫からもらった大切なペンダントを落としてしまったらしい。気の毒に思い、彩乃は一緒に探すことにしたのだ。

ペンダントを探すうち、老婦人は彩乃に言った。

〝あなたは、困った人を放っておけない人ね。コンシェルジュにぴったりの人だと思うわ。もし将来あなたがコンシェルジュになったら、きっとあなたのいるホテルに泊まりにいく〟

その後もペンダントを探し続けたが、結局見つからないままタイムリミットとなった。老婦人は、家族とともに英国に住む日本人であり、今は一時帰国中なのだという。今日が帰国の日で、最後の思い出にと、かつて夫と散歩した川沿いを歩いていたそうだ。そして、大切なペンダントを落としてしまった。すでに時間はぎりぎりであり、すぐにでもホテルに戻って荷づくりをし、空港に向かわなければ飛行機に間に合わない。

老婦人は仕方がないと諦めたが、彩乃はどうしても諦めきれなかった。彼女を出発準備のために帰らせ、自分はそのまま河原を探し続けた。結果、ようやく見つかり、彩乃は聞いていた老婦人が乗る飛行機に間に合うよう懸命に空港に急いだのだ。そして彼女が搭乗口に入る寸前で、ペンダントを手渡すことに成功した。

「それ以来、コンシェルジュっていう職業のことが気になって。いろいろと調べていくうちに、その気になっちゃったんです。単純ですよね。でも、あのときお会いした方のおかげで、今桜庭様ともこうしていられるわけだし……」

そこまで言って、彩乃ははっと口をつぐんだ。

勢いに任せて、ついおかしなことを言ってしまった。

彼と知り合えた幸せ——それはもう、彩乃のこれまでの人生のなかで最大のものだと思っている。

だけど、さっき彼が言った言葉がすべてを物語っている。

〝ひとつのところにじっとしていられない〟

そうだ。雄一は、明後日には日本からいなくなってしまうのだ。

「その人とは、その後コンタクトは？」

「いいえ、それきりです。思えば、ちゃんと連絡先を聞いておけばよかったです。でも、そのときは本当に出発ぎりぎりだったし、ペンダントを渡すので精一杯で……」

ゲートに入る前に、おばあさんが持っていた携帯でツーショット写真を撮りはしたが、彩乃がその画像をもらう時間すらなかった。

「上品ですごく素敵な方だったんです。お年を召していましたけど、目鼻立ちがとても綺麗で」

「そうか。その人も君の連絡先を知らないまま？」

「はい。知っているのは、当時大学二年生だったということと、彩乃という名前だけだと思います。私ったら、探すのに夢中で、名前すら聞いていませんでした。その方のことは、たまに思い出したりするんですよ。今、どうしているのかなぁ、イギリスで元気に暮らしているといいなぁ、って」

彩乃は、当時を懐《なつ》かしんでぼんやりと宙を見つめた。

「なるほどね。そうか、それはいい出会いだったね。まさしく、君の運命を変えた出会いだ」

「本当にそうですよね。私、その方にうちのホテルに泊まっていただきたいです。そして、コンシェルジュになった私を見てもらいたい、って思います」

微笑んだままお猪口《ちょこ》に残っていた日本酒を飲み干すと、彩乃はほっと小さくため息をついた。

「……ふふっ。と言ってもまだまだ胸を張って迎えられる自信はないんですけどね」

「そんなことはない。だって彩乃は、リンドバーグさんにとっては立派な魔法使いだったじゃないか。それに、彩乃はずっと前にも一度、魔法使いになってるしね」

彩乃は、微笑んだまま小さく首を傾げた。

「だってそうだろ？　大学生だった彩乃は、どうしても見つからなかったペンダントを探し当てて、その人に届けた。彼女にとって、君は魔法使いそのものだよ。違うか？」

彩乃に向かって、雄一もまた首を傾げる。それを見た彩乃は、ぷっと噴きだした。

「そうですか？　私のこと魔法使いだと思ってくれたでしょうか。そういえば私、空港に着いたとき、おでこ全開だったんです。その方、私のおでこの汗をハンカチでぽんぽんって拭いてくれました。まるでお母さんみたいに」

そのままくすくすと笑いだした彩乃を、雄一は面白そうに眺めた。

「彩乃、君は飲むと笑い上戸になるのか？」

「いいえ、今日はなんだか楽しくって。おかしいですか？　ふふ、おかしいですよね、やっぱり」

まだ酔っているというのではないけれど、気分もいいし身体もなんとなくふわふわとして気持ちがいい。

「いや、彩乃がそんなふうになってるのを見るのは楽しいし、いつもと違う面を見せてもらったようで嬉しいよ」

「そうですか。じゃあよかったです。……あれ？　それって、ペンダントですか？」

向かい合って話をするうち、雄一の胸元にごつごつとした石がぶら下がっているのを見つけた。

「ああ、これ？」

「いいですね。無骨《ぶこつ》だけど、とても素敵です」

「ありがとう。これ、南アフリカの鉱山にいったときに、現地の人と一緒に掘り出したものなんだ。一緒に作業するうちに、現場監督と意気投合してね。結局ひと月ほど監督の家にやっかいになってたかなぁ。帰り際、道中のお守りにってこれをくれたんだよ」

雄一が首にかけている革ひもをひっぱった。先端についたワイヤーで囲まれたペンダントトップを、指先で摘《つま》む。うっすらと緑色だと思っていたそれは、よく見るとやや濁《にご》ってはいるものの透明だった。

「なんの石かわかる？」

「えっと……南アフリカの鉱山って言えば……もしかしてダイヤモンドだったりしますか？」

「あたり。研磨《けんま》すればそれなりに価値がでるらしいけど、男の俺がキラキラのダイヤをぶら下げるのもおかしいだろ？」

「すごい……ダイヤモンドだったんですね。でも、キラキラさせるより、今のままのほうが桜庭様には似合ってますね」

なおもにこにこと機嫌のいい彩乃だったが、時間が経つにつれて少しずつ口元から笑みが消えていった。気にするまいと思っていたのに、どうしても気になってしまう。

今が楽しくても、あと二日したら、雄一は彩乃の前から去ってしまう。たぶん、二十歳のときに会った老婦人と同じように、心にいつまでも残りながらも、二度と会えない人になるのだ。ひとつのところにじっとしていられない彼は、またどこかに飛んでいってそのまま――

「どうした？」

黙り込んでしまった彩乃に、雄一がそっと声をかける。

「あ……いえ、ちょっとぼんやりしちゃって……。今日、いろいろとあったから」

「疲れた？」

「は……いえ、ちっとも！」

今疲れたと言えば、きっと雄一は気を使ってもう帰ろうと言うだろう。

もう少し一緒にいたい。まだ帰りたくない。

彼が、もともと彩乃が捕まえることなんか叶わない自由人だということはわかっている。だけどせめて今だけは、できるだけ一緒にいる時間を引き延ばしたい。

（お願いだから、まだ帰ろうって言わないで……）

彩乃が心のなかでそう念じたとき、雄一がふっと笑ったような気がした。

「うん……、でももうすぐ日付が変わる。ここは何時まで？」

「午前一時までです」

「そうか」

テーブルの上にある彩乃の指先を、雄一の掌《てのひら》が何気なく包み込んだ。

「俺はまだ彩乃と一緒にいたい」

雄一の囁《ささや》くような声に、彩乃の指先がぴくりと反応する。

「彩乃は？」

「私も……そう、思ってます」

店を出て、そのまま歩いて彩乃のアパートに向かった。途中、コンビニに寄ろうとしたところを雄一にやんわりと制される。

「俺がいってくるよ。ここ、彩乃のいきつけのコンビニだろ？　店員の人、顔見知りじゃないのか？」

「はい、そうです」

アルバイトのスタッフは結構な頻度で変わるけれど、店長やパートのおばさんらとはすっかり仲良しになっている。

「俺ひとりでいったほうがいいんじゃないか？　だって、俺が買うのは――」

彼が口にしたのは、男性用下着と避妊具。

さすがにそれらを一緒に買いにいくというのは、あからさますぎる。彩乃は真っ赤になって、店の外から、ガラス越しになかを歩き回る雄一を見ていた。

今さらながら、彼が際立ってハンサムでスタイルがいいことに気づく。なんでもない日常に彼のようなイケメンを登場させただけで、見慣れた風景まで違うものに見えてしまうから不思議だ。

「お待たせ」

彩乃は、自動ドアから出てきた雄一を、ぽーっとした顔で見つめていた。

「どうしたの」

「いえっ、あの……かっこいいなって思って」

気分が高揚しているせいか、そんな台詞《せりふ》がつい口から出てしまった。すると、見つめていた雄一の顔がほんの少し赤くなった気がした。

「あの……、もしかして顔、赤くなってますか？」

彩乃の左手を、雄一の右手がぎゅっと握りしめた。

「あのね、俺だって照れることくらいあるよ」

「え？　照れっ……、だって桜庭様……」

アパートへの道を、雄一は大股でぐんぐんと歩いていく。

男前でモテ男の彼が、かっこいいと言われて照れるなんて。

ぜったいに言われ慣れているだろうし、実際ホテル内ですれ違いざまにそう言われているのを聞いたことだってあるのに。

それにしても、こんなふうに男性と手を繋いで歩くなんて、初めてのことだ。

彼と出会ってからの十二日間で、人生における〝初めて〟を、いくつクリアしただろうか――

アパートに着き、なかに入る。

「今さらですけど、すっごく狭いですよ。なんだか恥ずかしいです」

「そう？　だとしても気にしないよ。お邪魔します」

律儀にそう言って上り込む雄一を後ろに、彩乃はそそくさと床に落ちていたクッションを拾い上げ、ソファの上に置く。

「殺風景でしょう？　まるで男の人の部屋みたいって、友達にもよく言われるんです」

「いや、でも置いてある小物は女性らしいよ」

雄一が、テレビ台の上にあるキャラクターもののカレンダーを指差す。

「あ、それは妹がくれたんです。ほっといたら、どこかでもらったような地味でオッサン臭いものを置くだろうからって……あっ……」

〝オッサン〟だなんて、つい妹が言ったままの言葉を口にしてしまった。

気まずい表情になってしまった彩乃だが、雄一はにやりと笑っただけで、まったく気にしていない様子だ。

「俺はシンプルでいいと思うな。要は、本人にとって居心地がよければいいんだ。しかし、本の量はすごいね」

「いつの間にかたまっちゃって。ほとんどが仕事用に買った本です。えっと、コーヒー淹《い》れますね。適当に座っててください」

彩乃は、ひとりキッチンに向かい、お湯をわかし始めた。ドリッパーを取り出してフィルターをセットしようとするけれど、よく見ると指先が小刻みに震えている。この状況に、実はかなり緊張しているようだ。なんとかコーヒーをカップに注ぐ。テーブルに持っていこうとすると、雄一が手を伸ばして受け取ってくれた。

「あ、そうだ」

思い立ってキッチンに戻り、彩乃は冷凍庫から氷を張ったタッパーを取り出した。

「あれから作ってみたんです。よかったらどうぞ」

なかにはあんず飴《あめ》が入っている。雄一と一緒に駄菓子屋《だがしや》にいったときに、自分用にも材料を持ち帰っていたのだ。

「ありがとう。二種類あるね、こっちの中身はなに？」

「それは、すももです。ちょっと酸っぱいですけど、美味《おい》しいですよ」

雄一は子供のように顔をほころばせて、両方の飴《あめ》に手を伸ばした。

「あ、でも、コーヒーには合わないかもしれませんね」

「いや、平気だ。はい」

雄一は、自分で一本口に咥《くわ》え、彩乃にも一本差し出してくる。

「うーん、こっちも美味《うま》いなぁ。水飴《みずあめ》自体も美味《おい》しいよね。もっとある？」

リクエストされて、余っていた水飴《みずあめ》をテーブルの上に置いた。

食べているうちに、口元が飴《あめ》でべたついてしまった。舌で舐めとろうとすればするほど、ますます口の周りに広がっていく。

「ちょっと、おしぼり持ってきますね」

立ち上がろうとする彩乃の腕を、雄一が引き戻した。そのままじっと顔を見つめられる。

「あ、の……」

「いっちゃだめだ。せっかくふたりきりでいるんだから、一時《いっとき》も離れていたくない」

雄一に、上から覆いかぶさるように抱きしめられる。その途端、身体中が炎に包まれたように感じた。べたつく唇が重なり、雄一の甘い舌が彩乃の唇を割る。

「舌で唇を舐めるとか、エロすぎ」

「ぁ……っ、んっ」

アパートは、ホテルと違って壁は薄いし、防音設備なんかありはしない。

「桜……」

ストッキングの上から太ももをまさぐられ、スカートの裾が膝上までずり上がった。

「雄一、って呼んで」

「で、でも……っ。ぁん、んっ……」

お客様を呼び捨て？

まさかそんなことできっこない。

彩乃が小さく首を横に振ると、雄一は目を細め、ゆったりと笑った。

「そうか。彩乃はこんなときでも俺のパーソナルコンシェルジュに徹してくれるわけだね？　じゃあ、コンシェルジュとしての君にリクエストだ――」

雄一の片方の口角が上がる。

「明かりを暗くして、もう一度ここにきてもらってもいいかな？」

雄一の低い声が、彩乃の耳に心地よく響いた。

彼の望むことにはすべて応えたい――、彩乃の心から、その思いがあふれてくる。

「……はい」

彩乃は頷《うなず》きながら立ち上がると、部屋の明かりを消して、ベッドサイドの読書ライトを一番低い光度で灯《とも》した。雄一がベッドへ移動してくる。

「うん、なかなかいい。……じゃあ、服を脱いで。ゆっくりでいいよ。君が脱いでいく様子をじっくりと観察したいから」

「えっ……」

彩乃は、羞恥《しゅうち》のあまり唇を固く結び、その場に立ち尽くした。呼吸は乱れ、立っているだけで身体がゆらゆらと揺れてしまう。それでも、自分を見つめる雄一の瞳からは逃れられない。

「自分で、ですか」

「うん、自分で」

――彼がそう望むのなら。

雄一といられる時間は、あと僅《わず》かしかない。そうであれば、なおさら逃げられない。彩乃の指が、ブラウスのボタンにかかった。彼の視線が、外されていくボタンをひとつひとつ追う。

雄一を見つめたままブラウスを脱ぎ捨て、次はどうしようかと迷っていると、彼の指が彩乃のスカートを指した。

腰のジッパーを下ろしスリップ姿になると、雄一は小さな声で「ストッキングを」と言った。

前かがみになり、視線を足元に置いて片脚ずつ脱いでいると、彼の視線が身体中に注がれているのを感じた。スリップも脱ぎ、うつむいたまま背中に手を回し、ブラのホックを外す。肩で息をしながら、思い切って胸を隠すレースを下に落とした。自分の胸が激しく上下しているのがわかる。

「下も脱いで」

雄一の静かな声が部屋に響くと、彩乃はまるで操られているかのように腰にあるレースに手をかけた。そしておずおずとショーツを下に引きおろし、片方ずつ脚を抜いた。前かがみの姿勢からまっすぐに身体を戻すと、たちまち胸の先が熱くなり、閉じていたはずの唇から吐息がもれる。

「彩乃、とても綺麗だよ……。君の選ぶ服はどれもシンプルで君の魅力を引き立てているけど、裸の君はもっといいね。すごくセクシーだ。男は誰だってそそられるよ」

雄一に言われるまで、自分の身体に関心を向けたことなんかなかった。仕事一筋に生きてきた彩乃にとって、自分が異性からどう見られているかなんて気にすることもなかったのだ。

「彩乃、こっちを見て」

そう言われ、ようやく視線を雄一に戻した。すると、彼はすでに着ていたものをすべて脱いだ状態でベッドに腰掛け、広げた膝の上に両腕を預けた姿勢でいる。視線が合うと同時に、身体から湯気が立つ勢いで恥ずかしさが込み上げてきた。

腕を交差させようとするのに、優しくも抗《あらが》えない口調で雄一に制されてしまう。

「隠さないで、彩乃。俺は、もう君の身体の隅々《すみずみ》まで知ってる。だから、今さら恥ずかしがることなんかない。もっとこっちへきて」

手を差し伸べられ、導かれるまま彼の前に立った。

「ずいぶん無口なんだな」

左手で腰を抱かれ、引き寄せられる。右の乳房の先に、彼の舌がからんだ。

「ひ……ん、っ」

「君が胸を強調しない下着をつけていて幸いだったよ。君の裸を見たら、男はきっと虜《とりこ》になるだろうな。……今の俺みたいに」

雄一は彩乃の胸全体に唇を這わせ、右手で双臀《そうでん》を捏《こ》ねまわした。

「そ、んなっ……。ぁ……ん、っ」

「信じられないって顔してるね。だったら、今夜俺が証明してあげるよ」

いつの間に持ってきていたのか、雄一は水飴《みずあめ》をからめたスプーンを手にしている。そして、その水飴《みずあめ》を指先にすくった。

「いる？」

彼の指先にからむ水飴《みずあめ》が、琥珀色《こはくいろ》に輝いている。

こっくりと頷《うなず》いて薄く口を開くと、彼の指が彩乃の唇を割って舌先に触れた。水飴《みずあめ》の甘味が舌を誘い、無意識に彼の指に舌をからめていた。閉じた唇のなかで、雄一の指がゆっくりと抽送《ちゅうそう》を始める。彩乃の舌は、思わずそれに追いすがっていた。

「たまらないな……その顔……」

抜き去られた指の代わりに、彼の甘い舌が口のなかに差し込まれた。そしてさっきと同じように、抜き差しをくり返してくる。

頭の芯が痺《しび》れるほど淫靡《いんび》なキスに、全身が次第に熱を帯びる。雄一は、スプーンに残っていた水飴《みずあめ》をすべて舐めとり、口移しで彩乃にわけ与えた。ちゅくちゅくという小さな水音が聞こえる。喉を通る飴《あめ》とキスの甘さが、彩乃の身体を溶かしていく。

「彩乃は、自分で思っている以上に……いろいろとエロい」

雄一は、手にしたスプーンの先で、彩乃の首をそっと撫でた。そしてデコルテ、乳房へ動き、徐々に胸の先へと進んでくる。

「それをまるでわかっていないところが、またエロいんだよな……」

スプーンの丸味が、柔らかく色変わりする乳暈《にゅううん》の縁《ふち》をなぞってくる。

「い……あっ」

そんな意地悪な刺激に耐え切れずに、彩乃は後ずさろうとした。

「逃げちゃだめだ。もっと彩乃の胸を堪能《たんのう》したい。……本当に綺麗だ。一晩中弄《いじ》っても飽きないだろうな」

雄一は、スプーンを彩乃に手渡し、にっこりと笑った。

「これ、テーブルの上に戻してきてくれるか？　ゆっくりとでいいよ。君が裸で部屋を動き回る姿を、じっくりと眺めたいから」

「……変態っ……」

思わず呟いた言葉を、雄一に聞きとがめられてしまった。彼が、得意の目を細めるしぐさをして、彩乃をじっと見つめる。

仕方なく、後ろを向いてそろそろとテーブルへ足を進めた。肩や背中、お尻や脚の後ろに至るまで、雄一の視線を感じる。上体をかがめ、スプーンをテーブルの上に置こうとした。

「脚、もう少し開いて」

背後からそんないやらしいリクエストをもらって、彩乃は足元からじんわりとした熱が立ち上ってくるのを感じた。

「そうじゃないと、見えないだろ？　彩乃の、可愛いとこ」

「……鬼っ」

小さく罵《ののし》った言葉に、雄一がくすりと笑い声を立てた。だけど、一向にリクエストを撤回する気配もなく、そのまま視線を浴びせ続けてくる。

「お客様のリクエストに誠心誠意こたえてくれる、素敵なコンシェルジュだよね、彩乃は」

色気をまとった声で、雄一は追い打ちをかけてきた。

「っつ……」

なぜか、雄一に言われると望みを叶えたくなってしまう。

彩乃は少しだけ足の間隔を離し、素早くスプーンを置いた。そして雄一のほうへ向き直る。

「早っ……まぁ、いいか。さぁ、こっちおいで。よくできましたのご褒美をあげるよ」

恥ずかしさのあまり、頭のてっぺんまで熱く火照《ほて》っている。よろよろと前に進み、雄一の前で立ち止まった。

「すっごく興奮した。エロすぎだよ。あんな格好で男を誘うなんて、いけない子だな。今すぐ彩乃に襲いかかりたくなったよ」

「なっ……」

自分がそうしろと言ったくせに。抗議する前に腕を引かれ、向かい合ったままの状態で雄一の膝に馬乗りにさせられる。

ふたりとも裸で、お互いの目線が同じ高さにある。キスするのに最適な距離感だ。彼の左手は彩乃の身体をしっかりと抱き寄せ、右手は執拗《しつよう》に左乳房の柔らかさを楽しんでいる。

「ん、あっ……」

胸の先をそっと摘《つま》まれ、同時に唇に雄一の舌先が触れた。

「声、我慢してるね。エッチな声、ご近所に聞かれたくない？」

そう聞かれ、彩乃は頬を染めながら首を縦に振った。

雄一は頷《うなず》き、彩乃の唇をキスで塞《ふさ》ぐ。そして乳房に置いていた手を、下腹に移動させた。その指がためらいなく柔毛《じゅうもう》のなかに沈められ、花芽の先を撫でられた。

「ん！　ふ、ぅ……！」

足元から脳天へと熱波が通り抜ける。こりこりと左右にいたぶられ、目蓋《まぶた》の裏に快楽の涙が滲《にじ》む。

「なんて顔するんだ。まだ始めたばかりなのに。のっけからそんなふうに誘惑されると、我慢が利かなくなるぞ」

「……ゆっ、ゆ……わくなんかしてな……、ん、ぁだめっ」

唇を解放されたが、息を継ぐ合間にどうしても吐息がもれてしまう。

「だめと言われても、もう止められない。言ったろ？　彩乃がいかに俺を虜《とりこ》にするか証明してあげるって」

首筋に雄一のキスが移動すると同時に、腰を強く抱き寄せられた。ぴったりと合わさった下腹の間に、彼の屹立《きつりつ》がある。熱くて硬いそれが、彩乃の濡れた花房を左右に割る。たっぷりと含んでいた蜜があふれた。

「ぁ！　んっ、ん、んん……」

腰を軽く揺すられるたび、彩乃の秘裂と屹立《きつりつ》がこすれ合う。口を閉じていることもままならなくなり、彩乃は掌《てのひら》で唇を押さえた。それでもこらえきれず、声はもれてしまう。恥ずかしくて仕方がないのに、身体はもう激しく雄一を求めている。

まだ一度しか経験していないのに、こんなふうになるなんて――

誘惑され、虜《とりこ》にされているのは自分だ。こんなにも彼がほしい。心と身体をすべて捧げてしまいたい。

彼に愛されたい――

「彩乃……、抱いていいか？」

耳元のその囁《ささや》きに、嫌と言えるはずもなかった。

彩乃の表情を、肯定と受けとったようだ。雄一は、彩乃の唇にキスをしながら、近くに置いてあった避妊具をつけた。

「少し腰を浮かせて膝立ちになるんだ」

雄一の掌《てのひら》が、彩乃の太ももを持ち上げる。下から見上げるように視線を合わせてきた彼が、これ見よがしに胸の先を舐めた。

「桜庭さまっ、ぁ、んっ……！」

慌てて脚を閉じようとするけれど、雄一は彩乃をしっかりと抱きしめたままだ。唇を乳房から離そうともしない。

与えられる快感に、膝ががくがくと震えだす。

「こ、声、出ちゃいま……、絶対……無理で……、ん、んっ！」

執拗《しつよう》な愛撫にどうしていいかわからなくなる。

「声を我慢するっていうのも、なかなか刺激的だろ？」

そんな鬼畜なことを口にしながら、雄一は自《みずか》らの屹立《きつりつ》で濡れた秘裂をなぞり始めた。

「だっ……、めっ。あ、……ぁ」

「なんでだめ？　一度受けたリクエストは、最後までやり遂げてくれなきゃ。そうだろう？」

見つめてくる瞳に、無意識に頷《うなず》いていた。

でも、このままじゃあ——

辺りを見回し、雄一のシャツポケットにハンカチを見つけた。

「それっ……貸してください」

差し出されたハンカチを口元に押し当て、彩乃は覚悟を決めて雄一の瞳を見つめ返した。

「いい子だね、彩乃は。じゃあ、自分から腰を落としてみて」

促《うなが》され、彩乃はそろそろと腰を落としていく。

雄一の切っ先は思いの他すぐそばにあって、今にも滑《すべ》り込まんばかりにぬらぬらと彩乃の蜜にまみれている。

「ん……っ」

先端の丸みが彩乃の蜜孔《みっこう》のなかに沈む。彩乃はハンカチを噛みしめて、込み上げてくる声を抑えた。雄一の掌《てのひら》が、彩乃の双臂《そうでん》を押し上げては落として、という動きをくり返す。ベッドの揺れが、そのままセックスの動きに繋がる。

恥骨の内側をくり返し突かれ、ハンカチを噛んだまま彩乃は喉の奥で嬌声を上げた。しゃくりあげるように息をして、全身を震わせてしまう。その様を、雄一が満足そうに見つめていた。

彼は、彩乃を乗せたままベッドの上で移動して、ヘッドボードに背中を預けた。その動きでさえ、彩乃を甘く苛《さいな》んで震えさせる。

「腰、振ってごらん」

そんないやらしいこと、できない。でも、彼の言葉に彩乃は逆らうことなどできなかった。

誘われるままに、彼の肩に手を置く。そして、そっと腰を動かしてみた。たちまち焼けるような羞恥《しゅうち》ととろけるほどの愉悦《ゆえつ》に捕らわれ、全身が炎と化す。

「彩乃、すごく気持ちいいよ……」

彼が彩乃の乳房を掌《てのひら》にすくい上げて、先端を口に含んだ。乳暈《にゅううん》を硬い歯列で引っかかれ、舌で突端を押しつぶすよう愛撫される。

仰《の》け反《ぞ》った拍子に、そのままベッドの上に押し倒された。そして、上から強い視線で見据えられる。

「彩乃はこうされるの好きだろ？　すごく感度がいいもんな、彩乃の胸」

「ん！　っ……ん！　ふっ」

全身から湯気が出そうなくらい、身体が熱く感じる。じっとしていることができずに、歯を食いしばりながら身をそらせた。

「エッチだな、彩乃は。……ますます虜《とりこ》になる。ほんと、おかしくなるほど彩乃を抱きたい。貪《むさぼ》って無茶苦茶に感じさせてやりたい。彩乃がイきそうになってる顔、すごく可愛くて何度でもイかせたくなる」

雄一は彩乃の上におおいかぶさると、額《ひたい》にキスを落としながら緩《ゆる》く抽送《ちゅうそう》を始めた。そして、彩乃の蜜壁を先端でまさぐり、水飴《みずあめ》のように甘くとろけている一点を探り当てた。

「んっ……！　ん、ん……っ！」

そこを攻められると、全身の血が逆流するほどの衝撃に襲われてしまう。雄一の背中にからめた指に力が入り、浮いた脚が彼の腰にからむ。

「気持ちいいんだろ、ここ。すぐにわかった。ここを突くと、彩乃のなかがうねるように動くから」

耳朶《みみたぶ》の先を軽く噛まれ、彼を含んだままの身体がぎゅっと窄《すぼ》んだ。

雄一は低く唸り、そこを執拗《しつよう》に突き上げる。彩乃の呼吸がどんどん浅くなり、目の前気がつけば彩乃は、彼を受け入れた状態で身体を反転させられ、後ろから腰を高く引き上げられていた。

「彩乃、なんでこんなに感じやすい身体なんだ？」

肘《ひじ》をついた四つん這いの姿勢で、太ももの裏から双臀《そうでん》にかけての肌をそろりと撫で上げられる。

「お尻、完璧なハート型だね。知ってた？」

首を振る暇もないまま、蜜孔《みっこう》のなかを切っ先で捏《こ》ねられる。彩乃は背中を仰《の》け反《ぞ》らせてハンカチを噛んだ。

こんな恥ずかしい格好をするのは、生まれて初めてだ。絶対にまともじゃない。だけど、雄一とすることなら、なんだって受け入れてしまう。

「彩乃の身体は、どこもかしこも素晴らしいよ。まだ誰も手をつけていなかったなんて、俺は世界一運のいい男だ」

雄一の掌《てのひら》が、彩乃の背中を愛おしげに撫でさすった。

そして彩乃の腰を掴み、ゆっくりと前後に揺すってくる。くぐもった息遣いと湿った水音が、くり返し聞こえてしまう。

「んんっ！」

一気に奥まで入ってきた彼のものが、彩乃の最奥に口づけている。身体を内側から押し広げられ、ベッドから浮いた乳房を背後から揉まれた。

くり返される抽送《ちゅうそう》に、目蓋《まぶた》の裏に桜色の火花が散る。

腰を突きだした格好をした自分が、とんでもなくいやらしくて泣きそうになった。恥ずかしくてたまらないのに、やめることができない。

「あぁ、いいよ、彩乃」

後ろから伸びてきた手に頬をすくわれ、後ろを振り向いた。雄一はそのまま彩乃の身体をひっくり返し、仰向けに押さえ込む体勢をとる。

ぴったりと抱き合い、見つめ合った状態で激しく腰を動かされる。容赦ない抽送《ちゅうそう》。

「んあっ……！　んんっ！」

突然身体が宙に浮いたような感覚に陥《おちい》り、込み上げる愉悦とともに一切の思考が弾けとんだ。

「──彩乃。君はいつだって僕のリクエストに応えてくれる、最高のコンシェルジュだ」

口元のハンカチを取り払われ、乾いた唇に雄一の唇が重なる。

「甘い……」

キスの合間に、彩乃は無意識に呟いていた。彼のキスは、甘い甘い水飴《みずあめ》の味がした。

翌日の火曜日、早々に起きた彩乃は、まだ眠っている雄一のために朝食を作り始めた。頭に思い描くメニューは、玉子サンドに百パーセント果汁のオレンジジュース。それに加えて、ヨーグルトに、グリーンサラダだ。

「ベーコンも焼く？　オムレツのほうがいいかな？　あ、それじゃ玉子がダブルになっちゃう……。やっぱ、トースト――わっ！」

冷蔵庫のなかと睨《にら》めっこしていたところを、雄一に後ろから抱きしめられた。

「おはよう。どうしたの、難しい顔して」

雄一の唇がこめかみに触れ、腕のなかでくるりと回された。

「お、おはようございます。えっと、朝食のメニューはどうしようかと思って」

ぼさぼさの髪の毛と、まだ眠そうな目元。口元に浮かんだ緩《ゆる》い微笑が素敵すぎて、一気に頬が火照《ほて》ってくる。

「あれ、おでこ出してる」

雄一の指が、前髪を留めているピンを指差した。

「あ、これは、自宅限定の髪型です。料理するときとか、邪魔だから……」

もじもじと下を向こうとしたが、雄一の指に阻止される。

「可愛いよ、おでこ。キスしたくなる」

顎《あご》を持ち上げられ、額《ひたい》にくり返しキスを受ける。なんだかとても照れくさいし、そわそわして落ち着かない。だけど、口元は緩《ゆる》く微笑んでしまう。

「実は、以前一度だけ前髪を上げて勤務しようとしたことがあるんです。でも、普段前髪を下ろしてばかりだから、すごく違和感があって……。結局ロッカールームで試してみただけで、すぐに戻しちゃいました」

「なんだ、俺も見たかったな」

「や……っ、見なくていいですよ。それに、出したって言ってもほんのちょっと前髪をピンで留めただけで」

「ふぅん。でもいつか見せてよ。彩乃がおでこ出して制服着てる姿」

からかうような雄一の口調が、この上なく甘く優しい。

「は……はい」

「うん、じゃあそれで決まり。それじゃあ――」

「……んっ」

ふいにキスで唇を塞《ふさ》がれ、反り返るような体勢になる。雄一は彩乃を抱き上げ、ベッドへ向かっていく。

「あ、あの……桜庭様っ」

ほんの数メートルの距離が、案外長く感じる。

抱っこされ、微笑んだ顔で見られて、歩きながら唇に小刻みなキスまでもらって——

まるで、恋愛ドラマのワンシーンみたいだ。

ベッドに着くと、雄一は彩乃を抱いたままゆっくりと腰かけ、子供のような屈託のなさでにっこり笑った。

「さて、朝っぱらからエッチなことしようか」

「はいっ？」

いきなりなに⁉

彩乃の驚きをよそに、雄一はニコニコと顔を近づけてきた。

「彩乃は、上と下、どっちがいい？」

「なっ……あのっ……」

「上？　下？　どっち？」

「う、上っ？」

「うん、俺もそう思った」

「きゃ……っ！」

雄一は、彩乃を上にしてベッドに仰向けになった。そして、身体をぴったりと密着させ、巧みに脚をからめてくる。

「っあ……」

彩乃の脚のつけ根を、雄一のものが硬く押し上げている。

「彩乃、君と過ごす二度目の朝だ。前はバタバタだったけど、今朝はゆっくりできるな」

雄一の硬さを感じながら、彩乃は上の空で首を縦に振った。

確かに、前回は起きるなり超特急で朝食を食べ、ホテルを出なければならなかった。

「ベッドって、広いばかりがいいってもんじゃないな。このベッド、いちゃつくのには最適だよ」

雄一の右手が、彩乃のヒップラインをなぞる。無精髭《ぶしょうひげ》が唇の縁《ふち》をくすぐってくる。

「せ、狭くて寝にくかったんじゃありませんか？」

「いいや、平気だった。俺は寝ようと思えばどこでだって寝れるからね」

一瞬腰が浮いて、穿いていた薄手のスウェットを膝の位置までずらされてしまった。

「森の洞穴《どうけつ》、ぎゅうぎゅう詰めの電車、砂漠、南海の孤島、彩乃んちのベッド……」

雄一の手によって、スウェットはあっという間に彩乃の足先を離れてベッドの下に落ちた。彼の踵《かかと》が彩乃のふくらはぎにからみ、右手の指が花房を包むレースのなかにすべり込む。

「やっ……ん」

「夜中、一度目が覚めたとき、彩乃が俺の腕のなかですやすや眠っていて……」

彩乃の身体の下で、雄一がなにやらごそごそと動いている。ビニールを破る小さな音が耳に入った。その間も、右手は不埒《ふらち》な動きを続けている。

「あんっ、あ、のっ……、なに、を……んっ」

ベッドの外で、脱いだものが落ちる音が聞こえた。肌に触れる彼の下肢は、もうなにも身に着けていないようだ。

「寝顔、可愛かったよ。あぁ、幸せだなぁって思った。ずっとこのまま、抱きしめていたいなって」

雄一のヘーゼル色の瞳が、彩乃の視線を捕らえた。光の加減によってさまざまに色を変える彼の瞳。その瞳が、彩乃だけを見つめてくれている。

胸がきゅうっと苦しくなり、息ができなくなった。

「ぁんっ……！」

「うーん、やっぱり全部脱いだほうがいいな」

雄一はそう言うが早いか、彩乃のショーツを脱がせ、ベッドの外に放り投げてしまった。そして、口元に嬉しそうな笑みを浮かべながら、スウェットの裾をたくし上げ、上半身も裸にする。

（やっ……どれだけエッチなのっ！）

そう思っているのに、案の定まったく抵抗はできない。ブラインドを下ろしているから、部屋のなかは薄暗いままだ。これならまだ、多少恥ずかしさが紛れる。そう思ったのに、雄一はさっさとブラインドの角度を変え、明るい日の光を部屋に取り込んでしまった。

十分に明るくなった部屋では、お互いのことが見えすぎるほど見えてしまう。彩乃がおろおろしている間に、彼は彩乃の乳房に口づけ、硬い切っ先で秘裂を丹念に捏《こ》ねまわし始めた。

「んー、すっごく濡れてる。水飴《みずあめ》よりもとろとろ」

「ち、ちょっ、あ……っ、ん……っ」

唇をキスで塞《ふさ》がれると同時に、雄一の屹立《きつりつ》がほんの少し彩乃の蜜孔《みつこう》に沈んだ。舌がからみ、喉の奥にくぐもった叫び声が響く。徐々に深く沈んでいく彼のものが、彩乃を押し広げ、蜜襞を甘く苛《さいな》む。じっとしているだけで全身がとろけ、彼を含む内壁がぴくぴくと痙攣《けいれん》するのを感じる。

雄一は口づけたまま、ゆっくりと腰を動かし始めた。彩乃が日常を送っている部屋のなかで、信じられないくらい淫《みだ》らなことが起こっている。出会ってから、まだ二週間にも満たない。だけどもうこんなにも身体が彼になじんでいるのはどうしてだろう。

これが普通？　それとも、彼だからこんなにも身体が――

「ぁ……っ！」

唇が離れた途端、また吐息がもれてしまう。

「彩乃、ゆっくり身体を起こして。俺の上にいる彩乃が見たい」

雄一は彩乃を自分の腰の上に座らせ、自分はベッドに仰向けになる。身体を繋げたまま下から見上げられて、彩乃はこれまでとは違う羞恥《しゅうち》に捕らわれた。

伸びてきた雄一の手が、彩乃の乳房を掴んだ。裸の胸をやんわりと揉まれて、また声がもれそうになる。

「恥じらってる彩乃って、ほんっと可愛いな。なんだか、無理を言って困らせてやりたくなる」

彩乃は唇を噛んで耐えていたが、我慢できず小さな声で抗議した。

「意地悪……っ」

それを聞いた雄一は、ふっと口元をほころばせ、眉尻を下げる。

「意地悪？　そうか？　俺はてっきり彩乃が喜んでくれているんだと思ってたけど？」

からかうようにそう言われ、胸の先をひねられた。彩乃の下腹にきゅっと力が入り、なかがひくりと痙攣《けいれん》する。彼を含んだ蜜孔《みつこう》が勝手に蠢《うごめ》きだして、止まらなくなってしまう。

雄一が軽くうめき声を上げた。それから深く息を吸い込み、彩乃と両手の指をからみ合わせる。

「彩乃……自分で動いてみて」

自分で――？

こんなにも恥ずかしい格好をして、声も出ないくらい全身が硬直しているのに？

絶対無理。

そう思っているはずなのに、彼に見つめられ、そうしろと命じられると、拒むことができない。

気づけば彩乃は、導くように僅《わず》かに揺れる彼の動きに合わせて、腰を前後に動かしていた。

ぎこちないし、恥ずかしくたまらない。

でも、彼の満足そうな顔を見るとすごく嬉しいし、うっとりするほど気持ちいい。

「彩乃……」

雄一の眉間に深い皺《しわ》が刻まれる。

「上手だよ。……すごく、気持ちがいい」

雄一は、なにか小さな声で呟きながら、彩乃の動きに合わせて腰を揺らしてくる。

からめ合った指をほどくと、雄一は彩乃の腰を掴んだ。掌《てのひら》に触れる彼の筋肉の動きが、ほれぼれするくらい綺麗だ。彩乃の腰を掴む彼の指に、ぐっと力がこもった。下腹の内側を、彼のものでこすり上げられる。

昨夜、雄一が〝ここ〟と言った、彩乃の内壁に潜《ひそ》むある場所。

そこがどんなふうになっているのかは知らない。だけど、そこを彼に愛撫されると、全身がとろけるほどの悦楽《えつらく》が込み上げてくる。

「んっん、あっ……！」

唇を固く結び、目をぎゅっと閉じて快楽をやり過ごすが、雄一に乳房の先端を挟まれる。

「あ……！　ん、……ん！」

掌《てのひら》で口を押さえようとすると、雄一の左手に阻まれた。

「い……あっ」

声をなんとか我慢しなければ。近所に聞こえてしまう。

顔を真っ赤に染めている彩乃を、雄一は恍惚《こうこつ》とした顔でじっと見据えている。

「彩乃、イきたい？」

雄一は囁《ささや》き、彩乃は唇を閉じたままくり返し首を縦に振った。

「よし。じゃあイかせてあげる。俺を、これまで生きてきたなかで一番幸せな気分にさせてくれたお礼に――」

起き上がりざま、雄一は彩乃の身体を持ち上げて、ベッドに仰向けに寝かせた。そうやって身体の位置を変えている間も、雄一の硬さが彩乃のなかを縦横に動き回り、嬲《なぶ》ってくる。彼は、彩乃の脚を広げて抱え上げた。

雄一が、自分たちが繋がっている部分を眺めながら、軽く腰を動かす。ものすごく淫《みだ》らな目つきのまま、雄一が彩乃の視線を捉えた。身体を揺らされているから、乳房はいやらしく揺れているし、こんな格好卑猥《ひわい》すぎる。だけど、これほどの痴態《ちたい》を彼に晒《さら》しているという事実に、心の奥底で悦《よろこ》んでいることに彩乃は気づいていた。

彩乃の最奥に雄一の切っ先が届き、内壁をこすり上げる。

今度こそ叫んでしまう――

そう思ったとき、雄一の掌《てのひら》が彩乃の口を覆った。雄一の手に導かれ、両脚を彼の背中で交差させる。そして両手で彼の腕にしがみつき、彼の掌《てのひら》のなかで声を上げた。

「彩乃……」

雄一に耳元で囁《ささや》かれただけで、彩乃の身体はびくりと反応する。身体の奥がたまらなく切なくなる感じだ。彼に言われるままになって、身も心もとろけてしまうような――

世界中を飛び回る旅行家である雄一が、今ここで彩乃を抱いていることが信じられない。遠く離れた国で生活しながら、偶然に出会って、同じ夜を過ごし、朝がきてまた抱き合っていられるなんて。

愛しく思う人に抱かれるということが、こんなにも素晴らしくて感動的なものだとは知らなかった。

「どうして……」

雄一の掌《てのひら》を口から離し、彩乃は知らない間に呟いていた。

「うん？」

彩乃の問いかけに、雄一が動きを止めて瞳を覗《のぞ》き込んでくる。その瞳が優しすぎて、なんだか泣きそうになってしまう。

「どうして、私を……？　どうして……私と出会ったんですか？　どうして、私とこんな……」

彩乃のなかの彼のものがひくりと震え、硬さを増すのを感じる。戸惑うような顔をする彩乃を雄一は愛しそうに見つめ、小さく笑い声を上げた。

「どうしてかな……。考えてみれば不思議だよな、彩乃は東京で俺はロンドン。彩乃はホテルコンシェルジュで俺は旅行家。でも、ちゃんとこうして出会って……俺は今、彩乃のなかに入ってるんだ」

雄一は、彩乃の唇を再び掌《てのひら》で塞《ふさ》いで、ゆっくりと腰を突き戻してきた。

「んっ……、ふ……」

雄一のものが、彩乃の最奥に達する。なかを撫で下ろす彼の括《くび》れが、蜜壁の奥を執拗《しつよう》に攻めたててくる。自分の身体なのに、まるでコントロールがきかない。いっそ、大声で叫んでしまいたいと思った。

(好き……、あなたが好き……！　こんなにもあなたのことを――)

彩乃の目の前で真っ白な閃光《せんこう》が弾け、背中がベッドから浮き上がった。

「やっ、もう……だめっ！」

下腹の奥が、悦びに戦慄《わなな》くと同時に、雄一の腰の動きが激しくなる。

「やっ、あぁっ……！」

唇をふさぐ彼の掌《てのひら》に向かって声をあげる。雄一の屹立《きつりつ》が彩乃のなかで力強く脈打つのを感じた。

「うっ……あん」

身体にこもっていた力が、徐々に抜けていく。

「彩乃……」

名前を呼ばれると同時に、彼の掌《てのひら》が唇に取って代わる。

指をからめ、彼の体重を全身で受け止める。その重さが、心地いい。

朝からなんてエッチ――

だけど、これまで生きてきて、一番幸せな朝だと感じていた。

雄一の身体が横にずれて、仰向けになった腕のなかに導かれる。彼の鼓動が聞こえてきて、すごく満ち足りて落ち着いた気分になる。

少し眠い――

深呼吸をして目を閉じると、夢のなかに引き込まれそうになった。

「彩乃、愛してるよ……」

「……え……っ」

閉じそうになっていた目を瞬《また》かせて、彩乃は雄一を見た。

「今、なんて……」

「愛してるって言ったんだ。彩乃、好きだ。……愛してるよ」

一瞬、夢を見ているのかと思った。だけど、彩乃を見つめ返す瞳も、額《ひたい》に触れてきた唇も、みんな夢じゃない本当の雄一だった。

「どうした？　キツネにつままれたような顔をしてるね」

それはそうだ。だって、まるでさっき心のなかで叫んだ彼への想いに応えてくれたかのようなタイミングだ。今さらだけど、彼は世界的に有名なあの〝桜庭雄一〟だ。そんな彼が、日本にきて一介のコンシェルジュに、愛を囁《ささや》くなんて。

「あ……愛してます……！　私も桜庭様のこと、愛してます！　好きです。……桜庭様を、愛しています。ほんとに、心から愛してます――」

だけど、彩乃は必死になって雄一への愛を叫んでいた。雄一は、嬉しそうに微笑み、彩乃の身体を全力で抱きしめてくる。

「よかった。じゃあ俺たち、相思相愛ってことでいい？」

「はいっ……」

何度も頷《うなず》いてみせる彩乃の唇に、雄一は長い長いキスを落とした。


その日十二時半からの勤務は、袴田と一緒だった。

顔を合わせるなり、袴田は怪訝《けげん》そうな表情を浮かべる。

「桂木さん、どうかしたの？」

「えっ？　べ、別になにもありませんよ。どうしてですか？」

「いや、なんだかすごく嬉しそうな顔をしてるから」

「そ、そうですか？　あ、途中で買った缶コーヒーで当たりがでたから……かな？」

何気なく下を向き、手元に置いてある鏡を覗《のぞ》いた。確かに顔がにやけている。彩乃は慌てて頬を掌《てのひら》で軽くこすり、袴田のほうを向いてぎこちなく笑ってみた。

袴田はほんの少し訝《いぶか》しげな表情を浮かべたけれど、それきりなにも言わず、やってきた外国人女性客のリクエストに耳を傾けている。

（いけない……今は仕事に集中しないと――）

いくらさっきまで雄一と抱き合っていたからといって、職場にそんな浮かれた状態を持ち込むなんてもってのほかだ。

それから立て続けにやってきたお客様の対応をするうち、時間はあっという間に過ぎていった。

今日の彩乃の勤務時間は二十一時まで。今はもう、二十時だ。

雄一が今回予定していた取材は、今日ですべて終わる予定だ。いまだにホテルに帰ってこないところをみると、なにか新しく取材対象を見つけたのかもしれない。そう思っていたところに、雄一が入り口に姿を見せ、デスクへと歩いてきた。

「桜庭様、おかえりなさいませ」

彩乃が客室からの電話を受けているなか、袴田が雄一に話しかける。

「やあ、ただいま。ちょっと相談があるんだけど」

電話対応を終えた彩乃も加わり、雄一のリクエストの内容を聞く。

「実は、これからパーティに出ることになったんだ。しかし、ついさっき決まったもんだから、なにも準備ができてなくてね」

彼が言うには、取材が終わり一息ついたところに、日本に住むフランス人の友人から連絡が入ったそうだ。外交官である彼は、昨日結婚したばかりで、人づてに雄一の来日を知って、急遽《きゅうきょ》今夜十時から開かれる結婚パーティに雄一を誘ってくれたのだという。

おめでたいことだし、喜んで招待を受けたのはいいが、聞けば思った以上に盛大なパーティになるらしく、それにふさわしいスーツが必要になった、と。

袴田が、さっそく近隣にある店を当たる。しかし、時間的にもう閉店している店ばかりだ。ちゃんとしたパーティにいいかげんなスーツでいくことはできない。そもそも長身でモデル並みの体形をしている雄一は、既製品《レディメイド》ではサイズが合わないだろう。

「あの、それでしたら、私に一軒心当たりがあります。老舗《しにせ》の洋品店なんですが、そこなら桜庭様の要望に応えることができるかもしれません」

彩乃が頭に思い浮かべたのは、父母の幼馴染《おさななじみ》でもある津田吾郎《つだごろう》という熟練テイラーが経営する店だ。彼が作るスーツは、値段は張るが金額以上の価値があると口コミで広がり、一部有名モデルたちの御用達《ごようたし》になっている。店には、そんな顧客用にいくつかのサンプル品が常時置いてあるので、雄一の身体に合うスーツも見つかるかもしれない。

さっそく連絡を取ると、彩乃の依頼ならと快《こころよ》く了解してくれた。

洋装店は、ここからパーティ会場にいく間にある。今から洋装店に向かい、スーツを調達して、そのままパーティ会場に直行できるはずだ。

「店はちょっと駅から離れたところにあります。ここからだと、タクシーでいったほうが早いかもしれません」

「そうか。ここは君の知り合いのお店なんだね？　仕事中で悪いんだけど、できれば君も同行してくれないかな？」

バックルームには、すでに夜勤の担当者がふたりほど控えている。袴田を見ると、ほんの一瞬躊躇《ちゅうちょ》するような表情をみせたものの、首を縦に振って彩乃を送り出してくれた。

雄一には一足先にタクシーに乗って待機してもらうことにする。彩乃は、大急ぎで着替えをすませ、ホテルの入り口に急いだ。

「桂木君——」

デスク横を通り過ぎるとき、袴田に呼ばれた。

「はい」

最近袴田の彩乃に対する態度が、ぎこちないというか、どこかよそよそしい。

「あぁ……いや、気をつけていってらっしゃい」

呼び止めたものの、袴田に特に用事はなかったようだ。なんとなく違和感を感じつつも、彩乃はこくりと頷《うなず》き、雄一が待つタクシーに向かった。

「今は勤務時間外ってことでいい？」

「はい、もう二十二時を過ぎてますから」

車が走り出すと、雄一の手が、彩乃の指先をぎゅっと握ってきた。遠慮がちに指をからめたが、ドライバーとは顔なじみだから、それ以上のスキンシップは控えておく。彩乃の態度から察したのか、雄一もそれ以上のことは仕掛けてこなかった。

「桂木さん、さっき同行と言ったけど、せっかくだから洋装店だけじゃなくてパーティにも一緒にいってくれないかな？」

「わ、私が、パーティに？」

「うん、どうやら出席する人はほぼ全員同伴者がいるらしい。新婦の友達を紹介しようかとも言ってくれたんだが――」

雄一は、ドライバーを気にしてか、急に声を潜《ひそ》めた。

「俺は彩乃といきたいと思ったから、辞退したんだ」

薄暗いタクシーの車内で、彩乃はぽっと赤く頬を染めた。

雄一とパーティに？　しかも、主催者は彼の友人であるフランス人外交官だ。

「ドレス、用意できる？」

「あ……、これからいく洋装店に、あるかと思います」

急いで車内から連絡を入れ、津田の妻である瞳《ひとみ》に、彩乃のドレスの準備も頼む。

洋装店に着くと、待ち構えていたふたりに促《うなが》され、それぞれフィッティングルームに入った。

彩乃に用意されていたのは、淡い水色をした膝丈のドレスだ。肩が上品なオフショルダーになっている。

「これね、シルクなのよ。肌触りがいいでしょう？　クラシカルなデザインが彩乃ちゃんにぴったりだと思って」

瞳の手を借り、ひっつめていた髪を緩《ゆる》くアップにしてみる。

「うん、このほうがいいわ。ねぇ、彩乃ちゃん、あの人彼氏なんでしょう？　ほれぼれするほど素敵な人ねぇ」

「え、ええっと……」

いきなりそう聞かれて、彩乃は言葉を濁《にご》し曖昧《あいまい》な笑みを浮かべた。

（彼氏、か……）

彼氏とは、恋人である男性。恋人とは、相思相愛である人のこと――

雄一と一夜をともにした後、彩乃は今さらながら辞書でその言葉を調べたのだ。

雄一は、彩乃のことを好きだと言い、愛しているとも言ってくれた。相思相愛だ、とも。

だけど、彼は明日にはここからいなくなる。何度数えても明日であり、そして雄一が帰るのは、ロンドンの実家だ。

雄一のことを思うようになってから、彩乃は常に残りの時間を数えている。

愛していると言ってくれた言葉を疑っているわけではないが、先が想像できないのも事実だった。

「お母さん、こっちはできたぞ～。そっちは？」

「は～い、こっちもできあがりよ」

テイラーの夫婦が声をかけ合い、ほぼ同時に、向かい合っているフィッティングルームのカーテンが開いた。

顔を上げると、黒のフォーマルを見事に着こなした雄一が立っていた。真っ白なシャツに黒の蝶ネクタイ。しっとりとした光沢《こうたく》のある生地が、雄一の理想的な体形をよりいっそう際立たせている。じっと見つめ続けたら、確実に顔が真っ赤になってしまうレベルのかっこよさだ。そっと下を向いて頬のほてりを紛らわせていると、雄一が近づいてきて彩乃の耳にそっと囁《ささや》いた。

「彩乃、すごく綺麗だ。改めて今夜のデートを申し込むよ」

雄一の言葉に、彩乃は頬をピンク色に染めた。

「まぁまぁ、お似合いだこと！」

ふたりを見て、瞳が満足そうに手を叩いた。にこにこ顔の夫婦に見送られて、再びタクシーに乗ってパーティ会場を目指す。到着したのは、大使館近くにあるフレンチレストランだ。すでに開始時刻は過ぎているけれど、迎えてくれた新郎が、その場にいる全員に雄一と彩乃を紹介してくれた。

メンバーはごく親しい友人ばかりだと聞いていたけど、参加している人のなかには各界の著名人も多く見受けられる。その場の雰囲気に圧倒され、最初彩乃は雄一の隣でただただ大人しくしていた。

しかし雄一は、そんな彩乃を上手くリードし、会話に引き込んでくれた。

「彩乃、ここはビジネスチャンスがいっぱいだよ」

雄一のおかげで、帰るころにはバッグのなかが名刺でいっぱいになっていた。

パーティがはね会場を後にしたときには、もう日付が変わっていた。まだまばらに残っている人々の間を縫って、雄一が、彩乃の手を引いて歩いていく。

「お疲れ様。急に引っ張り出して悪かったね。疲れただろ」

雄一にねぎらいの言葉をかけられ、彩乃はやや興奮気味に顔を上げた。

「いいえ、ちっとも。いろいろと勉強になりましたし、名刺までたくさんいただいてしまって。すごいですね、皆さん。私、もっと頑張ろうと思います。本当に、今日は誘っていただいてありがとうございました」

彼の手が、彩乃の手からごく自然に腰に移った。

「いや、お礼を言わなきゃいけないのは俺のほうだ。彩乃、今日は本当にありがとう。おかげで楽しかったし、俺の人脈も広がったよ」

雄一の唇が、彩乃の頭のてっぺんに触れた。

「私も、楽しかったです。あんなに素敵なパーティ、初めてでした」

そして、こんなに魅力的な男性にエスコートされたことも。

「よかった。じゃあ、これからふたりだけでパーティを続けようか。さっき、耳より情報を仕入れたんだ」

雄一が身をかがめ、彩乃に耳打ちした。言われた場所を聞いた途端、彩乃は目を丸くして声を上げた。

「ラ、ラブホテル……ですかっ？」

思ったより声が響いてしまい、彩乃は慌てて口を手で覆った。

「うん、友人のなかにラガーマンがいたろ？　あいつ、実家が旅館を経営しているんだ。で、新しくそっち方面にも事業を拡げたらしい。その第一弾が先月オープンしたそうだよ。可愛い彼女とぜひいってみろと勧められてね。どう、いく？」

「はい！」

ちょっと前のめり過ぎる返事をしてしまった。だって、今夜が雄一といられる最後の夜なのだ。彼は明日、遠い異国へと旅立ってしまう。

「よし、じゃあ決まりだ」

タクシーを止め、行先を告げると、雄一はこれから向かう先の情報をいろいろと教えてくれた。どうやら、これまでのラブホテルとは一線を画す、上品かつゴージャスな施設らしい。

到着してみると、規模こそさほど大きくはないけれど、エントランスはまるで南仏のリゾートホテルのようだし、通された部屋もとても上品だった。窓は広く、地上十三階の夜景まで楽しむことができる。

ホテル内でランドリーをしているというリネン類はふかふかだし、アメニティも充実している。それに加え、ジャグジーつきのバスルームは広く、岩盤浴室まで備えていた。

「うわ、すごい……。イメージとぜんぜん違います。もっとなんかこう……その……」

「後ろ暗くてエッチなところだと思ってた？」

スーツを脱ぎながら、雄一はおかしそうに笑う。

「はい。と言っても、あくまでもイメージです。いろいろなホテルのリサーチはしていますけど、さすがにこういったホテルはひとりではこられませんから」

「じゃあ、せっかくの機会だから、めいっぱい楽しみながらリサーチすればいいよ」

雄一が照明を切り替えると、部屋の壁がプラネタリウムのような星空に変わった。

「わっ、すごい！」

「星空の他に、深海、満開の桜、虹っていうのがあるよ。ランダム設定にしておくと、勝手に切り替わってくれるみたいだ」

そばに近寄ってきた雄一が、ドレスの背中にあるボタンを外し始めた。その雄一はというと、すでに上半身裸になっている。

「これでどう？　一気に雰囲気が変わっただろう？　ところで……今日の下着は、また趣《おもむき》が違うね。別の意味でゴージャスだな」

ドレスを丁寧に脱がすと、雄一は下着姿の彩乃に目を見張った。

「これ、瞳さんが用意してくれたんです。私が普段和装用の下着ばかりつけているのを知っているので」

「そうだったのか。あのご夫婦とはずいぶん親しいんだね」

「はい、ご夫婦とうちの両親は、四人全員が幼馴染《おさななじみ》で親友同士なんです。私の母が亡くなってから、瞳さんにはいろいろとお世話になっていて……。タクシーからかけた電話の後、ドレス用の下着を買いに走ってくれたそうです」

商店街のランジェリーショップは、もう閉まっていたはずだ。だけど、きっと瞳は無理を言って開けてもらったのだろう。

雄一の腕が、ゆったりと彩乃の身体を包み込んだ。

「彩乃の周りには、いい人がたくさんいるんだな。津田さんご夫婦や、町会長、駄菓子《だがし》屋《や》のミツさんや、君のお父さん——」

「え……私の父、ですか？」

吾郎夫婦や町会長は確かにいい人だし、雄一の滞在中も世話になった。だけど、なぜここで父が？

「うん、君のお父さんだ。今回の滞在中、彩乃以外からお父さんに関する話を聞いたのは今日で三回目だよ。最初は町会長から。次にミツさん、そして今日の津田さんご夫婦から。お父さんは、彩乃のことを普段からすごく気にかけているようだよ。みんな口をそろえてそう言ってた」

「父が、私のことを……」

あの頑固で無愛想な父が？

「四人とも、お父さんにずっと言われ続けているそうだ。彩乃のことをよろしく頼む、なにか困ったことがあって彩乃が助けを求めてきたら、どうか助けてやってくれって。そのお礼はいくらでもするからって。むろん、四人とも言われなくても助ける、お礼なんかいらないって言ったようだけどね。たぶん、頼まれている人は、他にもたくさんいるだろうな」

彩乃は言葉に詰まった。

まさか、父がそんなことを言っていたなんて。今の今までぜんぜん知らなかったし、思ってもみなかった。

「このことは、彩乃には言わないでくれって念を押されているそうだよ。まぁ、結果的にみんな俺に話してくれたけどね。お父さん、会えばどうしてだか喧嘩ばかりしてしまって、ちっとも彩乃をねぎらってやれないって零してたらしいよ」

「お父さんがそんなことを……。もう……なんで……」

今までまったく知らずにいた父の思いやりを知って、胸が熱くなる。涙が一粒零れ落ちて、彩乃の頬を濡らした。

昔気質で、ただ気難しいだけの人だと思っていたのに――

彩乃の頑張りを、ちゃんとわかってくれていた。ただ、それを口に出して言わなかっただけで、いつだって彩乃のことを考えて、心配していたのだ。

「彩乃は、最高の人脈を持ってる。それは無理して作ったものじゃなくて、君や君のお父さんが時間をかけて作り上げた、人と人との揺るぎない繋がりだよ」

雄一の掌《てのひら》が、彩乃の濡れた頬をそっと拭《ぬぐ》った。その指先がとても優しくて、彩乃はまた新しい涙を流してしまう。

「君は日頃からよりよいコンシェルジュになるために必死に頑張ってる。彩乃はいい子だ。今日パーティで会ったやつらも、そう感じたから君に名刺を渡して、今後なにかあったら連絡するように言ったんだよ。君はコンシェルジュに向いてる。彩乃が大学生のころに会ったっていうおばあさんの意見に、俺も賛同するよ」

雄一がにっこりと笑ったので、彩乃もつられるように微笑みを浮かべる。

「ありがとうございます。……桜庭様に出会って、いろいろと気づかされることがたくさんあります。本当に……」

雄一が優しく見つめたまま、彩乃の肌から身に着けているものを取り去っていく。

あと何時間残っているだろう――

残された時間のことが、頭をよぎった。彼から愛していると言われたとはいえ、彼の本拠地はロンドンだ。先の約束をしているわけでもない。このまま離れ離れになるのなら、せめてひとつでも多くの想い出がほしい。

「桜庭様……私、桜庭様に会えて、本当によかったです。心から、そう思います……」

「うん、俺も同じだよ。彩乃に会えて、本当によかった」

着ているものをすべて脱ぎ去った後、ふたりは立ったまま長いキスを交わした。

照明が、星空から満開の桜に切り替わる。彩乃の肌の上に、ピンク色の花びらがゆらゆらと揺れた。

「彩乃は、素敵な女性だよ。外見も中身も、なにもかもすべて最高だ。……本当に、綺麗だ」

雄一は、彩乃の身体を抱えベッドへ向かう。横たえた身体の線に沿って、雄一の掌《てのひら》とキスが移動していく。右手が彩乃の左乳房を掴んだ。そして舌で、硬くなった先端を愛撫される。

「ぁ……っ」

「昨日はずいぶん我慢してたろ？　今夜は遠慮なく声を上げていいよ。俺もたっぷり彩乃を攻められるな」

雄一の丁寧なキスが、彩乃の胸に降り注いだ。

そうするうちに、照明が深海へと変わった。一匹の魚が彩乃の鎖骨の上をくるくると回り、つま先に向かって泳いでいく。蛇行しながら泳ぐ魚を、雄一のキスが追随《ついずい》する。やがてそれは彩乃の脚の間に留まり、彼の舌も、そこを居場所に定めた。

「彩乃のここ、すごく可愛いよ。形はつつましいのに、なかはすごく淫《みだ》らなんだ」

「か、形……。いやぁ、そんな見ちゃ、あぁっ……！」

恥ずかしさに唇を噛んでいると、雄一の指が深々と彩乃の蜜孔《みつこう》に沈んだ。

自分のなかが押し広げられ、愛撫される感覚。

彼の指で思うままに突かれ、理性が飛ぶくらい感じてしまう。

「ぁんっ！　さく……らば様っ、んっ……ぁあんっ！」

「すごくいい声だな。もっと啼《な》かせていい？」

雄一の舌が、彩乃の花芽を捏《こ》ねるように嬲《なぶ》った。

部屋のなかに淫《みだ》らな水音が響き、それよりももっと扇情的な声が自分自身の喉から零れた。

「彩乃といると、俺はちょっとおかしくなる。いつも淫《みだ》らなことばかり考えてしまう。いや、一緒にいなくてもそうだ。なにか他のことをしていても、気がつけば彩乃のことを考えてる」

上体がふわりと起こされ、気づけばヘッドボードの上に設置された大型の鏡と対峙《たいじ》していた。

「取材した内容を部屋でまとめながら、頭のなかで制服を着てる彩乃を少しずつ裸にして……。こんな感じの体勢で、半裸の彩乃を後ろから襲ったこともあった。実際にはそんなことできないけど、想像しててすごく興奮した。エッチだろ？　……ここのインテリアの配置、なかなかいいな。ここなら彩乃が俺に抱かれてるところがよく見える」

両手をつけた鏡に、裸の自分が映っている。頬は上気していて、唇は半開きのまま。胸の先が濡れているのは、さっき雄一に愛撫されたからだ。

彩乃の腰を片腕で引き寄せると、雄一は蜜孔《みつこう》の縁《ふち》に熱く猛《たけ》ったものをこすりつけた。鏡のなかで合った視線に誘われ、後ろを振り返る。唇を合わせた瞬間、雄一のものが彩乃の蜜孔《みつこう》に滑《すべ》るように入ってきた。

「あぁっ！　い、ぁっ」

圧倒的な質量に突かれて、塞《ふさ》がれた唇から嬌声《きょうせい》がもれてしまう。

「入れられたときって、どんな感じがする？　俺は彩乃に入るとき、すごく気持ちいいよ。最高に幸せな気分になる。今もそうだ。彩乃のなかが、俺のものを締めつけて愛撫してくれてる」

打ち寄せる波のように、雄一が腰を前後に打ちつけてくる。鏡につけた両腕を突っ張り、無意識に腰を上向かせていた。

「ほしい？　もっと、か？」

即座に首を縦に振ると、雄一はすぐにきつく突き上げ始めた。

自分がこんなふうに乱れるなんて——

うっすらと目を開けると、雄一が後ろから彩乃のこめかみにキスをするところだった。

「ぁんっ！　きもち……いっ……ぁ、あぁっ！」

身体の奥がぎゅっと引きつり、胸の先がじぃんと熱くなった。

雄一の形が、彩乃の内壁をゆっくりと動きながら、なかに潜《ひそ》む淫《みだ》らな膨らみを苛《さいな》んでいる。

「あ……、そ、こ、いゃ……ぁっ」

「嫌？　じゃあ、もっと攻めてあげる」

雄一は言葉通り、それまで以上に腰を動かし、乳房をこれ見よがしにいじってくる。

「ぃ……、いじ……わ、るっ」

「仕方ないだろ？　彩乃が俺を欲情させるからだ。それに、こんなふうに俺に意地悪されるの……嫌いじゃないよな？」

雄一は、背後から彩乃の顔を振り向かせて、唇にキスをした。舌をからめ合う間に、部屋の壁が海から空に変わり、七色の虹が広がっていく。

（まるで、夢のなかにいるみたい）

そんな言葉が浮かんできて、今の状況も気持ちよさも、すべて夢のなかの出来事のように思えてきた。

唇が離れると同時に、くり返し強く突かれた。

「ぁ……んっ！　ぁ、あ、い……」

仰《の》け反《ぞ》って双臀《そうでん》を突きだすと、彼のものがもっと奥深く入ってくる。

「彩乃、あや……の」

彼の声に、立てていた膝が頽《くずお》れてしまう。

もっと一緒にいたい。

彼をいかせたくない。

分不相応だとわかっているけれど、それが偽りのない彩乃の気持ちだった。

「キス……してください」

本当は〝ずっと一緒にいて〟と言いたかった。けれどその気持ちを胸の奥に押しとどめて、彩乃は上体をめいっぱいひねり、自分から雄一にキスをねだった。

雄一がホテル・セレーネにきて十四日目、水曜日の朝を迎えた。

ふたりは昨日泊まったホテルを明け方に後にし、駅前のカフェで朝食をとった。

「今日は午後からの勤務だったね？　いったんアパートに帰るのか？」

「はい、今日は十二時半からです。さすがに二日連続で同じ服じゃまずいですから、帰って着替えます」

「そうか。じゃあ俺はこのまま一足先にホテルに帰るよ」

実は昨夜、雄一のスマートフォンあてに着電があった。

それは、今回雄一に仕事を依頼した日本の出版社からの連絡で、急遽《きゅうきょ》コラムを一本書いてほしいとのことだった。しかも締め切りは木曜日の二十時だ。雄一は驚きつつもその仕事を受けた。それに伴って、彼の日本滞在が二日延びることになったのだ。必要な手続きは、出版社のほうですませるらしい。

急すぎる予定変更だが、彩乃にしてみれば、彼の日本滞在が少しでも延びたことが嬉しかった。

雄一のチェックアウトは、二日後の金曜日に変更になる。ただ、その日彩乃は休日だ。休みだから雄一を個人的に見送りにいくこともできるが、彼がそれを望まなかったらどうしよう？　そんなふうに思って、結局雄一にはなにも聞けずにいた。このままでは、彼を見送ることもできない――

「急に忙しくなったな。今日は夕方まで動いて、後はゆっくりするつもりだったけど、それも無理になったよ」

雄一はカフェを出る前にそう言って、彩乃の髪を撫でてくれた。しかしこれ以上なにか言われることもなく、彩乃は雄一と別れ、ひとり自宅アパートを目指した。電車に揺られぼんやりと外を眺めるうち、気持ちがどんどん沈んでくる。

彼がなにも言わないのは、それでいいと思っているからだろうか。

やはり、今の関係は期間限定のものだったのか。

(そういえば、この先のこと、なにも話したことがないな……)

もしかして雄一は、このまま旅立ってしまうつもりなのだろうか。

延泊が決まったときは単純に喜んだ彩乃だったが、今は打って変わって暗く落ち込んだ気分になっている。

「あれ？　桂木さん、やけに早いね」

昼前に出勤しバックルームに入ると、先のシフトに入っていた袴田に迎えられた。

「はい、ちょっと調べたいことがあって」

「そうか。あぁ、桜庭様だけど、もうご自身から聞いているかな？　仕事の都合で滞在が二日延長になったそうだよ。チェックアウトは明後日の金曜日。出版社から連絡があって、必要な手続きはもうすませてある」

宿泊者リストを確認すると、上手く調整できたのか部屋の変更はない。ただ、部屋の使用人数が一名から二名に変わっている。

彼の部屋は、定員が二名のデラックスルームであり、これまで彼はそこにひとりで泊まっていた。それを二名に変更したということは、誰かもうひとりあの部屋に泊まるということだ。

「お部屋、二名様に変更になっていますね」

「ああ、たぶん編集者が一緒に泊まり込むんだろう。今日は終日部屋で仕事をされるそうで、食事のルームサービスも手配されている」

にわかにフロントが混みだし、彩乃も早々にコンシェルジュデスクへ出た。何人かのお客様の対応をすませ、ふと入り口を見ると、グレーのパンツスーツ姿の女性がこちらに向かって歩いてくるのに気づいた。緩《ゆる》く巻いた黒髪に颯爽《さっそう》としたいでたちで、すれ違った人がつい振り返ってしまうほどの美人だ。

「いらっしゃいませ」

彩乃が声をかけると、その人はにっこりと微笑んで軽く会釈《えしゃく》をした。

「私、壮研社《そうけんしゃ》の楠田《くすだ》と言います。桜庭雄一さんを呼んでもらえるかしら？　彼、スマホの電源を落としているらしくって、連絡が取れないの」

「承知しました」

差し出された名刺を受取り、雄一の部屋に連絡を入れる。

『壮研社　楠田比呂《ひろ》』

（あ、この人、桜庭様の本に載ってた――）

彼の本は、壮研社という出版社から出ている。その巻末に載っていた担当編集者の名前が、間違いなくこれだった。

電話に出た雄一に楠田の来訪を伝え、彼に指示されたとおり彼女をホワイエに誘導する。ほどなくして、雄一が下りてきた。彼はデスク前を通りかかったが、接客中だった彩乃と目線を交わすことなくホワイエに向かう。

忙しい時間が続いて、やっとデスク前の人が途切れたときには、ふたりはすでにホワイエからいなくなっていた。休憩のためにバックルームに入ると、帰り支度をしていた袴田に出くわした。

「お疲れ様。桜庭様はまだホワイエに？」

「いいえ、もうお部屋に戻られたか、外出なさったようです」

「そうか」

袴田は、何気なく彩乃が座る長椅子の端に座り、やや声を潜《ひそ》めて話し出した。

「先ほどいらっしゃった楠田様だけど、彼女が桜庭様の旅行記の担当編集者だってことは知っているね？」

「はい。名刺をいただいたときに気づきました。女性だったんですね。ちょっと驚きました。てっきり男性かと思っていましたから」

思えば、比呂という名前は男女どちらにもつけられる中性的なものだ。無意識に男性と思い込んでいたことを反省する。

「やっぱり気づいていたのか。さすがだね。実は僕は、楠田様のことは前から知っていたんだ」

楠田は以前彼が勤務していた別のホテルの常連で、コンシェルジュの彼によく頼みごとをしていたらしい。袴田が勤務地を変えたことも知っており、今回の雄一の延泊の手続きも、彼女が袴田を名指しして依頼したという。

「楠田様は優秀な編集者でね。これまでにいくつものヒット作にかかわってきたし、日本語で出版されている桜庭様の本の担当もすべて彼女だ。僕が思うに、おふたりはもしかすると特別な関係かもしれない。たぶん、婚約者とかいったたぐいの――」

「婚約者……ですか」

袴田は彩乃の顔を見つめ、ゆっくりと首を縦に振った。

「ああ、桜庭様の翻訳本の出版にあたって、楠田様は何度かイギリスにまで足を運んでいる。しかも、桜庭様の実家を訪れてご家族にまで会っているんだ。それに、これは彼女から直接聞いたんだが、どうやら彼は今回の来日で、結婚を視野に入れた女性と会うことになっているらしい」

「結婚？」

雄一にネットニュースのことを聞いたときに、彼は自分には恋人はいないといっていたはず。

なのに、いきなり婚約者？　結婚？

彩乃は首をひねった。雄一が嘘をつくとは思えない。だけど、さっきの女性編集者と雄一が、やけに親しそうだったことは事実だ。

「その女性っていうのは、たぶん楠田様のことだと思う。その話をしてくれたときの彼女は、ひどく嬉しそうだったしね」

普段お客様の噂などしない袴田が、今日はやけに饒舌《じょうぜつ》だ。それからすぐに袴田は退社し、部屋に残された彩乃は、ひとり茫然《ぼうぜん》と椅子に座り続けた。

今聞いた話は本当だろうか？　まさかという思いと、もしかしたらという考えが交錯《こうさく》して、頭のなかがごちゃごちゃになる。

（今は考えちゃだめだ）

とりあえず、仕事に集中しよう。勤務中に個人的な感情に浸《ひた》っている場合ではない。

幸いその日はシフトが終わる二十一時まで、忙しすぎて息をつく暇もなかった。

いざ退社時刻を迎えたところで、彩乃はふいに途方にくれてしまった。今、自分がどうすればいいのかわからなくなったのだ。雄一に連絡を取ることも考えたが、忙しいであろう彼の仕事の邪魔をするわけにはいかないと思い直す。

とぼとぼと帰途についている途中、電車のなかで女子大生風の三人組が話している声が耳に入ってきた。

「あんたさ、それってもしかして都合のいい女ってやつにさせられちゃってるんじゃない？　でなきゃ、ふたりの将来についてなんか言ったりするでしょ」

「やっぱそう思う？　そんなのぜんぜんないんだよね。この際はっきり聞いちゃおうかなぁ。『私たちって卒業した後どうなるの？』とかって」

「聞いちゃえ聞いちゃえ。その答えを聞いて、自分が本命かそうでないかがわかるんじゃない？」

三人組はその後も話し続け、彩乃の最寄駅のふたつ手前で降りていった。

（本命かそうでないか、か……）

彩乃は、彼女たちの話を頭のなかで反芻《はんすう》して、アパートに着くまでの間中、それを自分に当てはめて考えていた。

雄一が滞在するのは、残すところあと二日だ。明日の彩乃のシフトは、七時から十五時半までであり、それは雄一もわかっている。彼は、なにか言ってくるだろうか？

いや、それを待たずに、自分から彼にぶつかってみるべきかもしれない。ただ凹《へこ》んでばかりでは、はじまることも終わることもできないのだ。

当たって砕けろ――

この関係が期間限定のものなのかそうでないのか、ちゃんと確認しよう。

そうでなければ、もう収まらないところまで気持ちがきてしまっている。もしこれが雄一にとって本当の恋でないなら、はっきりそう言ってもらったほうがいい。その上で、きちんと踏ん切りをつけるのだ。考えるのも辛いけど……

いつの間にか、アパート近くのコンビニ前まできていた。なにげなくそちらに顔を向けると、いつものように制服を着た店長さんがレジを守っている。相変わらずの風景と、変わらない日常——

きっと大丈夫だ。どんな結果が待っていようと、毎日の風景は変わることはないのだから。

「頑張ってみよう。……でなきゃ、終わろうにも終われないもの」

彩乃は小さく呟き、まっすぐ顔を上げてコンビニの前を通り過ぎた。

木曜日の朝。彩乃はいつも通り起きだして、洗面台の鏡に向かった。

〝——いつか見せてよ。彩乃がおでこ出して制服着てる姿——〟

雄一がこの部屋のキッチンでそう言ったのは、ほんの二日前のことだ。

(いつかって、いつ？　もう明日でいなくなっちゃうのに)

いや、明日の金曜、彩乃は休みになっているから、実質今日が彼に制服姿を見せられる最後のチャンスになる。だとしたら〝いつか〟は今日だけ。彩乃は雄一のパーソナルコンシェルジュだ。彼のリクエストを取り零してはいけない。ならば、今日彼の望みを叶えなければ。

彩乃は洗面台を離れ、本棚から最近買ったファッション誌を抜きだした。たしか、前髪アレンジの特集ページがあったはず。

雑誌を持って洗面台に戻ると、彩乃は鏡の前で前髪を上げ、額《ひたい》を全開にした。毛先に少量のワックスをつけ、内側に巻く。一度目は上手くいかなかったけれど、二度三度とくり返すうち、どうにかコツが掴めてきた。四度目の正直で完成したアレンジは、額《ひたい》をすっきりと出した前髪ねじりヘアだ。

見慣れないぶん、すごく違和感がある。決心したはいいけれど、長年隠し続けた額《ひたい》を出すことは、彩乃にとってそれ相応の勇気がいることだ。だけど、一度決めたからには、やり遂げたい。

準備を終え部屋から一歩外に出ると、額《ひたい》が妙にスースーする。誰が見ているわけでもないのに、うつむきながら歩いてしまう。駅前の人の多さに一瞬ひるみそうになりつつどうにか電車に乗り、ホテル最寄駅に到着した。いつも通る道、いつもの街の様子。前髪を上げ、額《ひたい》を出したという些細《ささい》なことでも、彩乃にとってそれはミニスカートを穿《は》いて街を闊歩《かっぽ》するくらい思い切った行動だった。

ホテルに入り、フロアを通り抜ける。視線を交わしたスタッフの全員が、彩乃の額《ひたい》を見て驚いた表情を浮かべた。着替えをすませバックルームに入ると、案の定居合わせた後輩コンシェルジュに盛大に驚かれた。

「桂木さん、おでこっ……！」

後輩の瞳が、彩乃の額《ひたい》をまじまじと見つめる。

「へ、変かな？　やっぱり」

「いいえ、とてもいいですよ！　どうして今まで隠していたんですか」

思いがけない高評価に、彩乃はようやくこわばっていた表情を緩《ゆる》めた。

「うん。僕もそう思うよ」

ちょうど引き継ぎにやってきた袴田までが似合っていると言ってくれる。

彼は本来午後からの勤務だったはずだが、急遽《きゅうきょ》シフトを代わり、夜勤をこなしていた。

「ありがとうございます。ちょっと思い切ってやってみました」

引き継ぎが始まり、メモを取りながら注意事項を確認する。

「あ、それから」

ふと思い出したように、袴田が彩乃に話しかけてきた。

「桜庭様だけど、昨夜楠田様から再度連絡が入ってね。依頼した原稿の件で確認したいからと。それでなんだが……桜庭様のパーソナルコンシェルジュである君には言っておこうと思ってね」

袴田が言うには、昨夜二十三時過ぎに楠田から連絡が入ったそうだ。雄一に電話を繋ぎ、それからしばらくして楠田がホテルに現れた、と。

「おふたりでどこかにいかれてね。そして今朝方、ふたりしてホテルのカフェで朝食をとっているのを見かけた。たぶん、昨夜からずっとご一緒だったんじゃないかな」

「えっ……、昨夜から、ということは——」

「ああ、桜庭様の部屋に泊まったのは、やはり楠田様だったんだろうね。美男美女だし、とてもお似合いだと思うよ。楠田様を前から知ってる僕にとっても、実に喜ばしいことだ」

袴田は、帰り支度を進めながら口元に笑みを浮かべている。それをぼんやりと見つめつつ、彩乃の心は粉々に打ち砕かれていた。

彩乃と雄一の関係を確認するまでもない。答えはもう出てしまった。

「——おふたりは、まだホテルに？」

「いや、さっき一緒にお出かけになったよ」

彩乃の頭に、ふたりが連れ立ってホテルを出ていく姿が浮かんだ。唇をそっと噛みしめ、ローヒールを履いたつま先に力を込める。そうしていなければ、その場にしゃがみ込んでしまいそうだった。

「桂木君、大丈夫か？　なんだか顔色が悪いようだけど」

はっと顔を上げると、袴田が心配そうな顔で彩乃を見つめていた。

「あ……、いえ、なんでもありません。大丈夫です」

必死に取り繕《つくろ》い、空元気を出して笑ってみた。

「お綺麗な方ですものね。本当にお似合いです。……私も、そう思います」

それだけ言うと、彩乃はバックルームを後にして表へ出た。今は、仕事をしていたほうがいい。余計なことはなにも考えず、やってくるリクエストに集中しよう。

今朝部屋を出たときの高揚感はすでにぺしゃんこだ。一方的な気持ちを打ち明けたところで、雄一にとっては迷惑以外のなにものでもないだろう。

(今日のお帰りの予定はいつかな……)

引き継ぎ書を見ると〝未定〟とある。

もしかして、彩乃の勤務時間中には帰ってこないかもしれない。一度そう思うと、もう会えない気がしてきた。

袴田の言った通り、雄一の結婚を視野に入れた女性とは楠田のことなのだろう。自分とのことは、ちょっとしたお遊び——。二十七歳にもなって処女という珍しさに、つい気まぐれを起こしただけだったのだ。

さっきお似合いだと言ったのは、くやしいけれど本気だった。あのふたりなら、誰が見ても理想的なカップルだ。対して彩乃と雄一では、はじめからつりあっていない。日本滞在中限定の、夢に過ぎなかったのだ。

次々にデスクに立ち寄るお客様の対応をしながら、彩乃はいろいろな気持ちを胸の底に押しとどめていた。

（今は考えない。傷ついている自分に酔う時間は、この先十分にあるんだから……）

午後になり、休憩のためにデスクを離れた。ひとりバックルームの椅子に座り、空《くう》を見つめる。

今日のシフトは十五時半までだ。

それまでに、雄一はホテルに帰ってくる？　こない？

今となっては、彼に会うのが怖い。

突然部屋の電話が鳴り、出てみると谷だった。

『ごめんなさい、急に体調が悪くなって……ちょっと動けそうもないのよ』

吐き気とめまいのため、まともに歩くこともできないと言う。

「わかりました。私、シフト代わりますよ」

どうせ帰ってもうじうじと落ち込むだけだし、仕事をしているほうが気が紛れる。雄一に会うのは怖いが、でももう一度、ひと目だけでも彼を見たいという気持ちもやはりある。結局、谷の代わりに二十一時まで勤務を続けることになった。

休憩が終わり、引き続きデスクに就く。

レストランを利用したいと言うお客様の対応をしていると、隣にいるシャルルが外部からの電話をとり、なにやらしきりにメモを取っている。お客様が立ち去ったところでシャルルが書いているメモを覗《のぞ》くと、ハートマークつきで〝propose〟と書いてあった。

プロポーズ?

どうやら、ホテル・セレーネでプロポーズを行いたいというリクエストのようだ。今までに彩乃も、そんな恋人たちの手伝いをしたことが何回かある。

ここホテル・セレーネで新しいカップルがまた一組誕生する。それは喜ばしいことであり、そんな大切なシーンを迎える場所として選ばれたことはとても光栄だ。心を尽くし満足のいくサービスをしなければならない。コンシェルジュデスクに電話をかけてきたのだから、なにか特別な準備を必要としているのだろう。

電話を終えたシャルルが、彩乃のほうを振り返った。

「桂木さん、プロポーズのお手伝いです」

やっぱり。

「はい、場所はどこですか。お部屋で? それともレストランですか?」

「お部屋で——依頼されたのは、桜庭雄一様です」

(えっ……?)

シャルルの言葉を聞いた途端、彩乃はぽかんと口を開けて、そのまま固まってしまった。デスク前にはちょうどお客さまもおらず、シャルルは嬉々として話し続ける。

「そのために、準備してほしいものがあるそうです。これです——ああ、わくわくしますね」

差し出されたメモを受け取り、機械的に視線を落とした。だけど、文字が頭に入ってこない。

「桂木さん？　どうしました？」

「あ……、いいえ！」

慌てて顔を上げ、なんでもないといったふうに明るい微笑みを浮かべた。ついさっき雄一と楠田のことを聞かされたばかりで、あまりの展開の速さに心がついていかない。

「次の引き継ぎ最重要事項ですね。花がいっぱいのプロポーズか……実にロマンティックですよ」

シャルルの弾んだ声をよそに、彩乃の気持ちはどんどん暗く落ち込んでいく。だけど、そんな暇はない。ここは仕事と割り切って、プロとして自分のやるべきことをきちんとこなさなければ。

彩乃は改めてメモを見て、内容を確認した。

（タイムリミットは二十二時。プロポーズ決行は二十三時か……）

そして、雄一が外出先から戻るのは、午後十時を回るらしい

「今回、こちらで用意するのは『雪柳《ゆきやなぎ》』っていう花だけですね。桂木さん、知っていま

すか？」

笑顔でそう尋ねてくるシャルルは、久々に持ち込まれたプロポーズのセッティング依頼にノリノリの様子だ。

「『雪柳』……」

どこかで聞いた覚えはあるけど、頭が混乱してすぐには思いだせない。

「待ってくださいね、今調べます――あぁ、はい、これです」

持っていたタブレットの画面を示すと、シャルルはほっとしたような笑みを浮かべた。

「この花なら、僕も通勤途中に見かけたことがあります。桂木さんも知っていますか？」

画面の白い花には、確かに見覚えがあった。それは、街中でも見かけることのある、細い枝に白い小さな花を大量につける低木だ。

「ええ。確か、ここのフラワーショップにも置いてあったと思います」

「そうですか。桜庭様は、この花を使って部屋を演出してほしいとリクエストなさいました。部屋中に『雪柳』を飾って、プロポーズに相応《ふさわ》しい景観を造りだしてほしいと」

「じゃあ私、ちょっとホテルのフラワーショップに確認してみますね」

一見、普通に会話をしている。だけど、本当はその場にうずくまってしまいたいほど胸が痛い。

シャルルに心の動揺を悟られないよう、彩乃は意識して口元に笑みを浮かべた。

フラワーショップに彩乃と仲のいいスタッフがいることや、もともと彩乃が桜庭のパーソナルコンシェルジュであることを考慮して、この件は彩乃がメイン担当になることをシャルルと話して決めた。

さっそく、フラワーショップに連絡を入れる。すると、雪柳は店にあるが、部屋を満たす量となると数がまるで足りないことがわかった。

「大丈夫。任せといて。絶対そろえてみせるから」

フラワーショップのスタッフがそう言ってくれたので、花のことは専門家である彼女に任せることにする。彩乃は、部屋の演出をどうするかを考え始めた。

雄一のリクエストは、ごくシンプルだった。花の指定がある他は特に指示はなく、あとは担当したスタッフの感性に任せると言ってくれている。だけど、シンプルなだけにそのぶん演出がより重要になるし、それこそがコンシェルジュの腕の見せどころだ。

(プロポーズ……。桜庭様がプロポーズを……)

幾度となく頭のなかで呟いては、はっとして気を引き締めることをくり返した。

雄一がコンシェルジュデスクに電話をかけてきたのは、十六時過ぎ。

彩乃の勤務スケジュールを把握しているはずの彼が、あえて彩乃のいない時間に連絡を入れてきたのは、きっと彼なりの気遣いだったのだろう。谷のシフトを代わりにやることになったのは、運命のいたずらとしか思えない。

雄一に恋心を抱いている彩乃自《みずか》ら、彼が他の女性にプロポーズするための演出を請け負うことになるとは――

失恋はもう決定的であり、心は杭を打ち込まれたようにずきずきと痛んでいる。だけど、彩乃はホテルコンシェルジュだ。勤務中である今は、個人の感情は後回しにして、目の前の仕事をきちんとやり遂げることだけを考えなければならない。

あまりにも悲惨すぎるけれど、さすがにこれ以上事態は悪くはならないだろう。それに、今回のリクエストに誠心誠意取り組み、プロポーズを成功に導くことができたら、きっぱりと雄一のことを諦めることができるかもしれない。

タイムリミットは二十二時。彩乃はその一時間前に退社時刻を迎えるし、明日は休みだ。

きっとこれが雄一のためにする最後の仕事になる。

片想いで終わる恋になってしまったけれど、後悔はない。

思えば、雄一と出会ってから二週間、驚くようなことばかりだった。だけど、間違いなく幸せな日々だったし、コンシェルジュとしても成長できた。それもすべて、彼のおかげだ。

（これが最後なら、精一杯心を尽くそう……）

本当に愛した人だし、これからも長く想い続けるだろうことは、もうわかっている。

桜庭雄一という人は、きっと自分にとって一生忘れられない人になるだろう。だからこそ誠心誠意、力いっぱい仕事をして、悔いが残らないようにしなければならない。

「よしっ」

今は一コンシェルジュとして、雄一のプロポーズを最高に素晴らしいものにするべく、最大限努力しよう。

待機のスタッフが出勤してきたと同時に、フラワーショップの担当者と雄一の部屋に向かった。すでに部屋を飾ってなお有り余るほどの雪柳がかき集められている。彩乃も、器《うつわ》や花ばさみといった飾りつけに必要なものを準備していた。

デラックスルームは、間取り上ドアを開けてすぐに部屋全体を見渡すことはできない。左手にあるバスルームを過ぎて初めて、部屋の全体が見えるのだ。この部屋には大窓があって、奥にキングサイズのベッドがある。

演出を考えるとき、彩乃はブライダル部門のスタッフからアドバイスをもらっていた。彼女は熟練の女性主任だ。

〝男性の思い描くプロポーズのシチュエーションも大事だけど、それを受ける女性側の気持ちがもっと大事。だから、もし自分だったらどんな演出が嬉しいかっていうのも考えてみて〟

今日は晴れているから、このまま夜になれば綺麗な夜景を望むことができるだろう。

ならば照明は少し落とし気味にして、インテリアをできるだけ花で隠し、夜景をいかしたほうがいい。彩乃は背の高いポールとワイヤーを使って、ベッドサイドに雪柳の大きなアレンジを作った。部屋のいたるところに、バランスよく雪柳を配置する。

途中、別の仕事のためにフラワーショップ担当者が退室して、彩乃はひとり黙々と作業を続けた。

飾りつけの途中で、また新たなアイデアが浮かんだりする。多少の変更を加えながら、なんとか思い描いていたような部屋ができ上がった。イメージは、都会の夜に浮かぶ白い雲海《うんかい》、といったところだ。

「さて、と。これで完成かな」

彩乃は、部屋全体を見回して大きく息をついた。

きっとこれならいいプロポーズのときを迎えてもらえる。そう自信を持って言える出来栄えに、満足はしている。だけど、部屋にひとりきりになってからというもの、時間が経つにつれてため息の数が増えていた。目の前に、雄一の顔がちらつくのだ。彼の笑顔や、うっすらと目を細めた表情。そんな、彩乃が大好きな雄一の顔が次から次へと浮かんでは、彩乃の心を乱す。

もうじき二十一時だ。彩乃は退社し、次の出社は明後日。雄一のプロポーズの結果を知ることもなく、次の勤務をこなすのだろう。

最後にもう一度部屋を見回してから、用意したミュージックプレイヤーをオンにする。エンドレス再生に設定して、音量を調整した。部屋に静かなピアノ曲が流れ始めると同時に、彩乃の視線がバスルームのほうに向かう。部屋を満たす曲は、雄一がここへきた最初の日に、バスルームで歌っていたものだ。

あれ以来、彩乃は自分でもその曲を口ずさむようになっていた。この曲が、生涯忘れられない思い出の曲になるだろうことはわかっている。

「結局、おでこ出した制服姿、見てもらえなかったな……」

口に出して呟いてみると、胸の痛みが急に強くなった。思わず涙が込み上げてきそうになる。でも、今泣くわけにはいかない。せっかく作り上げた幸せなプロポーズの場に悲しい涙を零すような無粋な真似《まね》は、プロのコンシェルジュとして絶対にできない。

もう自分の出番は終わりだ。

彩乃は、ドアを出る前にもう一度部屋のなかを振り返った。

そして涙をこらえながら深々と一礼して、ドアを閉めた。

午後九時過ぎにホテルを後にし、まっすぐに自宅アパートに帰った。帰宅途中から、どん底と言っていいくらい落ち込んでいる。あんなにも好きだった相手なのだから、無理もない。幸い明日は休みだし、ここはとことん落ち込もう。そんなふうに思いながらバスタブにお湯をためていると、スマートフォンに着信があった。

「あれ？　ホテルからだ」

着信音で、それが職場からとわかる。こんな時間に電話だなんて、なにかトラブルでも起きたのだろうか？　もしかして、雄一のプロポーズの件で、不都合があったのかも。

慌てて電話に出ると、相手は総支配人のエヴァンスだった。

『悪いんだけど、ちょっとホテルに戻ってもらえるかな？　いや、なにかトラブルが起きたわけじゃないから安心して。夜に申し訳ないけど。じゃ、待っているからね』

急な要請にはふさわしくないほどのんびりとした声音で、エヴァンスは言う。そして、彩乃の返事を待たずに電話を切ってしまった。

トラブルじゃないと聞いて緊張は解けたものの、いったい何事だろう？

これと言った理由が思い浮かばないまま部屋を出て、ホテルに戻った。ホテル内に足を踏み入れても、とりたてて変わった様子はない。

コンシェルジュデスクに向かうと、バックルームの入り口からエヴァンスがひょいと顔を出した。

「あ、桂木さん。こっちですよ、こっち」

呼ばれるままバックルームに急ぐと、そこにはエヴァンスの他にもうひとり、老婦人がいた。

椅子に腰かけていたその人は、彩乃を見るなり立ち上がって両手を広げた。

「ああ、あなた……。やっと会えたわ！」

「え……、え？　あなたは……！」

柔らかな白髪に、優しい声。間違いない。目の前にいるのは、七年前に高架下の河原で一緒にペンダントを探した、あのときの老婦人だ。

「あの……、あのときのペンダントの方ですよね？」

「そうよ、私よ。嬉しいわ、覚えていてくれたのねぇ。約束通り、あなたがいるホテルに泊まりにきたのよ」

驚きのあまり口をあんぐりと開けたままでいる彩乃に、老婦人が歩み寄った。そして嬉しそうに彩乃を抱きしめてくる。

「覚えてます！　忘れてなんかいません！　だって、私がコンシェルジュになったのは、あなたと出会ったからなんです。私に言ってくれましたよね？　あなたはコンシェルジュに向いてるって。私……だから……」

思いがけない再会に、胸がいっぱいになる。七年前、一度会ったきりの人だけど、彩乃にとっては人生を左右した大切な人だ。

「ええ、ええ。言いましたよ。あなたは優しい子だもの。きっといいコンシェルジュになるって、そう思ったのよ」

ふたりしてしばらくの間抱き合い、ようやく落ち着いてから椅子に並んで腰かけた。

「あのときは、ちゃんとお礼を言う時間もなかったわね。本当にありがとう。あのペンダントは、今も私の大切な宝物よ」

彼女は、首にかけているペンダントを大事そうに指で示した。

「空港のゲートに駆け込んできたあなたを、今もはっきり覚えてるわ。一生懸命走ってくれたんでしょうね。おでこにいっぱい汗をかいて、大きく手を振って『待って！　ペンダント、ありましたよ！』って」

彩乃の額《ひたい》に、老婦人の掌《てのひら》が優しく触れる。

「あのとき、ハンカチで汗を拭いてくれましたよね。——私のほうこそ、ずっとお礼が言いたかったんです。あなたと出会わなかったら、私……。本当にありがとうございました」

「いえいえ、でも、本当にコンシェルジュになってくれていたのねぇ。こうして立派になったあなたに会えて、心から嬉しく思うわ」

「私も会えて嬉しいです。……あ、でも、どうして私がこのホテルに勤務してることがわかったんですか？」

老婦人はにっこりと笑い、持っていたバッグから紅色の携帯電話を取り出した。そして、慣れた手つきでボタンを押す。

「これ、覚えてる？」

示された携帯電話の画面には、七年前の空港での写真があった。老婦人は満面の笑みで、彩乃はちょっとびっくりしたような顔で映っている。記憶していた通り前髪は上がり、額《ひたい》は全開になっていた。

「覚えてます！　私ったら、おでこ丸出し」

彩乃がぷっと噴き出すと、老婦人も一緒にくつくつと笑いだした。

「このおでこが可愛くってねぇ。あれから何度もこの写真を眺めては、あなたのことを思いだしていたのよ。そして、ずっとあなたにもう一度会いたいと思っていたの」

彼女は、当時を懐《なつ》かしむように彩乃の手を両方の掌《てのひら》で包んだ。

「だから、私は超一流のコンシェルジュに、あなたの捜索《そうさく》を依頼したのよ。もし『アヤノ』というコンシェルジュが現れたら、私に連絡をくれるようにってね」

「超一流の……？」

彩乃は一瞬首を傾げ、そしてすぐにひとりの人物に思い当たった。

「えっ？　まさか――。もしかしてその超一流のコンシェルジュって……？」

彩乃の視線が、目の前にいるふたりの間を忙しく動き回る。すると老婦人の肩に、エヴァンスがそっと掌《てのひら》を乗せた。

彼女は肩に乗った掌《てのひら》に自分の指先を重ねて、ゆっくりと首を縦に振った。

「ええそうよ。彼——リチャードが日本のホテルで総支配人をすると聞いて、私、すぐに頼んだの。そして、彼は連絡をくれたわ。『彩乃という名のコンシェルジュが、うちのホテルで誕生した。お義姉《ねえ》さんが見せてくれた写真の子に間違いない』って」

「えっ？　おねえさん？　おねえさんって——」

驚き、彩乃はますます首を傾げてしまう。

「そう、私たちは義理の姉弟なんだ。私の兄が、ここにいる静香《しずか》さんと結婚したのが、今から五十年ほど前かな」

「そうね。もうそんな前になるわね」

並んで座っているふたりが、義理の姉弟だったとは。

「静香さんっていうお名前だったんですね。私ったら、名前すら聞かないで別れちゃって……。でも、またお会いできてよかった。こんなことってあるんですね。まさか、総支配人と静香さんが、義理の姉弟だったなんて……」

「私もびっくりしましたよ。だけど、大切な家族である義姉《あね》に頼まれたからには『アヤノ』という名のホテルコンシェルジュを、なんとしてでも見つけなければならないと思っていました。もちろん、君がホテル業界に身を置き、コンシェルジュを目指さなければさすがに見つけだすことは難しかったでしょう」

「私も、彩乃ちゃんが見つかったって聞いたときには、本当に驚いたわ。私ね、実はもっと早くあなたに会いにきたかったのよ。でも、なんせ住んでいるのはイギリスだし、なにかと忙しくしていたら、あっという間に月日が経ってしまって」

静香とエヴァンスは、感慨深そうに彩乃を見つめている。

「それに、せっかく会うのなら、君が立派なコンシェルジュになってからのほうがいいと、私が義姉《あね》に助言したんだ」

エヴァンスが言うと、静香はおかしそうに相槌《あいづち》を打つ。

「そうだったわね。リチャードはあなたのことを、入社してすぐに見つけていたの。びっくりでしょ？」

「えっ？　私が入社してすぐですか？　そのころはまだコンシェルジュじゃなかったのに」

彩乃がエヴァンスを見ると、彼は右の人差し指を立てて「そのとおり」と言った。

幸い〝アヤノ〟はコンシェルジュをめざしてくれた。そして偶然にも、このホテル・セレーネに就職した。エヴァンスは新卒の採用にはかかわっていないため、新入社員名簿で初めて彩乃を見つけたそうだ。そこで事前に託されていた画像と照らし合わせ、彼女こそが義姉《あね》が探している〝アヤノ〟だと確信したのだ。

「この見事なおでこちゃん写真は、ひと目見ただけで私の脳内に焼きついていました。これは、私と同じ人種だ――人のためになにかするということに喜びを感じる、生まれついてのコンシェルジュ気質を持っている人間だと思ったからね」

エヴァンスの言葉に、静香が大きく頷《うなず》いて同調する。彩乃は嬉しさと同時に、照れ臭さも感じた。照れを紛らわそうと、話題をかえる。

「静香さん、今日はここに泊まるんですか？」

彩乃の問いに、静香とエヴァンスは顔を見合わせて笑った。

「実は、昨日からここに泊まっていたのよ。あなたを驚かせようと思って、黙ってたの。ごめんなさいね」

それからしばらくの間、静香の今回の旅の目的について話を聞いた。静香の実家は、東京の郊外にあり、これまで弟夫婦がそこに住んで家を守っていたそうだ。けれどその家が、弟夫婦の引っ越しにより来年早々空き家になる。そこで、イギリスに嫁ぎ長く日本を離れていた静香が、いったん帰国してその家を受け継ぐことにしたのだという。

「子供も孫ももういい大人だし、私もそろそろ好きに生きようと思ったのよ。これからは、イギリスと日本をいったりきたりする生活を送ろうと思うの。でも、とりあえず久しぶりの日本をじっくり満喫するわ。落ち着いたら、彩乃ちゃんもぜひ遊びにきてちょうだい」

喜んで招待を受けることを約束してから、ふと時計を見た。時刻は午後十一時十五分前だ。

雄一はもうホテルに帰っているだろうか。

そして、あの美人編集者もすでにホテルにきているのか。まだ少し時間は早いけれど、もしかしてもう今頃は雪柳がいっぱいの部屋で、プロポーズのときを迎えているのかもしれない。

そして、もうプロポーズもすませて――

一瞬心が潰れそうになったけれど、今はそれを顔に出すべきではない。

彩乃が自分自身に言いきかせたタイミングで、エヴァンスがインカムをしていた耳を押さえた。

「ふむ……、桂木さん。今日、桜庭様からのリクエストに応えたのは君とシャルル君だったね？」

突然の質問に、彩乃はピンと背筋を伸ばした。

「はい、そうです。……あの、なにか問題でも？」

「いや、詳しいことはよくわからないが、桜庭様から今夜の演出について聞きたいことがあると言われたそうだ。今すぐに部屋にきてほしいと。だが、君は勤務時間外だ……ふむ……」

エヴァンスは顎《あご》に軽く手を当て、なにやら思案顔だ。

「総支配人、私、いってきます。部屋の演出をしたのは、私ですから」

「そうか。じゃあ、そうしてもらってもいいかな？　緊急のことだし、制服に着替えずにそのままいってくれて構わないよ」

エヴァンスの表情は相変わらず穏やかだが、彩乃の心には、むくむくと不安がわき起こっていた。

プロポーズはまだなのだろうか？　彼は、部屋にいるのだろうか？

「いってらっしゃい。私たちはまたすぐに会えるからね」

「はい。少し失礼します――」

静香に見送られて、彩乃は急ぎ雄一が待つ客室に向かった。

雪柳は新鮮なものを用意したし、飾りつけについても最善を尽くした。……ああ、もしかして、もっと豪華な演出をしたほうがよかったのかもしれない。

雪柳という花のイメージから、ゴージャスでありながらシックな飾りつけをしてしまったけれど、違うやり方があったかと今さらながら後悔する。

これからやり直すとして、どのくらい時間が必要になるだろう。待ち時間は、上階にあるレストランバーで過ごしてもらおう。今から窓際の席を手配できるだろうか……いろいろなことが頭のなかを駆け巡って、雄一の部屋につくころには、すっかり息が上がってしまっていた。

呼吸を整え部屋のドアをノックすると、すぐにドアが開いた。目の前にきちんと身なりを整えた雄一が立っている。今日の雄一は、いつになく落ち着いた雰囲気で、つい見《み》惚《と》れてしまうほど美男だ。

もう二度と彼に会うことはないと思っていた――

様々な感情があふれそうになるのを抑えながら、彩乃は雄一の目をまっすぐに見た。

一方彼は、彩乃を見てもさほど驚いた様子はない。ということは、ここに彩乃がくることを知っていたのだろうか。だけど、今は彩乃の勤務時間外で――

「桜庭様、あの……」

彩乃が、謝罪を口にしようとすると、雄一がそれを遮《さえぎ》るようにやんわりと言った。

「とりあえず、なかに入って。ここで立ち話もなんだからね」

雄一に誘われ、彩乃はおずおずと足を前に進める。

部屋のなかは、彩乃が最終チェックをしたときと変わらない。どうやら、部屋には自分たちの他には誰もいない様子だ。

「部屋の演出をしてくれたのは彩乃なんだってね。正直驚いたよ。デスクに依頼したのは君がシフトを終えた後だったし、俺はてっきり他のスタッフがこれをやってくれたんだと思い込んでた」

目の前の雄一は、彩乃を見て穏やかに笑った。

やはり、雄一は彩乃が退社した後を選んでリクエストをしたのだ。だけど、思いがけず彩乃がそれをやることになってしまった。

いくらなんでも、それは雄一にとって気まずい出来事だろう。彼の表情が心なしかこわばって見えるのは、きっとそのせいに違いない。

「はい、私です。あの……なにか改善すべき点がありましたら言ってください。今すぐに対処します。もしよろしかったら、お待ちいただく間、ホテルのレストランバーに席をご用意させていただきますが」

微笑もうと努力するのに、どうしても頬が引きつってしまう。

「ありがとう。それは魅力的な提案だし、コンシェルジュとして素晴らしい対応だと思うよ。だけど、この部屋の演出に改善すべき点なんかないし、これ以上望めないほど最高の出来だと思ってる」

雄一は彩乃を振り返ると、腕を広げその身体を抱いた。

優しいヘーゼル色の瞳が、彩乃を見つめている。彼はそのまま足を進め、彩乃を雪柳があふれる部屋の真ん中に連れていった。

「見事だよ。こんな演出は今まで見たことがない。まるで空中に雪柳の花畑が浮かんでいるみたいだ。それに、この曲。……彩乃が自分で考えて、用意してくれたんだね」

彩乃が頷《うなず》くと、雄一はにっこりと微笑んだ。

（よかった――）

緊張で縮こまっていた彩乃の肩から、ほんの少し力が抜けた。雄一は、部屋の演出に満足してくれている。もしかしたら、そのお礼を告げるために彩乃を呼びだしたのかもしれない。

「喜んでいただけて嬉しいです。あの……もういってもいいでしょうか」

彩乃はそう言うと、目を伏せて下を向いた。彩乃の左の腰に、雄一の左掌《てのひら》が添えられている。いくらイギリス流のエスコート術を心得ているとはいえ、この状況はプロポーズの相手にとってはありがたくないものだろう。彩乃だってそうだ。これ以上ここにいて、雄一が女性を部屋に連れ込むところなんて見たくはない。

なのに、彼は彩乃を抱き寄せている手を離そうとしない。

「いくって……どこへいくんだ？」

雄一の声が、頭上から聞こえてくる。

「家に帰ります。もう勤務時間外ですので」

視線の先に、雄一の黒い革靴が見える。それはとても綺麗に磨かれていて、プロポーズというシーンにふさわしい落ち着いた色を放っている。

「だめだ。まだ用事は終わってない」

雄一の柔らかな声。だけど、口にした言葉は断固とした意思を含んでいる。

「お部屋の演出には満足していただけたんですよね？　でしたら、これ以上ここにいるわけにはいきませんから――」

離れようとする彩乃の身体を、雄一は引き留めて正面から腕に抱いた。

「……俺が彩乃にしたことの全部、彩乃の意に添わないものだったなら、謝る。でも、もしそうでないなら――。いかないで、ここにいてくれ。頼む」

雄一は、いったいなにを考えているのだろう？　こんな状態は、どう考えても間違っているのに。

「離してください……」

呟いた声が、とんでもなく震えていた。今すぐにでも、ここを立ち去りたい。そう思っているのに、自分を抱く雄一の腕を振りほどくことができない。この先、もうこんなふうに抱きしめられることもないと思うと、少しでも長く彼の胸の鼓動を聞きたいと願ってしまうのだ。

部屋の時計を見ると、あと五分で十一時だ。もういつ部屋のドアがノックされてもおかしくない。

彩乃は意を決して彼の腕のなかから逃げ出そうともがいた。

「彩乃――」

「いかせてください！　桜庭様のプロポーズは、私にはなんの関係もないじゃないですか。嫌です……っ。あなたが他の女性に結婚を申し込むところなんて、絶対に見たくありません！」

お客様の要望をはねつける――。コンシェルジュとして、やってはいけないこととわかっている。でも、今だけは許してもらおう。これが最初で最後だ。今だけはコンシェルジュであることを忘れて、ひとりの女性として、雄一に気持ちをぶつけさせてほしい――

「だって、私は桜庭様のことを本気で愛してるんです。……あなたのことを、心の底から愛してるんです！　私が言う〝愛してる〟は、世界中の誰よりも愛しているって意味なんです。一生分の愛を注いでもいいくらいの……。だから、もう離してくださいっ！」

言い切った途端に、彩乃を抱く雄一の腕にぐっと力がこもった。

「彩乃！　君はなにを言ってるんだ？　俺を愛してるなら、なおさらだ。愛してるよ、彩乃。僕が言う〝愛してる〟だって、彩乃と同じくらい気持ちを込めたものだ。俺は君を愛している。だから俺から逃げないでくれ――」

「え……、愛してる、って……」

雄一は、彩乃の頬をそっと掌《てのひら》で包み込んだ。そして、彩乃の額《ひたい》に唇を寄せる。

「愛してるよ、彩乃。もうずっと前から想っていた。気持ちを受け入れてもらえるかどうか不安だったけど、彩乃も俺を想ってくれているんだろ。ああ、本当によかった！　……でも、さっきなんで自分には関係ないなんて言ったんだ？　それに、他の女性に結婚を申し込むとかなんとか、わけのわからないことまで」

雄一は、もう一度彩乃の身体に腕を回した。顔には、不思議そうな表情が浮かんでいる。

「だ、だって……。桜庭様は、今日ここで楠田様にプロポーズをなさるんでしょう？　それとももしかして、別の方ですか⁉」

たたみ掛けるように言って、彩乃は顔を横に向けた。彼の瞳を見ていると、すぐに気持ちが揺れてしまう。

「ちょっと待ってくれ。なんでここに楠田さんが出てくる？　それに違う方って、いったいなんのことだ？　――彩乃、君はさっきからおかしなことばかり言ってる」

「――昨夜楠田様と、ひと晩中、ふたりきりでお過ごしになったんですよね？　それに、今回の来日で結婚を視野に入れた女性と会うことになっているとも聞きました。……もしかして、複数の女性と同時にお付き合いされてたりするんですか？」

我ながら、さすがに言いすぎじゃないかとも思った。だけど、ここまできてしまえば、心のなかを全部吐き出さなければ収まりがつかなくなっていた。

「いきなりまた、なにを言い出すんだ？　君はなにかものすごい勘違いを――」

「だって、私聞いたんです！　昨夜楠田様と会われて、今朝は一緒に朝食をとってたって……。ずっとご一緒だったんでしょう？　それに、私が退社した後にプロポーズの演出をしてほしいってリクエストをしてきたってことは、私に知られたくなかったんですよね!?」

興奮するあまり、問い詰めるような言葉遣いになってしまった。

「聞いたって、誰から?」

「誰だっていいです。もう、お願いですから離してください!」

雄一の手が、彩乃の肩をしっかりと掴んだ。

「彩乃、頼むから落ち着いて。俺と君の話は、根本的に食い違ってる。ひとつずつきちんと事実確認していこう。まず、楠田さんのことだが、彼女は確かに昨日ホテルにきた。それは君も知ってるよな?」

「はい、もちろん。だって私がお取次ぎしたんですから。その後、夜にまた楠田様がいらして――」

身を引こうとする彩乃の身体を、雄一の腕がきつく押しとどめた。

「夜、楠田さんはホテルにきてなんかいない。当然、ここに泊まってもいない。朝カフェにきたことはきたけど、朝食を食べたのは俺ひとりだ。彼女は、朝一で俺が書いた原稿を受け取って、社に持ち帰ったんだよ。楠田さんは俺の担当編集者であり大事な仕事仲間だけど、間違っても男女の関係なんかじゃない。だいたい、彼女にはれっきとした婚約者がいるんだから」

きっぱりとした雄一の口調に、彩乃は動きを止めた。

「えっ……？　婚約者って……。それって、桜庭様のことじゃないんですか？」

「ぜんぜん違う。彼女の婚約者は、京都にある有名なお寺のひとり息子だ。俺は直接会ったことはないんだが、その業界内では結構顔が利く人物らしい。そのことを知ってたから、君がサントス夫妻の件で困っているのを聞いて、ピンときたんだ」

「サントス様って……もしかして、あのときお寺の拝観ができたのは、桜庭様がその方に掛け合ってくださったからですか？」

「いや、俺じゃなくて、俺から話を聞いた楠田さんが婚約者に頼んでくれたんだ。彼は快《こころよ》く承諾して、すぐ手配してくれた。そして俺は、そのお礼として、彼女がかかわっている雑誌に急遽《きゅうきょ》コラムを書くことになったんだよ」

「あ……」

雄一の急に入った仕事は、もとはと言えば彩乃に原因があったのだ。

「す、すみません！　私のせいで……。自分のせいで、雄一に負担をかけていたなんて。知らなかった。」

「謝ることなんかないよ。それについては、彩乃がきっちりお返しをしてくれたろ？」

雄一が何を指して〝お返し〟と言ったのか、すぐにわかった。彼に初めて抱かれたときのことを思い、頬が赤く染まる。雄一の掌《てのひら》が、彩乃の背中をそっと撫でた。徐々に落ち着いてきて、今の状況について考える余裕が少しだけ出てきた。

今雄一が言ったことが本当なら、話はまるで違ってくる。

「なにがとんでもない勘違いの原因かわからないが、とりあえず少しは落ち着いたかな？」

瞳を見つめながらそう問われて、彩乃はくり返し頷《うなず》いて「はい」と答えた。

「よかった」

雄一は、ふうっと長い息を吐いて、彩乃の髪の毛を撫でた。

「ごめん、彩乃。今回のことは、全部俺のせいだ。俺がなかなか言い出せなかったから……これから全部説明する。順序立てて、きちんと。君に出会ってからのこと、そして出会う前の話も」

「出会う前？」

「うん、そうだ」

雄一は彩乃を、窓際まで連れていった。そして、夜景が見える位置にあるソファに、隣同士に座る。雄一は腕を彩乃の肩に回し、話し始めた。

「今から五年前のある日、俺は長い旅行からロンドンの自宅に帰った。旅行記の一冊目が出版されて間もなくのころだったよ」

その日の夜、同居の祖母のもとに一本の電話が入った。話をするうち、彼女はみるみる頬をほころばせ始めたという。

「その様子に驚いていた俺に、祖母が言ったんだ。『あなたの花嫁候補が見つかったわ』って。電話は、祖母の義理の弟からのものだった」

彩乃は、黙ったまま雄一を見つめ、首をひねりながらもこくりと頷《うなず》いて見せた。

「ますますわけがわからないって顔してるね。実際、祖母の言葉を聞いたときの俺もわけがわからなかった。花嫁候補って言われても、そのときの俺は花嫁なんか探してもいなかったから。だいたい、ただの提案にしろ、結婚相手を指定されるとかありえない、って思ったしね」

雄一は軽く笑って、そばにある雪柳を手に取って少しの間見つめた。

「だけど、せっかく大喜びしている祖母の気持ちに水を差すのも悪くて、俺はとりあえず花嫁候補だという人についての話を聞いた。祖母とその人は、祖母の実家近くで出会ったんだ。祖母は大切なものをどこかに落として困っていた。その人は、祖母を助けて落とし物を一緒に探してくれたそうだ」

落とし物を一緒に探してくれた親切な女性。そのことが嬉しかった雄一の祖母は、ぜひその人を孫の花嫁にと思ったのかもしれない。

「でも、結局見つからずに、祖母は仕方なく帰りの飛行機に乗るために飛行場に向かった。もう二度と落とし物は帰ってこない。そう思いながら、飛行機の搭乗口に入ろうとしたとき、後ろからさっきまで一緒にいたその人の声が聞こえてきたんだ」

雄一の顔に、嬉しそうな笑みが浮かんだ。

彩乃は言葉も発せないまま、ただ大きく目を見開き、雄一の顔をじっと見つめ続ける。

「その人は、祖母が帰った後もたったひとりで探し続けてくれていたんだ。そして、ようやく見つけて、飛行場まで駆けつけてくれた。——いい子だろ？　祖母は、俺にその人と一緒に撮った携帯写真を見せてくれた。それがこれだよ。——ほら」

雄一は、彩乃の前にスマートフォンを掲げた。

——こんなことってあるだろうか？

そこに映っているのは、紛れもなく七年前の彩乃と静香だ。さっき彼女から見せてもらったものと同じで、額《ひたい》を丸出しにしている。

「すごく可愛いだろ？　これを見た後、すぐに写真を自分の端末に転送してもらったんだ。祖母のエピソードから、その人柄にもひかれてね。それ以来一度会ってみたいと、心のどこかでずっと思い続けていた。ここにくるまで、ずいぶんかかったけど、やっと会えた。そして実際に接してみて、彩乃の魅力の虜《とりこ》になったんだ。祖母の言うところの俺の花嫁候補であり、俺が結婚を視野に入れた女性。そして、たぶん彩乃が考えるところの婚約者で、俺のプロポーズの相手は、彩乃——君なんだよ」

彩乃の息がぴたりと止まった。

なんてことだろう。まさか、こんな夢のようなことが起こるなんて。まるで最高に幸せな映画のヒロインになった気分だ。

雄一は彩乃をソファから立ち上がらせると、抱き寄せて額《ひたい》に頬ずりをした。

「彩乃のおでこ、ずっと触りたいと思ってたよ。こうやって抱きしめて、全部俺のものにしたいと思った。だから――」

雄一は、彩乃を抱く腕をほどき、口元にぎこちない笑みを浮かべた。そしておもむろに片膝を立てて跪《ひざまず》くと、ポケットから真っ白な小箱を取り出して彩乃の前に差し出す。

蓋を開けると、キラキラと光る銀色の指輪が光っている。

「これは、俺がお守りにしていたダイヤを研磨《けんま》して作った指輪だ。彩乃、あの石を気に入ってくれてたよな。だから、指輪にして彩乃にプレゼントしようと思ったんだ。知り合いをたどって、大至急作ってもらったんだ。――彩乃、愛してる。お願いだ。俺と結婚してください」

雄一のヘーゼル色の瞳が、部屋の照明に照らされて濃緑色に輝いてみえる。まるで中世の騎士のように優雅な身のこなしで、彼は彩乃にプロポーズの指輪を差し出していた。

「……はい……っ」

ようやくそれだけ言って、彩乃は立ち上がった雄一にしがみついた。いつの間にか頬にいく筋もの涙が伝っていた。それを拭《ぬぐ》う間もなく雄一にぎゅっと抱きしめられ、耳元で「愛してる」とくり返し囁《ささや》かれる。

「指輪、受け取ってくれるか？」

そう言って雄一は微笑みながら、彩乃の左手の薬指に指輪をはめてくれた。

「夢……じゃないですよね？」

「ああ、夢じゃない。今回、大叔父にはいろいろと助太刀《すけだち》してもらった。彩乃をここにくるようにしむけてくれたのも、大叔父の名演技のたまものだろ？」

そうだった。雄一と静香が孫と祖母の関係ということは、総支配人は彼の大叔父ということになるのだ。雄一は、彩乃に自分とエヴァンスの関係や、静香がイギリス人である夫と出会った経緯を簡単に話して聞かせた。

「祖母は、昨日から俺の部屋に一緒に泊まってるんだ。プロポーズのことがあったから、こっそり俺が空港に迎えにいって、ここに連れてきた。仕事のこと、部屋の人数のこと……いろいろと誤解したのも無理もないかな。それにしても、ごめん。彩乃の仕事のシフトが変更になってるなんて思ってもみなかった。悪かった……プロポーズ相手に演出を頼んでしまってて。それに、さっき聞いたような思い違いをしていたんなら、きっとすごく辛かったよな？」

雄一は彩乃の手を取り、雪柳で縁取《ふちど》ってあるベッドに導いた。そこに、隣り合わせに腰を下ろす。

「雪柳、綺麗だろ？　うちの実家の庭にも植えてあるんだ。俺は昔からこの花が好きでね。ひとつひとつの花は小さくて可愛いけど、全体のフォルムは上品でとても優雅で。たくさん集めると、こんなにゴージャスにもなる。なんとなく彩乃みたいだと思わないか？」

雄一が、ふわふわと広がる花を集めて、彩乃の周りを囲んだ。

「とても素敵です……。最高のプロポーズだと思います」

彩乃の言葉に、雄一が照れたように笑った。

「気に入ってもらえたようでよかった……。実は内心ドキドキだったんだ。馬鹿みたいに緊張してたし、断られたらどうしようかと思ってた」

「桜庭様が？」

これほどハンサムで性格もいいモテ男が、彩乃相手にドキドキしたり緊張する必要があるのか。

「当たり前だろう？　五年越しの恋だぞ。ちょっと前まで、俺は彩乃にずっと片想いしてきたんだから。俺は彩乃が思っているよりも、ずっとシャイでピュアな男なんだ」

照れているのを隠すように、雄一がわざとらしく眉間に皺《しわ》を寄せた。

「す、すみません。でも、なんだかいろいろと目まぐるしくて」

それだけではない。いまだにこれが現実であるなんて信じられない。雄一は、少しずつ小さな花を摘《つま》んでは、彩乃の髪の毛に散らした。

「俺だってまだそわそわしてるよ。俺は、彩乃に恋した。正直なところ実際に彩乃に会うまでは、自分の気持ちに対してどこか半信半疑だったんだ。写真を見て、祖母の話を聞いただけの相手に、俺は本気で恋をしているのか？　ってね。でも、大叔父から君の頑張りを聞いたり、新しく写真を見せてもらったりするうち、どんどん想いが募っていった。だから、自分から東京の取材企画を持ち込んで、ここにきたってわけだ」

雄一が照れたような笑い声を上げた。その顔を見ているだけでも、彩乃は幸せな気持ちでいっぱいになる。

「そしてここで彩乃と過ごすなかで、自分の気持ちが本物だってわかった。途中、自分でも感情のコントロールが利かなくなって困ったこともあったけどね。上手く言えないけど、とにかく彩乃なんだ。――俺の言っていること、おかしいかな？」

彩乃がぶるぶると首を横に振ると、顔の周りに雪柳の花が舞った。

「おかしくなんかないです。私だって……同じです。桜庭様に会って、一緒に過ごすうちに好きっていう気持ちがどんどん強くなって……。だけど、自分の気持ちに確信が持てなくて、でも会って話すたびにひかれて……」

話しているうち、彩乃の頬がどんどん赤く染まっていく。

「今だって、ドキドキなんです。あなたが素敵すぎて困ってます。本当に私のことを好きでいてくれるのか、本当に私なんかでいいのか――」

「それこそ俺と同じだ。そんな彩乃が可愛すぎて困ってる……。まだいろいろと不安があるみたいだけど、それはこれから一緒に過ごすなかで、じっくりと時間をかけて解消してみせるよ」

彼の視線が、彩乃の瞳から上へ移る。

「彩乃、おでこ出したんだな。似合ってる。すごく可愛い。昼間もこの髪型でいたのか？」

「はい。おでこ出して制服着てる姿、見てもらおうと思って」

「そうか。今度じっくり見せてもらうよ。ありがとう、彩乃は本当に優秀なコンシェルジュだな。俺が望むことを、すべて叶えてくれようとする……」

お互いの顔が近づき、彩乃が目蓋《まぶた》を下ろそうとしたそのとき、部屋のドアがコンコンと忙しく音を立てた。

「あっ」

ふたり同時に声を上げて、ドアのほうを振り返る。

「やれやれ。残念だけど、イチャつくのはお預けだな」

雄一は、彩乃の額《ひたい》に素早くキスを落としてから、ドアに向かって足早に歩いていく。

ドアを開ける音と、人が部屋に入ってくる気配がした。そして、静香とエヴァンス総支配人が現れる。ゆっくりと歩いてくるエヴァンスを追い越し、静香が小走りに彩乃のほうに近づいてきた。

「彩乃ちゃん、大丈夫？　あらあら、こんなに涙を流して……。雄一っ、あなた彩乃ちゃんになにをしたのっ？」

まるで子供を叱りつけるような静香の声が、部屋に響いた。彩乃は慌てて頬に残る涙を払って、静香の肩に掌《てのひら》を置く。

「ち、違うんです！　私、嬉しくって泣いてたんです！」

「まあまあ、お義姉《ねえ》さん。ちょっと落ち着きましょう。桂木さん、せっかくのふたりの時間を邪魔してしまって悪いね」

エヴァンスは、まだ目を吊り上げている静香を宥《なだ》めながら、彩乃に向けて穏やかに微笑んだ。

「義姉《あね》は、雄一のプロポーズの結果が気になって、いてもたってもいられなくなってしまったんですよ。私も義姉《あね》も、この件については、事前に聞かされていましたから」

「でっ？　雄一、プロポーズは上手くいったの？　彩乃ちゃん、私の孫はあなたのお眼鏡に適《かな》ったかしら？」

静香は、銀髪の頭を忙《せわ》しなく動かし、ふたりの顔を交互に見る。そして、それぞれが微笑んだ顔で首を縦に振るのを見て、心底安心したように胸の前で十字を切った。

「それはよかった！　おめでとう、雄一。これで万事上手くいったね」

エヴァンスは彩乃が見たこともないほど破顔して、雄一の肩を叩いた。

「桂木君、今回の件では、君をいろいろと驚かせてしまって申し訳なかった。それに、どうやら一悶着あったようだね。……まぁ、終わりよければすべてよし、だ。今夜は、実に喜ばしい夜だ」

雄一との事前の打ち合わせにより、エヴァンスは部屋で待機していた雄一とインカムで連絡を取り合っていたという。そして、ホテルに戻ってきた彩乃と静香との対面をすませ、頃合いを見計らって彩乃をこの部屋に向かわせるよう仕向けたのだ。

「本当によかったわ！　あぁ、嬉しい……。でも、なんにせよ、もう時間も遅いわ。彩乃ちゃん、今夜は私の部屋に泊まらない？　昨夜は雄一と一緒にここに泊まったけど、大きいのがうろうろそわそわするもんだから、落ち着いて眠れなかったの。それで、別に部屋を取ることにしたのよ。いろいろと積もる話もあるし、あなたが聞きたがるような話をいっぱいしてあげられると思うわ」

雄一にチラリと視線を投げかけると、静香は彩乃に腕を回し、にっこりと笑った。

「なるほど、それはいいですね。桂木さん、必要な手続きはしておきますから、今夜は義姉《あね》の部屋に泊まりませんか？」

エヴァンスは言い、明らかに不満そうな顔をしている雄一の肩をポンと叩いた。

「雄一、今夜は大人しくお祖母《ばあ》さんに従っておいたほうがいいと思うよ」

　エヴァンスに言われて、雄一もしぶしぶといった様子で首を縦に振った。

「――わかりました。今夜は大人しくひとり寝します。ここは大叔父さんたちの職場でもあるし、めったなことはできませんからね。お祖母《ばあ》さん、彩乃にあまり変なことを吹き込まないように」

「はいはい」

　静香は頷《うなず》き、雄一に向かってぺろりと舌を出した。

「なにはともあれ、ふたりとも、改めておめでとう。これは近年まれにみる大団円ですね」

　エヴァンスが言い、静香は感慨深そうにくり返し頷《うなず》いている。

「さてと、ふたりともちょっとは気を利かせてもらえないかな？　彩乃は後でちゃんとお祖母《ばあ》さんの部屋まで送り届けますから」

　雄一の言葉に、静香とエヴァンスは笑いながら部屋の外に出ていった。賑《にぎ》やかさの後の静寂は、彩乃の心にちょっとした緊張を呼び戻す。だけど、それすらもひっくるめての、記念すべき夜だ。

「……彩乃、今日は本当にありがとう。そして、いろいろとごめんな」

　遠くまで広がる夜景を背に、雄一の視線が彩乃のほうにまっすぐに注がれる。

「私こそ……本当に、ありがとうございます。なんだかひとりで大騒ぎしちゃって。でも、よかったです。本当に、よかった――」

雄一と出会ってから、様々なことが起こったし、自分自身にも目まぐるしいほどの変化が起こった。

「私、頑張ります。もっと努力して、桜庭様にふさわしい女性になります。もっともっと頑張って、ずっと一緒にいられるように……」

彩乃の言葉に、雄一はとろけるような微笑みを浮かべた。

「参ったな……。今のは最高の殺し文句だ。ありがとう。これからのことは、あらためてちゃんと話そう」

雄一は彩乃の手を取り、指輪が光る薬指に唇を寄せた。

その日の夜、彩乃は静香と遅くまで話し込んだ。

静香は、持参した雄一のアルバムを広げて、一枚一枚説明をしながら面白おかしく思い出話をしてくれた。アルバムのなかには、まだイギリスにいたころのエヴァンスや、静香の亡き夫の写真もある。

「静香さんの旦那様、すごくハンサムだったんですね」

彩乃が言うと、静香は嬉しそうに微笑んでほんのりと頬を染めた。

「ありがとう。私と夫は、私がイギリスを旅行していたときに知り合ったの」

そしてふたりは恋に落ちて、結婚。後に生まれたひとり娘は、母親の母国である日本の大学に進学し、そこで出会った男性と愛し合い、雄一が生まれたのだ。

「これが、雄一が生まれたときに撮った、娘一家との家族写真よ」

そこには、腕に可愛らしい男の子を抱いて寄り添う、若い男女の写真があった。

「わ……、すっごい美人さんですね！　この方が桜庭様のお母様ですか？」

その女性は、濃いブルネットヘアに、雄一と同じヘーゼル色の瞳をしている。

「そうよ。旦那様もなかなかの美男子でしょ？　私と同じで、娘も結構な面食いなのよ」

静香が新しく指差した写真を見ると、まだ雄一が生まれる前と思《おぼ》しき夫婦が仲睦《なかむつ》まじく並んで写っている。雄一の父親は生粋《きっすい》の日本人で、ややいかつい顔をした正統派美男子だ。

「みなさん、びっくりするくらい美人だし美男子ですね。まさに〝美男美女〟って感じで」

彩乃は目をパチパチと瞬《またた》かせ、ほうっと感嘆のため息をついた。

「桜庭様がかっこいいのも当然ですね」

くっきりとした魅惑的な目元は母親に、整った鼻筋は父親とそっくりだ。

「ご両親がイギリス在住の日本人と聞いていたんですが、桜庭様のお祖父様はイギリスの方だったんですね」

「ええ。私は結婚後、夫の仕事の関係でずっと日本とイギリスをいったりきたりして暮らしていたの。だけど夫がリタイアして、娘も結婚して向こうで仕事をすることが決まったのを機に、義父母の家で同居することに決めたのよ」

そして義父母の死後、そこに雄一の父母が同居し、今に至るということだ。

「それにしても、彩乃ちゃん。あなた雄一のことを桜庭様って呼んでいるのね。もしかして、ふたりきりのときもそうなの？」

「はい。一度、それについて言われたことがあるんですけど、結局変えられなくって」

「あらあら。……まぁ、今はお客様とコンシェルジュという立場だものね。明日チェックアウトをすませたら、好きに呼べるようになるわね」

静香の言葉に、彩乃はアルバムを繰る手を止めた。

（そうだった……。明日にはもうチェックアウトしちゃうんだ……）

雄一は、明日の午後には日本を出国する。

急に黙り込んだ彩乃に、静香は気遣わしそうな表情を見せた。

「雄一と離れるのが寂しいのね？　そんなにもあの子のことが好き？」

静香の問いに、彩乃ははっきりと首を縦に振った。

「好きです……。今も、桜庭様のことを考えると胸がきゅうっと痛くて。それに……」

彩乃が顔を上げると、静香が優しい目で微笑んでくれている。それを見て、彩乃の口から胸の奥に秘めていた思いが零れ落ちた。

「私、とても不安なんです。いまだに、どうして私なのか。なぜ、私のことを好きでいてくれるのかって……。桜庭様は『彩乃だからだ』っておっしゃってくださいました。だけど、あんなにかっこよくて素敵な人を、他の女性が放っておくわけがありません」

実際、彼が滞在している間に、どれだけの女性が彼に接触を試みただろう。

「明日にはもう日本を離れてしまうし……」

雄一は、午後の便でアフリカに旅立つ。今回は、およそ三か月かけていくつかの砂漠を渡り歩く予定だと言っていた。

「いく先々でたくさんの人に出会って……なかには、美しくて素敵な女性もたくさんいるでしょうし、桜庭様に恋をする人だって出てくるに違いありません」

彩乃の話を、静香はただ黙って聞いてくれている。

「私、どうしても不安になってしまって……」

静香は、彩乃の頭をくり返し撫でてくれた。

「気持ちはよくわかるわ。それだけ雄一のことを想ってくれているのね。でも、そばにいられないのが不安なのよね？　私も夫と出会ったとき、そうだったわ……」

静香の夫は国際線のパイロットで、出会った当初、静香は彩乃と同じような気持ちだったという。

「だって、夫は見ての通りのハンサムでしょ？　仕事仲間は美人ぞろいだし、渡航先にはどんな美女が待っているかわからないし。彼の気持ちを疑っているわけじゃないの。ただ、なんとなく不安になっちゃうのよ。もし彼が、私よりも魅力的だと思う女性に出会ったらどうしよう。世界中には美女がたくさんいる。もし彼の気持ちがよそへいっちゃったらどうしようって……ね？　これって今の彩乃ちゃんとそっくり同じでしょう？」

「そうです！　まさに、そういう感じなんです」

それは今彩乃が抱いている不安そのものといっても過言ではなかった。

プロポーズされたとはいえ、彼は明日にはいなくなるし、少なくとも三か月は会えない。魅力的な雄一に対して、自分はごく普通の女性で、特別なところなどひとつもない。

「ハンサムな恋人を持つと、不安になって当たり前よ。だけど、それをあまり自分のなかにためこんじゃだめよ。いもしない女性を頭のなかで勝手に作り上げて、それがもとで喧嘩を始めたりしたら、せっかくのふたりの時間が台無しになっちゃうわよ」

静香は、実際に起きた自分たちの夫婦喧嘩の内容を、彩乃に話して聞かせた。

「最終的にお互い言いたいことを言い合って、すっきりしてから仲直りしたの。相手への思いやりは大事よ。だけど、パートナーに対して遠慮ばかりするのもだめね。彩乃ちゃん、雄一は優しい子よ。もっと言いたいことを言って、甘えちゃいなさい。きっとそのほうが雄一も嬉しいと思うわ」

静香と繰り広げるガールズトークは、彩乃にとって目からうろこの話ばかりだった。

「それにね、もっと自分を解放したほうがいいと思うの。あなたの礼儀正しさは美徳だし魅力のひとつだと思う。だけど、たまには自分のしたいように振る舞ってみるのもいいかもしれないわよ？」

茶目っ気たっぷりに話す静香は、やはりどこかしら雄一に似たところがある。

彩乃は、目の前のアルバムにもう一度視線を戻した。写真のなかの雄一は、どれも生き生きとしている。

「こんなこと言っていいかどうかわからないけど、これまで雄一もそれなりに恋愛をしてきたと思うの。だけど私が知る限り、ここ何年かは女性の影はないわね。それって、私の記憶が正しければ、あなたのことを雄一に話してからなの」

自信たっぷりにそう言い放つと、静香は嬉しそうに含み笑いをした。

雄一は普段ほとんど仕事で家を空けているし、彼の恋愛事情のすべてをイギリスにいながらにして把握するのは到底無理なことだろう。だけど、そう言われるとやはり嬉しい。

「雄一が好きなら、その想いを素直にぶつけたらいいわ。大丈夫よ。だって雄一は、間違いなくあなたにメロメロなんだから」

翌日の金曜日、彩乃は丸一日休みだ。

昨夜静香とともに彼女の部屋に泊まって、遅くまで語り明かした。今朝は朝食もそこそこにホテルを出て、自宅アパートに戻っている。そして今、静香にアドバイスされたとおり、朝一で雄一にメッセージを送ってみた。彼からの連絡を待つのではなく、自分から動きたいと強く思った結果の行動だ。

『昨夜、静香さんといろいろ話しました。お伝えしたいことがあります。空港にいく前に私の部屋にきてください。待っています』

するとものの五分と経たずに返信が届いた。

『わかった。すぐいく』

昨夜、静香は彩乃にいろいろとアドバイスをしてくれた。

もっと言いたいことを言って、甘える。

自分を解放して、したいように振る舞う。

想いを素直にぶつける――

どれも、彩乃にとってはすごく難しいものばかりだ。

だけど、とりあえずやってみよう。自分には、なんの技巧もない。ならば、素直に気持ちを伝える以外選択肢はないのだ。

（もうそろそろかな？　まだ早い？　コーヒー、そろそろ淹《い》れておいたほうがいいかな……）

じっとしていることもできず、そわそわとキッチンに向かった。

コーヒー豆にゆっくりとお湯を注ぐ。ふんわりと膨らみだした豆が、香ばしい香りを放っている。白い湯気を吸い込み、そのまま深呼吸してみた。

静香に言われたことを、呪文のように頭のなかで唱える。コーヒーを淹《い》れ終わったところで、タイミングよくドアフォンが鳴った。

「彩乃、おはよう」

ドアを開けると、約二週間前にホテルを訪れたときと同じ、バッグひとつだけを持った雄一が微笑んでいた。心なしか、ちょっとだけ焦《あせ》っているようにも見える。

「おはようございます。どうぞ、入ってください」

一歩後ずさって、雄一をドアの内側に招き入れた。

「ありがとう。メッセージ、見たよ。それに、同時にうちの祖母からもドクロの絵文字つきのメッセージが届いた」

靴を脱ぎ、キッチンの隅にバッグを置く。部屋に入りソファの前で立ち止まると、雄一は後ろにいる彩乃を振り返った。

「ほら、これ」

雄一が見せてくれたのは、静香から雄一にあてたメッセージ画面だ。

『自由気ままで風来坊《ふうらいぼう》の雄一へ——彩乃ちゃんから呼び出しを食らったでしょ？　彼女、あなたに言いたいことがあるそうよ。心して聞くようにね！　静香』

「彩乃、俺に言いたいことって——」

彩乃は雄一の言葉を最後まで待てず、つま先立って彼の首に腕を回した。そしてさらに背伸びをして、唇にキスをする。心臓はバクバクだし、踵《かかと》を上げたつま先も小刻みに震えている。

だけど、一度触れさせた唇を離すことはできなかった。彼にキスをしたい。できるだけ彼を肌に感じたい。

驚きに目を見開いたままの雄一だったが、やがてゆったりと彩乃の腰に腕を回して、キスを返してきた。彩乃を抱く彼の腕が、彩乃の双臀《そうでん》を下から抱え上げる。そして唇を重ねたまま、ふたりしてベッドの上に倒れ込んだ。

キスを続けながら、ふたりで競うように、着ているものを脱いでいく。彩乃がショーツを足首までずらしたとき、雄一に、あらわになっている胸を鷲掴《わしづか》みにされた。貪《むさぼ》るように胸の先をきつく吸われて、思わず声を上げる。隣人が留守であることは気配でわかってはいるが、それでも大声を上げるわけにはいかない。

彼のキスが下腹へと移っていくのを感じて、彩乃の嬌声《きょうせい》が切ないため息に変わった。唇よりも先に、雄一の指が彩乃の濡れた花房にわけ入る。内壁を抉《えぐ》るようにこすられ、思わず雄一の指をきつく締めつけてしまった。

雄一の舌先が花芽を嬲《なぶ》り、唇が卑猥《ひわい》な水音を立てる。彩乃は背中を大きく仰《の》け反《ぞ》らせて、彼の髪に指をからめた。

「ゆ……いち……さん」

上手く声を出せたかどうかわからない。だけど、彼の名前を呼ぶという行為だけで、胸の先が熱く疼《うず》いた。

「彩乃……、名前、やっと呼んでくれたな。すごく嬉しいよ」

「私も……。雄一さんを、これまでよりもっと近くに感じます……」

広げた脚の間から身を起こすと、雄一は彩乃の上に身体を重ねてきた。

もう何度目のキスかわからない。彩乃の脚が雄一にからむ。

彼に触れたい。彼の熱や逞《たくま》しさを、自分の身体全部で感じたいと思う。

「彩乃、もう我慢できない」

雄一は、少しだけ身を離すと、手早く避妊具を装着した。そして滑《なめ》らかな切っ先で、彩乃の蜜孔《みっこう》の入り口を探る。

「あっ！　んっ……」

雄一の屹立《きつりつ》が彩乃のなかに沈み、一気に硬さを増す。それから彼は、一定のリズムで彩乃のなかを埋め尽くした。

「雄一さんっ。離れたくない、ずっと……そばにいたい、ぁあっ……！　……もっと……っ」

淫猥《いんわい》な腰の動きに、彩乃の意識が飛びそうになる。

舌をからめ、淫《みだ》らに身体を重ね交わるこのときがたまらなくいやらしい。

「もっと？　もっと動いてほしい？」

囁《ささや》きながら、雄一が彩乃を甘く蹂躙《じゅうりん》する。

身体は十分過ぎるほど感じている。けれど、心がもっと雄一を欲している。

もっともっと貪《むさぼ》ってほしい。もうじき遠く離れてしまうのだから、身体に雄一を刻み込んでおきたいと思ったのだ。

「はっきり言ってごらん。そうでなきゃ、抜いてしまうよ」

彩乃を煽《あお》りつつも、雄一は緩《ゆる》く腰を動かし続けている。その口元には扇情的な笑みが浮かんだままだ。

「……もっと、動いてほしい……。もっと雄一さんを感じたい」

やっとの思いでそう口にすると、雄一は心底満足そうに目を細めた。

「いい子だ。いいよ、もっと抱いてあげる。彩乃、もっと俺に夢中になれ。俺のことがほしくて叫びだしたくなるくらいに——」

一度自身を抜いた雄一に下から腰を抱えられて、大きく脚を広げる体勢になる。

「や……ぁんっ、こんな格好っ」

恥ずかしさに脚を閉じようとするのに、雄一にしっかりと抱え込まれて動けない。彼の目に晒《さら》されている花房に、彼の切っ先がぬるりと割り込んできた。

まだ挿《い》れられていない。なのに、さっきからなかがひくひくと痙攣《けいれん》して——

「いい眺めだ。世界中どこを探しても見当たらないほどの絶景だよ」

「やだっ……。見ちゃ、いやぁ！」

彼は猛《たけ》ったものを一度離し、指を蜜孔《みっこう》に浅く沈めた。途端にそこが、嬉しそうにきゅんと窄《すぼ》まって震える。

「なんで？　嫌がる理由がわからないな。綺麗だし、すっごくいやらしくて、最高だよ……彩乃のここ」

雄一は、彩乃の腰を引き寄せ、挿《い》れていた指を抜いた。そしてゆっくりと、彩乃のなかに自身を沈めていく。

とてつもなく淫《みだ》らな水音が聞こえてきて、雄一のものに蜜孔《みっこう》が押し広げられる感覚を味わう。

「ぃ……あ、っあ、んっ、ん！　くぅ……」

彼の硬さが、鉤《かぎ》のように彩乃のなかを引っかき、蜜壁の襞《ひだ》をこすり上げる。あまりの気持ちよさに彩乃は身を仰《の》け反《ぞ》らせた。恥ずかしくて仕方がないのに、もっといやらしく嬲《なぶ》ってほしい。

「あ、ん、っ……雄一さ……んっ……」

上体を起こし、手を伸ばしてキスをせがむと、雄一が唇を合わせてきた。

彼の首に腕を回し、両脚で彼の腰をきつく挟む。一時《いっとき》も止むことがない彼の腰の動きが、彩乃を上り詰める一歩手前まで追い込んでいる。

「もうちょっとでイっちゃうだろ。ひとりでイきたい？　それとも俺と一緒に、イく？」

唇を合わせながら、あからさまに卑猥《ひわい》なことを囁《ささや》かれた。

「ん、……うんっ」

上手く返事ができない。

すごくエッチで、すごく甘いキスをしながら、雄一がくすりと笑った。

「今の、返事？」

そう聞いておきながら、雄一はキスを深め、口のなかを舌で愛撫してくる。全身を彼に塞《ふさ》がれ、彼でいっぱいになる。彩乃は雄一の首に腕を回し、彼の腰に脚をからめた。

雄一は嬉しそうに目を細め、彩乃の唇を解放した。

「イきたい……雄一さんと一緒に……」

「じゃあ、一緒に」

再び唇が重なってきて、緩《ゆる》やかだった抽送《ちゅうそう》が一気に激しさを増す。

身体への刺激だけじゃない。愛しさで胸がいっぱいになって、今繋がっていることの嬉しさに涙が零れそうになる。

「ゆう……いち、さ、あ……ぁあっ！」

目を閉じると同時に、目の前に満開の雪柳が浮かぶ。それが光のなかでぱっと広がって一気に弾け飛んだ。

雄一が彩乃のなかでひときわ力強く脈打ち、ふたり同時に上り詰めた。

「彩乃、愛してる。ずっとそばにいる。大切にするよ……約束する」

雄一の無意識のつぶやきが、彩乃の思考をゆったりとかき回す。

心地よい気怠《けだる》さがふたりを包み、狭苦しいシングルベッドの上で、しばらく抱きあっていた。

「そういえば、俺に伝えたいことって？　もしかして、さっきのセクシーな彩乃にヒントがある？」

ようやく起きだしてふたりでコーヒーを飲んでいたところで、雄一が思い出したように彩乃に尋ねてきた。

「あ、はい……。半分はそうです。私、もっと自分を解放したらって、静香さんに言われたんです。だから、自分がそうしたいと思うことをしてみた、っていうか……」

今頃になってひどく恥ずかしくなって、彩乃は唇を噛んで下を向いた。

「祖母がそんなアドバイスを？　くくっ……、すごく的確なアドバイスだな。だって俺、すっかり理性がぶっ飛んでた。いいね、あんな彩乃も。可愛くて大好きだよ」

文字通りのイチャイチャな状態でコーヒーを飲み干し、彩乃は雄一の胸にゆったりと身体を預けた。

「私、今すごく幸せです。雄一さんと出会って、こんなふうに想い合えて――」

そして彩乃は、胸に抱いていた不安を、洗いざらいすべて打ちあけた。

雄一は、彩乃の言うことにじっと耳を傾け、聞き終わると同時に、彩乃を思い切り抱きしめた。

「彩乃、俺に会えなくなるのが寂しい？」

雄一の問いに、彩乃はこっくりと頷《うなず》く。

「私、雄一さんが好きです。仕事で世界中を飛び回るあなたも、すぐそばにいてくれるあなたも。あなたの考え方や生き方、全部ひっくるめて大好きです。あなたが世界中を飛び回って、知らない国のことや人々の暮らしや文化を本にするって素晴らしいことだと思うし、応援したいです。でも……やっぱりすごく寂しいし、不安です……」

彩乃がそう言い終わった途端に、雄一に息つく暇もないほど何度もキスをされた。

「よかった！」

「えっ？　え？　よかった、って……」

「だって俺も同じようなこと考えていたから。せっかく出会ったのに、この先最低三か月は会えない。なにかあってもすぐに駆けつけることはできないし、離れている間に、彩乃が他の男にちょっかい出されるんじゃないかって考えると、いても立ってもいられなくなって――」

「まさか！」

彩乃は、頬を押しつけていた彼の胸から顔を上げた。

「私は大丈夫ですよ。だって、誰も私にちょっかいなんか出してこないし、もし仮にそんなことがあっても、私は誰にもなびいたりしません」

そう断言する彩乃に対して、雄一は微笑みながらもやや困ったような表情を浮かべた。

「彩乃、君が誰にもなびかないのはわかった。それについてはすごく嬉しいし、信じてもいる。だけど、誰も君にちょっかいを出してこないっていうのには、ちょっと同意しかねるな」

その言葉の意味がわからず、彩乃は首を傾げた。

「どうやら君は少し鈍感らしい。――いや、かなりかな」

雄一の指が、彩乃の鼻筋をそっとなぞった。そして唇へとたどり、その指が唇に代わる。ふたりはお互いの身体に腕を回し、長いキスを交わした。

「男っていうのは、俺のようにあからさまにアプローチするやつばかりじゃない。そばにいて、じっと気持ちを秘めているだけのやつもいる。そして、いつか気持ちを打ち明けようと思っているうちに、時機を完全に逃して、その上、他のやつにかすめ取られてしまう――たとえば、袴田さんとかね」

「袴田さん？　どうして袴田さんが関係しているんですか？」

「……やっぱりな。本当にぜんぜん気づいてなかったのか。――俺は最初から、なんとなくそんな感じがしていたんだ。もちろん、接客のプロだからあからさまな態度はとらなかったが、俺がデスクにいる彩乃に話しかけると、極力話に割って入ろうとしていただろ。まぁ、彼にしてみれば、目をつけていた人を、いきなりやってきた俺が横取りしようとしたんだから当然だけどな」

「横取りって……。え？　まさか、袴田さんが私を？　それはないですよ。袴田さんは私の教育係をしてくれた、尊敬する先輩コンシェルジュです」

「人を好きになるのに、教育係とか先輩とか関係あるか？　そもそも、俺と楠田さんについて彩乃が勘違いしたのはなんでだ？　夜を一緒に過ごしただの、一緒に朝食を食べただの。誰に吹き込まれた？　昨日彩乃は答えなかったが、大方の検討はついてる。それって、袴田さんだろう？」

「あ……、はい」

　言われてみれば、そうだった。彩乃は、袴田が言ったことが原因でいろいろと盛大な勘違いをしたのだ。

「やっぱりそうか。おそらく、彼はその他にも、なにかと彩乃が勘違いするような曖昧《あいまい》な言い方をしたんだろう。違うか？」

　確かにそうだ。だけど、袴田に想われているなんて、本当だろうか。にわかに信じがたいけれど、そう考えると、これまでを振り返っても納得がいく。

「すみませんでした……。私ったら、きちんと確かめもせずに、あんなとんちんかんな勘違いをしてしまって……」

「俺のほうこそ、ごめん。もっと上手く立ち回るつもりだったんだけどな。なんせ二週間しか時間がなかったから、気持ちばかり焦《あせ》って、彩乃を混乱させるようなことになってしまった」

　彩乃が知らない間に、雄一は彼なりに、孤軍奮闘《こぐんふんとう》していたのだ。

「もたついているうちに、滞在期間が終わりに迫ってきて……。待ちきれなくなった祖母が、日本行きの飛行機に乗る寸前に俺に連絡をしてきたんだ。後はもう知ってのとおり。祖母はもともと彩乃に会いたがっていたし、本当は俺と一緒に来日したいと言ってたんだけど、さすがにそれは勘弁してもらってて。だから、そこからはもうひたすら必死だったよ」

日本での仕事が決まり、雄一が彩乃に会う決心をしたと聞いた静香は、喜び勇んで自分も日本にいくと言って早々に荷造りを始めた。雄一は慌てて祖母を説得して、せめて自分たちが実際に知り合い、なんらかの結果がでるまでは訪日を待ってくれるよう頼み込んだのだという。

「むろん、彩乃とこうしていられるのは、七年前の祖母と彩乃との出会いがあったからだ。だけど、まずは祖母抜きで、彩乃と向き合いたかった。まっさらな状態で、彩乃と恋を始めたいと思ったんだ。時間がなかったし、少々強引なやり方だったけど、彩乃と俺、上手く恋を始められたと思う。――どうかな?」

彩乃を覗《のぞ》き込む、信じられないくらいハンサムで、世界一愛しい人。

半月前にコンシェルジュデスク越しに見つめ合ったときには、彼とこんなふうになるなんて、思ってもみなかった。

「――はい、私もそう思います」

彩乃は照れながら微笑み、雄一の胸にそっと頬を預けた。

あなたが帰る場所

十二月に入り、ホテルは冬の繁忙期を迎えている。街もすっかり年末の風景に染まって、いき交う人々も皆気忙《きぜわ》しそうに見える。そんななか、彩乃はひとり早朝の電車に乗り込み、ホテル・セレーネに向かっていた。雄一が旅立って、すでに二か月以上経っている。彼は可能な限り毎日連絡をくれるが、ここ何日かそれも滞《とどこお》り気味だ。

『予定どおり帰るから、待ってて』

そう彼がメッセージを寄越したのは、五日前のこと。本来ならイギリスの実家に帰るところを、いったん日本に立ち寄ってくれることになったのだ。

彼が日本を離れてからも、彩乃の周りでは雄一にからむ出来事が続いていた。雄一からプロポーズを受けた日の二日後、彩乃がホテルに出勤すると、驚いたことに、スタッフ全員がそれを知っていたのだ。

「なーんてドラマティック、かつロマンティックなプロポーズを受けたの！　あぁ、いいわねぇ！」

バックルームに入るなり、待ち受けていた谷が彩乃の肩を掴み、感激に酔いしれた表情を浮かべた。

「なっ……なんで知っているんですか⁉」

「だって桜庭様のお祖母《ばあ》様が昨日コンシェルジュデスクへいらして、いろいろとお話ししていかれたから」

なるほど、そういうことだったのか……。静香のはしゃぎぶりからして、そうであっても不思議ではないと、彩乃も納得せざるをえなかった。

そしてその日、夜勤のために出社してきた袴田から謝罪もされた。

袴田曰《いわ》く、彩乃がコンシェルジュとして今の部署に配属され、自分が教育担当を任された当初から彩乃のことを憎からず思っていたらしい。そして、いつかは想いを伝えようと思っていた、と。だから、突然現れた雄一に焦ってしまい、つい彩乃に嘘を伝えたということだった。

「いえ、むしろすみません……。私、ぜんぜん気づかなくって……」

「いや、桂木さんはまったく悪くない。僕が優柔不断だっただけだ」

袴田は、心底すまなさそうな顔をしている。

彼は、まだ右も左もわからない状態の彩乃を、一年でそれなりのコンシェルジュに成長させてくれた。その恩は常に感じているし、感謝こそすれ、彼を恨んだりするつもりなど毛頭ない。

「本当にすまないことをした。桜庭様をホテル・グラティアで見かけたと言っただろう？　あのとき、実は君にも気づいていたんだ。君たちの邪魔をするようなことを言ってしまった。ひとりの男としても一ホテルマンとしても、あるまじき行為だ……恥ずかしいよ」

確かに、彼は根拠のないことを彩乃に言い、彩乃を混乱させた。しかしながら、彼は彩乃にとって今もなお尊敬すべき先輩コンシェルジュで、これからもその背中を追い、いつかは追いつこうと思う存在でもある。すべてを水に流し、ふたりでまた、これまでのような関係を保っていくことを誓い合った。

一方静香は、雄一が旅立った後も一週間ほど日本に残っていた。そして、かつて住んでいた家のメンテナンスについて予定を組んだ後、一度イギリスに帰っていった。彩乃はというと、静香が戻ってくるまでの間、エヴァンスとともにさしあたっての準備をすることになったのだった。

仕事休みである今日、彩乃は静香の家にひとりできていた。あらかじめ予定していた部屋の掃除をひととおり終え、一息入れようと畳敷きのだだっ広い和室の真ん中に座り込む。

純和風家屋であるこの家は、部屋数が全部で五つあり、その他に納屋《なや》や縁側《えんがわ》がついている。庭には焼き物のテーブルセットがあり、家を囲む壁沿いには栗や柿といった果物の木が植わっていた。

「ふーっ、さすがに広いなぁ」

彩乃は生まれてこの方、こんな広い家にひとりっきりでいたことはなかった。

目を閉じ、畳の上にごろりと寝そべる。

「土間とか、こういうおうちならちょっといいよね。昔はここにもあったのかな、土間」

「リフォームする前にはあったらしいよ」

「きゃあああああっ！」

いきなり聞こえてきた声に、彩乃は驚いて金切り声をあげた。

だけど、上から覗き込んでくる瞳を見て、その声は即座に甘い吐息に変わる。

「彩乃、ただいま。すごく会いたかったよ」

「雄一さん……っ――」

上下逆になった状態で唇が重なり、少しずつ角度を変えながらのキスが続いた。向かい合わせになると、雄一が上から覆いかぶさってくる。

ざらざらとした無精髭《ぶしょうひげ》と、からめ合った硬い指先。久しぶりに味わう雄一の〝感触〟に、彩乃の全身が喜びに震えた。

「おかえりなさい……。私も会いたかったです。……すごく、すごく会いたかった——」

自然とあふれ出た涙が、彩乃のこめかみを濡らす。雄一は、そんな彩乃の頬に掌《てのひら》を添わせて、もう一度唇を合わせてくる。

そのまましばらくの間キスを交わして、ようやく少し落ち着いてきたところで、改めて視線を合わせ、にっこりと微笑み合った。

「身体中じゃりじゃりする。飛行場に入る前、砂嵐にあっちゃってね」

雄一からは、熱い太陽の熱が感じられた。それと同時に、どこか研《と》ぎ澄《す》まされたような印象も受ける。送られてきたメッセージには書かれていなかったけれど、最後に立ち寄った南米の国では、相当過酷な日々を送ったのだろう。

「無事に帰ってこれてよかったです。大丈夫だとは思ってても、やっぱり心配してました。砂漠とか、海とか。——自然って素晴らしいけど、怖いです。雄一さんがいった国のことを調べているうちに、改めてそう感じました」

「うん、そうだな。自然のなかでは人間なんて、ほんとちっぽけなもんだ」

雄一は笑い、彩乃の首筋に鼻筋をすり寄せてきた。

「ん〜、いい匂いだ」

「ふふっ、くすぐったいです」

畳の上でじゃれ合い、抱き合ったままゴロゴロと転がりながら何度もキスを重ねた。

一時間くらいそうやっていただろうか。気がつけば、窓の外には細かい雨が降り注いでいた。

「髪の毛とか、伸び放題だろ？　髭《ひげ》も剃《そ》ってないし、服も着まわしすぎていい加減よれよれだ」

「お風呂、入りますか？　さっきわかしたばかりなんです」

静香の許可を得ていて、彩乃は今日はここに泊まるつもりでいた。

「じゃあ、一緒に入ろう。彩乃もまだ入ってないんだろ？」

「えっ？　あ、はいっ。まだです……けど」

古い家とはいえ、キッチンとバスルームはすでにリフォームがされていた。バスルームにはミストシャワーやサウナ機能までついている。

立ち上がった雄一が大きく背伸びをした。

「あー、やっと帰ってきた。長かったなぁ、今回の旅は。いつもより強くそう感じた。やっぱり、彩乃が待ってくれていると思うからだろうな……ん、なにしてんの？　早くおいで」

「ひゃ……っ！」

するりと伸びてきた雄一の手が、彩乃が着るセーターの下に潜り込む。

「あれ？　下着、和装用のじゃないな」

「はい、今はもう普通のをつけてま……、ぁんっ！」

ブラのホックを外され、くつろいだ乳房を揉まれた。

「そうか。うん、柔らかい。彩乃の胸、離れている間、何度夢に見たか」

暖房のきいた温かい室内で、彩乃は雄一にあっという間に服を脱がされた。自分の服もさっさと脱ぎ去った雄一は、彩乃をお姫様抱っこしてバスルームに向かう。

「ここにきたのは、十年ぶりだな。俺、大学時代はここに下宿していたんだ」

「そ、そうだったんですか」

もうもうと立ち上る湯気で、幸いお互いの裸をじっくりとみることはできない。だけど性急な彼の手が、すぐに彩乃を翻弄し始めていた。

「ぁんっ、ん……」

壁際に追い詰められ、掌《てのひら》で身体の線を丁寧になぞられる。

「彩乃、抱きたい」

ストレートな雄一の言葉に、彩乃は身体のなかに炎が宿るのを感じた。

「こっ、ここでですか？」

「うーん、ここで入れたいところだけど、とりあえず、寸前までやらせて」

「い、入れっ？　寸前って……ぁ、あんっ！」

雄一が言い終わったときには、もう彼の指が彩乃の脚の間で蜜を確かめていた。

「すごいな、もうとろとろになってる。彩乃、ちょっともう俺、彩乃のこと抱きたくておかしくなりそうなんだけど」

雄一の眉間に、深い皺《しわ》が刻まれ、薄く開けた目には欲望が滾《たぎ》っている。キスを続けたままボディシャンプーに手を伸ばすと、雄一はそれを掌《てのひら》で泡立て、彩乃の身体ごと手早く自分を洗い上げた。そして、出しっぱなしのシャワーの下に身を置き、舌をからめながら泡を洗い流していく。

その間中、彩乃の身体のあちこちを雄一の掌《てのひら》が滑《すべ》った。淫《みだ》らに指を動かされ、彩乃はあられもなく嬌声《きょうせい》を上げる。膝ががくがくと震え、立っていることもままならなくなってきていた。

「やあ、んっ……、も、だめ……」

彩乃の抗議に、雄一はようやく彩乃を愛撫する指を止めた。

「彩乃、今日は特に感じやすいんだな。まだ触ってるだけなのに、もうイきそうになってる。……違うか？」

返事をするまでもなく、彩乃の身体はもうすっかり雄一を受け入れる準備を整えていた。それが雄一にばれているのが、なんだか悔しいし恥ずかしい。そんな彩乃の心情を知ってか知らずか、雄一は悠然と彩乃の身体をバスタオルで包《くる》み、身体を丁寧に拭いた。

「今日はここに泊まるんだろ？」

瞳を覗《のぞ》き込まれて、その近さにドキッとする。何度もキスをして身体も重ねているのに、久しぶりだからか、ちょっとした瞬間にいきなり心臓が跳ねてしまう。

「はい、そのつもりで、用意してきました。あ、ん、ん……」

身体を拭いてくれる間も、雄一の唇はいっこうにじっとしていない。乳房の先を含んではそれを舌先で転がし、乳暈《にゅううん》を軽く歯で引っかいては強くそこを吸い上げてくる。

「ぁ、あ、ゆ……いちさ……」

「お互いもう限界だな」

雄一は、彩乃を再び抱きかかえて、家の東側にある四畳半の和室に入った。

「この部屋を、四年間間借りしてた。待ってな、今布団敷くから」

彩乃を畳に下ろすと、雄一は手慣れたふうに押入れから真新しい布団を取り出した。

そして、そこにバスタオルごと彩乃を押し倒すと、自分は肩にかけていた短めのタオルでごしごしと髪の毛を拭き始めた。

「ぁっ……」

そんな雄一の姿に、彩乃は思わず声をもらしてしまう。

「ん？」

雄一がタオルを、部屋の隅のテーブルに放り投げた。

「だって、あの……ずいぶん日に焼けたんですね。それに、すごく筋肉がついたみたいに思いますけど……」

「ああ、これ？」

雄一は、自分の割れた腹筋を掌《てのひら》で叩くと、おどけたようににっこりと笑って見せる。

「今回の取材で、もっと体力をつけたほうがいいと自覚してね。暇をみてトレーニングをしてたんだよ。自己流だから、バランス的にはよくないかもしれないけど。どう？彩乃はこういうの、嫌いか？」

彩乃によく見えるように、雄一は両手を広げたまま少しだけ身体をひねって見せた。

「いえっ……嫌いじゃないです！　むしろ好きだし、素敵だなって思います」

雄一の身体は、三か月前よりも明らかに逞《たくま》しくなっている。だけどその身体つきはとても自然で、まるで捕食動物のように獰猛《どうもう》な魅力を放っている。

「それに、正直うらやましいです。私なんか、あちこちがぷよぷよしてて……。恥ずかしいです」

彩乃は決して太っているわけではないが、特にきたえているわけでもない。

「ありがとう。そう言ってもらえると、頑張ったかいがあったって思うよ。だけど、彩乃は今のままでいいよ」

雄一は彩乃のすぐ横に腰を下ろすと、彩乃の身体を横抱きにして脚をからめた。

「ふわふわで抱き心地がいいし、肌も柔らかくて、触ってるとすごくほっとするんだ」

「わ、わ……」

身体がぴったりとくっついたせいで、彼の猛《たけ》りが彩乃の臍《へそ》の下に当たった。

とても熱くて硬いそれが、彩乃の呼吸を急激に乱れさせる。

「どうした？　息が荒いね。……もしかして、久々に俺に会って興奮してる？」

ズバリと指摘され、恥じ入りながら小さく「はい」と答えた。

「俺も――って、これだけあからさまになってたら、もうバレバレだな」

雄一が自身の屹立《きつりつ》を彩乃の脚の間に滑《すべ》り込ませた。今日の雄一は、いつにもまして饒《じょう》舌《ぜつ》で、ちょっとエロい。

「ひゃんっ！」

滑《なめ》らかな先端が、蜜に濡れた花芽をかすめる。

「砂漠のど真ん中で野営するだろ。周りは乾ききった砂ばかりで。それに囲まれて眠りながら、何度も彩乃とこうして抱き合っている夢を見たよ」

雄一のくぐもった声が、彩乃の耳朶《みみたぶ》のすぐそばで聞こえる。

「空は暗闇より星のほうが多くて、寝転んでそれを見てると、自分が空に取り込まれるような気分になる。風の音はするけど、真っ暗で平衡感覚が麻痺《まひ》する。突然キツネが現れたり、遠くでオオカミの鳴き声がするのを聞いたり」

「危険じゃないんですか？　サソリとか、蛇とか……。お水、足りてましたか？　砂漠の真ん中で迷子になったりしませんでしたか？　病気とか大丈夫でした？　砂漠で倒れたら、すぐに砂に埋もれちゃうとか本当ですか？」

雄一がいない三か月の間に、彩乃は彼が訪れる地についてあれこれと調べ上げた。美しい風景や壮大な自然――だけど、それよりもだんぜん気になったのは、気候の過酷さやそこに潜《ひそ》む危険な生き物たちのことだった。

蜜孔《みつこう》に雄一の熱を感じながらも、彩乃は彼が不在中ずっと抱いていた不安を口にしていた。

「彩乃、いっぺんにいくつ質問をするんだ？　……ずいぶんと心配してくれてたんだな。嬉しいよ、だけど、質問に答えるのは後でいいか？　もうこれ以上待てない――」

そう言うと、雄一はすばやく避妊具を装着する。

「あぁっ……！　あっ、あ……ぁ」

雄一の屹立《きつりつ》が、彩乃の奥深くに沈んだ。

その瞬間、彩乃は自分のなかがうねるように波打つのを感じた。喉元までせまってくるような彼の大きさと硬さが、彩乃を一気に快楽の淵に追い込んでいく。

「ぁ、ゆ……いちさ……、あんっ！　あ、あぁっ！」

「彩乃、すごく、いい」

雄一は、蜜孔《みつこう》の最奥に切っ先を留めて、掌《てのひら》で乳房を覆いながら唇にキスをする。

家のなかはとても静かで、ふたりの荒い息遣いと蜜が立てる水音しか聞こえない。

彩乃の指先が、雄一の背中を掴む。

「ぁ……、イ……ちゃ」

言い終わらないうちに、彩乃のなかがびくびくと震えて、雄一のものをきつく締めつけた。それに誘われるように硬い茎幹が質量を増し、力強く脈打って彩乃を圧迫する。

「彩乃、まだぜんぜん足りない。彩乃をもっと貪《むさぼ》りたい」

ズルリと、雄一のものが身体から引き抜かれた。それから雄一は、おもむろに彩乃の上に跨《またが》り、左胸の先に吸いついてきた。

「ぁんっ！　雄一さ、んっ、あ、ん、っ……くぅっ」

きつく吸われては、舌で転がされる。右の乳房も掌《てのひら》で揉みしだかれ、また新しい情欲に囚われてしまう。

「止まらない。彩乃がほしくて、じっとしていられないんだ」

雄一の舌が両の乳房にさんざんキスの痕《あと》を残してから、ようやく下へ下り始めた。

「は、ぁ……っ、あっ、ゆう……い、ち」

彼のキスが、腰骨からビキニラインを経て右の太ももへと移っていく。

「肌、すべすべだな。すっごく柔らかくて、気持ちいいよ」

脚の内側を甘噛みされ、思わず腰が浮き上がった。その途端、くるりと身体を回され、うつ伏せの格好にさせられてしまう。双臀《そうでん》に、彼のざらついた髭《ひげ》が当たるのを感じた。

「可愛いお尻だ。ぷっくりしてて、このままかぶりついてやりたい」

そう言うが早いか、雄一は彩乃の丸い尻肉に歯を当て、そこを甘くかじった。そして、すっかり無防備になっていた彩乃の花房に指を忍び込ませ、くちゅくちゅと水音を立て始める。

「やっあぁっ、だっ……め……ぇっ、やぁんっ！」

彩乃の抵抗も空しく、雄一に腰を持ち上げられる。上体を伏せたまま膝を立てているから、彩乃の花房が雄一の目前であらわになっているはずだ。恥ずかしさに身体を震わせるなか、さっきまで彼を咥《くわ》え込んでいた蜜孔《みっこう》の縁《ふち》に、彼の舌先を感じた。

雄一が後ろから彩乃の花房を愛撫する。

そんな淫靡《いんび》すぎる行為に、彩乃は息を途切れさせながらも耐え忍んだ。

部屋の灯《あか》りは、和紙でできたクラシカルな行燈《あんどん》だけ。ほの暗い室内だが、目隠しもしていない今、雄一は彩乃の細部にまで視線を這わせているに違いなかった。

雄一にすべてを暴かれている——。そう思う彩乃の身体に、得も言われぬ快感がわき起こった。

雄一の舌が彩乃を濡らし、とろけさせている。そこをいっぱいに押し広げられているわけでもなく、最奥を突かれているわけでもない。だけど、もう我慢できなかった。

「ゆ……っ、んっ、あぁっ、あ、あぁっ！」

彩乃の蜜孔《みっこう》が、雄一の舌を抱きしめたまま窄《すぼ》んだ。そこから全身に広がった熱波が、彩乃の身体から全部の力を拭《ぬぐ》い去る。雄一の腕にゆったりと抱きとめられ、うつぶせの格好のまま、彩乃は布団に横になった。荒い息を吐いて上下する身体を、雄一が優しく撫でてくれる。

「平気か？」

雄一は小さく呟き、彩乃の肩に唇を寄せた。

「は……い……」

挿入もなしでイってしまうなんて——

そんな自分が恥ずかしくてたまらないのに、身体は悦《よろこ》んで震えている。

「続き、していいか？　彩乃の全身にキスしたい」

雄一の舌が彩乃の背中を這い、双臀《そうでん》を巡った後で太ももの裏に到達する。そのままふくらはぎまで下りていって、踵《かかと》を通り、つま先に達した。薄い桜色に染めた爪に口づけると、雄一は満足そうにそれを口に含んで、指の間に舌を差し入れてくる。全身彼の愛撫まみれにされて、彩乃は恍惚《こうこつ》のなかだ。

「彩乃……」

雄一の低い声が、すぐ後ろから聞こえてきた。いつの間にか花房の間に、彼の硬い茎幹があてがわれている。ぬらぬらと滑《すべ》る括《くび》れに、花芽がくり返し嬲《なぶ》られる。

「腰、ちょっと持ち上げて。そしたら、これがすぐに彩乃のなかに入っていく」

雄一に緩《ゆる》く腰を揺すられ、彩乃は小さく悲鳴を上げながら腰を浮かせた。その瞬間、雄一のものが滑《すべ》るように入ってきた。舌先とは違う、身体を裂いてしまうほど太い彼の茎幹が、彩乃をくり返し突き上げる。

「い……っ……、あぁんっ！　雄一さ……ん、もっとほし……もっとっ！」

知らず知らずにふしだらな言葉が唇から零れた。腰を高く突きだした格好で、背中を仰《の》け反《ぞ》らせる。

雄一の腰の動きは、容赦なく彩乃を攻めたてた。

「あっ、だめぇっ！」

彩乃はその日三度目の絶頂を迎えた。

——もしかして、しばらくの間気を失っていたのかもしれない。気がつけば仰向けで、額《ひたい》に唇を寄せられていた。

「彩乃、ずっと会いたかった。どこの国へいっても、彩乃のことがずっと頭のなかにあったよ」

雄一の囁《ささや》きが、砂糖菓子よりも甘く彩乃の耳に響く。

「私も……私だって、ずっと会いたかったです。毎日毎日、雄一さんのこと、想って……」

雄一は、彩乃を抱いたままぐるりと半回転し、自分の身体の上に彩乃を乗せた。頬に触れる雄一の肌が、自分のものであるかのようにしっくりくる。

彩乃は、雄一の肌をそっと掌《てのひら》で撫でた。

「もっと触っていいよ。っていうか、触ってほしい。彩乃の手、すごく気持ちいい。柔らかくてあったかい。触ってもらってると、安心する」

雄一に乞われて、彩乃は彼の胸の筋肉をゆっくりと掌《てのひら》でなぞった。硬い筋肉が、彩乃の掌《てのひら》の下で微かに躍動する。

「くすぐったいですか？」

「いいや。……すごくいいよ。ぞくぞくする」

思い切って雄一の肌に唇を寄せ、少しだけ舌を這わせてみる。雄一の手が、彩乃の肩から髪の毛へと移動し、やんわりと指をからませてきた。

頭を導かれるままに唇を下へ移すと、胸筋よりもさらに硬く割れた腹筋に舌が触れた。

「男の人の身体が、こんなにも官能的なものだとは思わなかったです」

彩乃が言うと、雄一は軽く笑い、上に乗せた彩乃ごと身体をゆらりと揺すった。

「気に入った？　俺の身体。だったら、もっと好きにしていいよ。彩乃がしたいようにしてみて。……そうしてる彩乃を見せてくれる？」

雄一は、背中に枕を当て、少しだけ起き上がった姿勢になる。そして、片腕を自分の頭の下に置いて、彩乃を眺める準備をした。

彩乃はうつむいたまま頷《うなず》き、雄一の硬い筋肉の縁《ふち》を舌でなぞり始める。

唇を下へと移動させていくにしたがい、雄一の男性器の熱を否が応でも感じてしまう。いつの間にか、彼の屹立《きつりつ》から避妊具は取り払われていた。どうすればいいのかわからない。だけど、それが愛おしくてたまらないことだけはわかっている。

「雄一さん……私、どうかしちゃったのかもしれません……。外、雪が降りそうなくらい寒いのに、身体が熱くて……。なんだか、すごく……」

「またエッチな気分になってるんだろ？」

顔を上げると、彩乃の髪にからんでいた指に力が入った。

「キスする？　それとも、そのまま下へいくか？」

にんまりと笑う唇がたまらなく淫《みだ》らだ。彩乃の身体が、くり返しやってくる戦慄《せんりつ》に震え始める。

「キスをして……それから、下へいきます」

彩乃は自分から身を乗り出し、雄一の腰を両脚で挟み込んだ。そして、彼の頬に掌《てのひら》を添え、そっと唇を合わせた。キスはぎこちないものだし、彩乃はまだなんのテクニックも持たない。だけど、雄一の舌に巧みに誘導され、たっぷりとしたキスをお互いが心ゆくまで堪能《たんのう》した。

唇を離し荒い息をついていると、雄一が彩乃の髪を優しく撫でる。

「無理、しなくていいぞ?」

そう言っている雄一の瞳は、言葉とは裏腹の嗜虐的《しぎゃくてき》な光を放っている。

「無理なんかじゃありません。そう……したいんです。いつも雄一さんがしてくれているみたいに、私も雄一さんに……キス……したいです」

彩乃は、雄一の顎《あご》に唇を移した。そして、雄一がそうしてくれるように、顎《あご》の丸味にそって軽くかじってみる。ちくちくとした髭《ひげ》が唇を刺し、その刺激がまた彩乃を夢中にさせる。突起した喉仏にそっと舌を滑《すべ》らせ、逞《たくま》しい胸板にくり返し頬ずりをする。腹筋に唇を寄せて、その硬さを舌で味わう。

(雄一さん、お臍《へそ》の形までかっこいい)

恋人にここまで魅了されている自分に呆れながらも、そこまで愛している人に想われているという喜びに全身が酔いしれる。

顎《あご》のすぐ下に雄一の屹立《きつりつ》を感じて、彩乃はそれに吸い寄せられるように唇を寄せた。どこをどうしてあげたら気持ちいいとか、ろくに知らない。でも、唇に雄一を感じた途端、自然にそれを口に含んでいた。

びくりと跳ねあがる口のなかのものを、丁寧に舌で舐めまわす。到底全部口に収めることなんかできない。それにもどかしさを感じながら、彩乃は屹立《きつりつ》に舌を這わせ、硬く反り返った括《くび》れを唇で締めつけた。力強く滑《なめ》らかなそれは、綺麗な鴇色《ときいろ》をしている。心の底から愛おしく想う雄一のパーツは、それだけでも彩乃を魅了してやまない存在であるみたいだ。

「彩乃……。そろそろ限界だ――」

突然身体を起こした雄一は、そのまま彩乃を仰向けに押し倒した。ビニールを破る小さな音。それを聞いただけで、彩乃の全身は熱く粟立《あわだ》ってしまう。

「気持ちよくて、どうにかなりそうだった」

「よかった……。私も、気持ちよかったです」

ふたりの唇が重なり、濃厚にからみ合う。彩乃のなかに、ゆっくりと忍び込むようにして雄一が入ってきた。ふたりがひとつになるということが、こんなにも自然だなんて――

雄一の力強い脈動を感じながら、彩乃はくり返し彼の名を呼び、悦楽《えつらく》のなかで咽《むせ》び啼《な》いた。

その夜は、二人ともただ夢中でお互いを求め合い、身体を交わらせた。疲れ果て、抱き合ってキスをしているうちに、いつの間にか眠ってしまったみたいだ。

雄一のリクエストに応えて、その日の朝食は玉子粥《たまごがゆ》と具だくさんのお味噌汁にした。向かい合ってテーブルに座り、いただきますを言う。

「彩乃、今日は何時から仕事なんだ？」

「今日は十二時半からです」

「じゃ、終わるのは夜の九時だな。今日もここに帰ってこれるか？」

「はい、大丈夫です」

念のため、着替えは多めに持ってきていたし、アパートのほうも特に問題はない。

「そうか。じゃあ、晩御飯作って待ってる」

「え？　雄一さんが作るんですか？」

「そうだよ。これでも、切って放り込むだけの煮込み料理は得意なんだ」

その日仕事を終えた彩乃は、急いで帰りの電車に乗った。

ホテルから雄一が待つ家までは、約四十分の道のりだ。電車のなかから雄一に連絡を入れる。

『駅まで迎えにいくよ』

そう言ってくれた雄一に甘えて『はい』と返信した。

彼が駅まで迎えにきてくれる。そう思うだけで、なんだか顔がにやけてしまう。

(しばらく取材旅行はお休みだって言ってたけど、いつまでお休みなのかな……。いつまで日本にいられるんだろう……。そのあとはどうするのかな)

帰ってきた慌《あわた》だしさで、まだ今後の予定については詳しく聞いていない。だけど、聞くのが怖いような気もする。

今度はどのくらい長く旅行にいくんだろう?

その後は？　またその次の、その後は?

雄一と両想いになった喜びに浸《ひた》りながらも、今度いつ離れ離れになって、それがどのくらい続くのかを思うと気が沈んでしまう。

(イギリスだもんなぁ。遠い、遠すぎる遠距離恋愛だよね)

「はぁ……」

知らず知らずのうちにため息をついていた。幸せな時期であるはずなのに、気がつけばふたりの将来についての漠然とした不安に囚われている。

こんなに幸せなのに、バチがあたる。そう思いながら最寄駅に着いた。

「彩乃」

バスロータリーのほうから、雄一が歩いてくるのが見えた。少し雨が降っている。雄一は、傘を一本しか持っていない。雨といっても細かな粒がさらさらと降りかかっているだけだから、ふたりで入っても大丈夫だろう。

「おかえり。早かったね」

「電車、一本早いのに乗れたので」

「そうか。俺に早く会いたくてそうしたの？」

雄一が、彩乃の顔をひょいと覗《のぞ》き込んで言った。

「え、どうしてわかった……んですか？」

「だって、俺の顔を見た途端、すごく嬉しそうな顔したから。ははっ、今の惜しかったな。もうちょっとでタメ口きいてもらえたのに」

「あ、確かに」

「俺もすごく嬉しそうな顔してるだろ？　今日一日うきうきしてたよ。彩乃と同じ国にいる、もうじき彩乃が帰ってくるって思って。彩乃は？」

「私もうきうきしてました。谷さんに、顔がにやけてるねって言われちゃうくらいに。あ、もちろん仕事はちゃんとこなしましたよ」

十二月の忙しい業務のなかで、無意識に微笑んでいられたのはコンシェルジュとしていいことだ。そしてそれは、雄一のおかげだった。

「さぁ、帰ろう」

雄一が傘をさし、彩乃の左肩を抱いた。しばらくの間、他愛ない話をしながら歩く。

ふと雄一が傘を横に向けると、すでに雨は上がっていた。

「寒くないか？」

「はい、ちっとも。だって、雄一さんと一緒だから」

「俺も、彩乃を抱いているからあったかい。雨、上がってよかったな。イギリスじゃあ、こんな感じの霧雨がずっと続いたりするけど、ほとんどの人は傘なんかささないよ」

話しながら雄一は、彩乃の肩を抱いたままでいる。

「眼鏡の人は困りますね」

「そうだなぁ」

こんな何気ない会話が、すごく嬉しい。

ゆっくりと歩いて帰り、家の前にたどり着く。

「この壁もだいぶガタがきてるな。ここもメンテナンスをかけたほうがいいかもしれない」

木製の塀に沿って歩くと、一段高くなった先に庭の入り口がある。

「あれ？　表札……」

静香の旧姓は〝奥谷《おくたに》〟で、表札もそう書かれた立派なものがかかっていた。だけど、今それに代わっているのは、真新しい木製の表札で、名前が〝桜庭〟になっている。

「これ……桜庭って……」

「うん、祖母にもちゃんと話は通してある。詳しく話すから、なかに入ろう」

促《うなが》され、居間に入った。

「今夜はチキンムアンバ。アフリカのシチューだ。それと、ドイツワインも。はい、手を洗ったらすぐご飯にするよ」

そのまま洗面台に向かい、着替えをすませてから食卓に着く。

テーブルの上に並んだ料理は美味《おい》しそうで、ついお腹が鳴ってしまった。いただきますを言って口に入れる。

「これ、美味《おい》しいです！　すっごくコクがあって」

「だろ？」

「トマトとナッツですか？」

「うん。肉を焼いて煮込むだけ」

ワインを飲みながらシチューを食べ、レシピの話が終わったところで気になっていた質問をした。

「あの、表札の名前って――」

「うん、実は俺、日本に拠点を移そうと思ってね」

「えっ、日本に？　じゃあ、ここに住むんですか？」

「そうだよ。祖母がここを譲り受けるって聞いたときから、ずっと考えてたんだ。仕事のスケジュール調整が必要だったから、今まではっきりと言えなくてごめん。だけど、俺が世界中を駆け回った後、帰りたいのは彩乃のところしかないから」

ワイングラスを持つ彩乃の手が、かくんと脱力してテーブルの上に落ちた。嬉しすぎて、脳味噌がショートしてしまったみたいだ。

「幸い、俺の職業は世界中どこに拠点を置いてもできるものだ。祖母も、ここことイギリスをいったりきたりするわけだし、俺がこっちにいたほうがなにかと心強いだろ？　どうだ、いい考えだと思わないか？」

呆《ほう》けたように彼の話を聞いていた彩乃は、パチパチと瞬《まばた》きをしてようやく口元をほころばせた。

「お、思います。すごく思います！　あ……でも、前に言ってましたよね。ひとつのところにじっとしていられない性格なんだ、って。いいんですか？」

「いいもなにも、なんだって今その台詞《せりふ》が出てくるんだ。それはあくまでも仕事上のことだ。むしろ、彩乃という拠点を持ったほうが安心して自由に動き回れる」

「よかった……。そうしたら私、雄一さんが帰ってくるのを安心して待っていられます」

雄一はにっこりと笑って、彩乃の指先を両手で包んだ。

「そう言ってくれると思った。なにしろ、俺を見送るときの彩乃ときたら、今にも大声で泣き出すんじゃないかと思うくらい悲しそうな顔してたからなぁ」

「えっ……そう、でした？　私、そんなにわかりやすかったですか？」

雄一が砂漠の国へ旅立つ朝、彼は出版社に寄ってから空港へいくと、彩乃とはアパートの玄関で別れていた。実際、彼を見送った彩乃は、その後キッチンに立ったままポロポロと涙を流し、彼と両想いになれた喜びと、長く離れていなければいけない辛さとですっかりへこたれてしまっていたのだ。

「うん、だから見送りはアパートですませたんだ。そうでなきゃ、彩乃は空港からの帰り道、ずっと泣くのを我慢しなきゃならないだろうと思って。俺が思うに、彩乃って案外寂しがり屋だろ。俺がいない間も、結構あれこれ考えてたんじゃないか？」

「……なんでわかっちゃうんですか。私の心のなか、雄一さんにすっかり見透かされてるみたいです」

下を向こうとする彩乃の顔を、雄一の掌《てのひら》がすくった。

「彩乃は、俺に対して感情豊かに接してくれるだろう？　もちろん、初めからそうだったわけじゃないよ。初めて会ったときは、ものすごい作り笑顔だったよね。だけど、知り合って、だんだんとお互いのことがわかってきてから、感情がそっくり顔に出るようになった。それって俺には心を許してくれてる証拠だろ？　違った？」

そう言われてみれば、そうだ。好きという気持ちが先に立って、雄一にだけは自分の感情を隠すことができなくなっていた。

「彩乃は昔から頑張り屋だった。町会長もそう言ってたよ。だけど、なんでも頑張ってひとりでやろうと思うから、そのぶん人の助けを借りたり人に頼ったりするのが苦手だって」

雄一の言葉を聞いて、彩乃ははたと思い当たった。

「それって、私が父に対して思っていることと同じです。今気づきました。強がりの頑固者。私ったら、父と同じ性格をしてたんですね」

そう思うと、無性に父に会いたくなってしまった。会って話して、お互いの共通点を理解し合えば、もっといい親子関係を築いていけるのではないかと思う。

「きっと職業人として、すごくプライドを持って生きている人なんだろうな。そのぶん頑固なのかもしれないね。一度ぜひ会いたい」

「はい。だけど、覚悟してくださいね。ほんと頑固者ですから。……あ、でも雄一さんなら大丈夫かも」

「そうだといいな」

雄一は笑い、立ち上がって椅子ごと彩乃のすぐ横に移動してきた。

ワインを飲みながら、腕がくっつく距離で旅行中に起きた出来事や、ホテルで実施予定の新しいプランについて話をする。

「スィートプランっていうんですけど、要はプロポーズをするためのプランなんです。デラックス以上の部屋でディナーをとって、希望があればオプションでチャペルを貸し切りにすることもできるんですよ。もちろん、他にリクエストがあれば、その都度承《うけたまわ》ります」

もともとホテルでプロポーズするカップルは少なくはなかったし、プランという形で提供すれば、もっと利用客が増えるだろうと協議した結果だった。

「へえ。いいね、そんなサービスがあれば、男もあれこれと依頼しやすいだろうな。これって、もしかして彩乃が企画したものなんじゃないか？」

「ふふっ、実はそうなんです。と言っても、すでに他のホテルではそういったプランはありますし、私が企画したといっても、総支配人にいろいろとアドバイスをいただいたからこそのものですけど」

実際、似たようなプランは、すでに他のホテルで実施されている。ホテル・セレーネでも過去に企画段階までいったことはあったようだ。だけど各部署の連携が上手くいかず、結局は頓挫《とんざ》したままになっていた。そこで、彩乃はおよそひと月をかけて綿密に企画書を作成して、各部署に根回しをした上で提案してみたのだ。

「でも、あくまでも私は案を出しただけです。実際にいろいろと調整をしたのは企画部の人だし、私自身、企画しておいて本当に実現できるかどうかドキドキでしたから」

取り出したパンフレットの見本を開きながら、雄一はにこにこと笑っている。

「ふぅん、これで上手くプロポーズを受けてもらえたら、その次はこれ……ウェディングプランが用意されているわけだな」

雄一が指差した先には、幸せそうに微笑み合うカップルの写真が載せられている。

「はい、そうです。うちのホテルの教会って、すごく素敵なんですよ。シックで落ち着いてるし、私たちみたいな年齢の人たちからの評判がよくって――……」

彩乃ははたと口を噤《つぐ》み、何気ないふうを装って飲みかけのワインに口をつけた。

(うわ……っ、今、なんか変な感じになっちゃったよね？　まるで結婚を催促してるみたいだった？　うわぁ……)

顔を横にそむけ、もう一度振り向くと、そこには待ち構えていたかのような雄一の瞳があった。

「どうかした？　なんだか急に黙り込んじゃったけど」

にやにやと口元を緩《ゆる》めている彼は、きっと彩乃の胸の内を見透かしている。

「なんでもないですっ。ちょっと飲みすぎたかなって……。あ、明後日、庭師の方がお庭のメンテナンスにきてくれることになってます。私、ちょうどお休みなんですけど、雄一さんは――」

慌てて席を立った彩乃は、障子戸《しょうじ》を開けながら後ろにいる雄一を振り返った。

「うん、俺も立ち会えるよ。しばらくはここでのんびり身体を休めながら取材したことをまとめるから。たぶん、ひと月ちょっとかかるかな」

立ち上がった雄一が、彩乃を縁側《えんがわ》のガラス窓まで導く。

「あそこに枯れてるみたいになってる木があるだろ。あれ、毎年春になると綺麗な花が咲くんだ。もうずいぶんと見てないけど、俺がいたころに比べたらかなり大きくなったなぁ」

雄一が、樹高二メートルほどの木を指差す。家の明かりに照らされた夜の庭に、ひょろりとした枝がたわみながらからみ合っている一角がある。

「あの枝いっぱいに白い花がつくころ、祖母がこっちにくるらしいよ」

彩乃の記憶に間違いがなければ、それは三月頃に咲くはずだ。

「なんの花かわかってるみたいだな」

雄一が、彩乃の背後からゆったりと腕を回した。その胸がとても温かくて、彩乃はガラス越しに彼と目を合わせ、にっこりと笑う。

「雪柳、ですよね？　部屋をそれでいっぱいにしてほしいってリクエストをもらったとき、あれこれ調べました」

「当たり」

雄一の唇が、彩乃のこめかみに触れた。

「あれ、元々うちの祖母が祖父からプレゼントされたものなんだよ。祖父は、俺と違ってすごくダンディでロマンティックな人でね。祖母の誕生日に薔薇《ばら》と雪柳をアレンジした花束を贈ったんだ。当時、まだここに住んでいた祖母は、それを挿し木《さき》にして庭で増やすことに成功した」

「そうだったんですか。だとしたら、この庭は静香さんにとって大切な想い出の花が咲いている場所なんですね」

「ああ、だからここが空き家になったと聞いて、いても立ってもいられなくなったんだろうな。ロンドンの家でも雪柳を育てているけど、ここのものを移植したわけじゃないんだ。植物の持ち出しは、いろいろと手続きが面倒だし、元々あったところから動かしたくはなかったんだろう」

雄一はそう言って、彩乃の正面に向きなおる。そして、唇に軽く口づけて、彩乃の瞳にしっかりと視線を合わせた。

「彩乃の写真を見たとき、なぜかこの花のことが思い浮かんだ。白くて可憐で。……だからかな、初めて見た顔なのに、すごく親しみを感じたんだ。可愛いなって思った。今にして思えば、いろんなことが俺と彩乃を出会わせてくれていたんだろう」

彩乃と雄一を結びつけてくれたものは、静香が夫からプレゼントされたペンダントだけではなく、彼が子供のころから親しんでいた雪柳のおかげもあったかもしれない。

「うちの両親が、彩乃にすごく会いたがってるんだ。祖母からさんざん聞かされているから、ほっといたら、今度祖母と一緒にここに乗り込んでくるかもしれない。そうなったら、会ってやってくれる？」

雄一の誘いに、彩乃は急に真顔になって背筋を伸ばした。

「は、はいっ。喜んでお会いします！」

今は十二月。

会うまでにまだあと三か月ちょっと猶予《ゆうよ》がある。それまでに、なにか準備しておくことはないだろうか？　イギリス風のお茶の作法？　でも、ここは純和風家屋だから、庭のテーブルでティータイムにしたほうがいい？　あぁ、でもそもそもみんな日本人だし、だけど、もう日本を離れて久しいんだし――

頭のなかをいろんな考えが浮かんでは消え、彩乃は自分でも気づかないうちに難しい顔をしていたみたいだ。

「そんなに怖い顔をしなくても大丈夫だよ。彩乃は普段通りにしていればいいから。ふたりとも、彩乃がどんなにいい子で可愛いお嬢さんかってことは、祖母から嫌と言うほど聞かされているだろう」

雄一が笑い、彩乃の頬を軽くつねった。彩乃も安心して表情を緩め、ほんの少し頬を膨らませる。

「……可愛いな、彩乃。すごく可愛いよ」

彩乃の額《ひたい》に、雄一の唇がそっと触れた。

夜の庭には、また静かな雨が降り注ぎ始めている。

書き下ろし番外編

モロッコ～ふたりの砂漠紀行～

雄一が日本に拠点を移してから十か月が経った。

彩乃は今も変わらずホテル・セレーネのコンシェルジュとして勤務している。

街の風景もすっかり秋らしくなった九月最後の週に、彩乃は一週間の夏季休暇をとって雄一とともに機上の人となった。

旅の目的地は、砂漠と海に囲まれた魅惑の地モロッコ王国。

今回の旅はふたりにとって初めての海外旅行であり、彩乃にとっては人生初のアフリカ大陸になる。

『どこに行きたい?』

雄一に聞かれ、その国を選んだのは、彼から再三聞かされている「砂漠」そのものを自分でも体感してみたいと思ったから。「砂漠」のなにがそれほどまでに彼をひきつけてやまないのか、少しでも理解して気持ちを分かち合いたいと強く願ったからだ。

成田空港からドバイ経由で、丸一日かけてモロッコに入る。

現地の平均気温は二十六度。朝晩の温度差は激しいが四季があり、今はちょうど日本でいうところの秋のような気候だ。

旅慣れた雄一に連れられ、電車で迷宮都市フェズを目指す。旧市街を探検し、モスクや霊廟《れいびょう》の壁に施された細かなアラベスク模様に見惚《みと》れる。

次の日は、雄一の友人のアジズという若者の運転で一路「青の街」として有名なシャウエンに向かう。

街に続く小さなゲートをくぐると、そこはもうおとぎ話のような世界だ。

建物の壁や道路、階段は青く塗られ、あちこちに飾られているカラフルな置物や装飾品を美しく浮き立たせている。

彩乃は街をそぞろ歩き、目に留まるものの前で立ち止まっては感嘆の声を上げた。

「あ、猫！」

見ると、目前の坂に何匹もの猫がいる。人懐《なつ》っこく近づいてくる子猫を愛《め》でながら歩いていると、雄一に「うっかりついていくと、確実に迷子になるぞ」と笑いながら脅されてしまった。

「あっ、いけない」

気がつけば、そばにいたはずの雄一から少しだけ離れてしまっている。彩乃は慌てて猫にさようならを言って彼のそばに駆け寄った。

にこやかに微笑む雄一が、彩乃の手を取って顔を覗き込んできた。

「おかえり」

「ただいま。ほんと、ここって迷路みたいですね。一度迷子になったら、そのまま別世界に入り込んじゃいそう」

「大丈夫だ。俺がそばにいる限り、彩乃をどこにも行かせないよ」

強い視線で見つめられ、一瞬胸がドキリとする。

「は……はいっ……」

異国の地にいる彼は、日本にいるときよりも格段に野性的でセクシーに見える。

散策が終わると、アジズの親戚の家に招かれてモロッコの家庭料理をごちそうになった。

雄一は全員と顔見知りであるらしく、彩乃を皆に紹介してくれた。彼らは明るく朗らかで、どこか雄一に通じるところがある。

目がぱっちりとした小さな男の子が、彩乃に切り分けたメロンを勧めてくれた。雄一が彼を抱き上げて、こちょこちょと脇をくすぐる。男の子は大口を開けて笑い、それを見る周りの者まで釣られて笑い出した。

（雄一さん、なんだか生き生きしてるなぁ）

彩乃は、一緒に笑いながら雄一を眩《まぶ》しく見つめる。

おそらく世界中を渡り歩く彼には、いった先々に親しく話す友達がいるのだろう。日本に拠点を移したあとにも、彼のもとにはひっきりなしに渡航を要する仕事が舞い込んでいる。雄一にとって旅は生活の一部であり、今の彼は自宅で執筆活動をしているときよりも、格段に楽しそうだ。

三日目は早起きをして朝食のあと、すぐに車に乗り込んだ。昨日に引き続きアジズが運転する車で、アトラス山脈を越えてまっすぐに砂漠の町メルズガを目指す。途中、休憩を挟みながら走ることおよそ十時間。

町には世界各国からの観光客が十数人おり、通りすがりに微笑みを交わしたり、手を振り合ったりした。宿に荷物を置き、着替えをする。

彩乃は、事前に雄一が用意してくれていたカフタンという民族衣装を着た。胸元や袖に花の刺繍《ししゅう》が施されたそれは、淡い金色で生地がサラサラとして気持ちがいい。

「なんだか、現地の人になった気分……。それに、すごくゴージャス！」

旅に出る前の調査によれば、カフタンは正装として結婚式にも着用されるものらしい。リュックサックに必要なものを詰めていると、別室で着替えを済ませた雄一が背後から声をかけてきた。

「着替え終わったか？」

「はい。あ……」

返事をして振り返るなり、彩乃は呆《ほう》けたようにポカンと口を開けた。

近づいてくる雄一は青色のカンドゥーラという民族衣装に身を包み、頭には同色のターバンを巻いている。

その姿が、恐ろしくかっこいい――

もともと雄一は筋骨たくましく、エキゾチックな美男だ。

まるでアラブのシークといった彼を前にして、彩乃は声も出せずその場に立ちつくす。

「彩乃、すごく似合ってるよ。本当に綺麗すぎる……砂漠の王女様さながらだな」

身に余る言葉をかけられ、彩乃は恥じ入って頬を熱くする。

「あ、ありがとうございます。雄一さんこそ、素敵です！　素敵すぎて私、もう……」

「もう、なに？　惚れ直した、とか？」

彩乃は大きく頷《うなず》いて、顔全体を赤く染めた。

「素直だな、彩乃は」

雄一が、彩乃の前髪を指で梳《す》いた。そして、愛おしそうに額《ひたい》を指の背で撫でると、白い歯を見せてにっこりと笑う。

「じゃあ、いこうか。その前に、日焼けと砂対策をしておかないと」

雄一が彩乃の前にカフタンと同系色の長いヴェールを掲げた。彼に任せてじっとしていると、あっという間に頭と口元をグルグル巻きにされる。

「苦しくない？」

「いいえ。ちょうどいい感じです」

外に出て、待っていたアジズと合流する。少し歩くと、そこはもうサハラ砂漠だ。

雄一の手を借りて、伏せの格好で待ってくれている白いラクダに乗せてもらう。

おっかなびっくり座っていると、ラクダが立ち上がり、いきなり視界が三メートルくらいの高さになる。

「結構揺れるから、振り落とされないようにな」

「ゆ、雄一さんは一緒に乗らないんですか？」

「荷物があるし、俺はラクダを引く役に回るよ。じっくりそこからの景色を堪能《たんのう》して。なにかあったら、すぐに声をかけてくれればいい」

雄一が、そういって彩乃に向かって手を振る。うしろを振り返ると、いつの間にか彩乃の腰の後ろに結構な量の荷物が載せられていた。

時刻は午後五時。さすがに昼間の暑さも少しだけ和《やわ》らいだような気がしている。

サハラ砂漠と言えば、アフリカ大陸のほぼ三分の一を占める大きさだ。彩乃はしばらくの間、砂漠の巨大さに圧倒され、言葉もなく周りの景観の美しさに酔いしれた。

空は雲ひとつなく、どこまでも青い。四方は遥《はる》か向こうまで広がる砂の丘陵のみ。

先を行く雄一は時折り辺りを見回しながら、砂に足を取られることもなく悠然と歩いている。

その姿を見て、彩乃はふと彼の背中にしがみつきたいという衝動に駆られた。そのまましじっと雄一の一挙手一投足を見つめていると、ふと振り返った彼が彩乃を見て投げキスをする。

(もう、雄一さんったら!)

彩乃は密かに照れて、忍び笑いを漏らす。

時間が経つにつれてだんだんと日が落ちてきて、砂漠の色が一段と濃いオレンジ色に染まっていく。見渡す限り続く大地と砂紋《さもん》の陰影が、息を呑むほど綺麗だ。

彩乃は目の前の景色に畏怖《いふ》の念を抱きつつ、感動に心を震わせた。

「さあ、着いたぞ」

ラクダに乗って、およそ二時間。到着した砂の窪地《くぼち》には、テントがポツンと一張りだけ。まわりには、キャンプファイヤー用の薪《まき》が置かれ、その近くには大判の敷物が広げられた屋根付きのスペースがある。

「ここ、私たちだけですか?」

出発したときは、ほかにも何組かラクダに乗ってキャンプへ向かう観光客がいた。しかし、今いるのは自分たちふたりと、一頭のラクダだけ。さっきまであとをついて歩いていたはずのアジドは、知らない間にかいなくなってしまっている。

「ああ、そうだ。これまでは割とポピュラーな観光地を回ったし、人も大勢いたけど、ここだけは、な」

雄一曰《いわ》く、一般的な観光客用の砂漠ツアーだと、大勢の人たちと交流したりして賑《にぎ》やかに楽しむことはできる。しかし、それでは彼が望むような「砂漠」を、彩乃に体感してもらえないかもしれないと思ったのだという。

「最近は砂漠の観光地化も進んで、人が大勢集まるようになった。それはそれで現地の人たちの収入源になるし、彼らのためになるなら俺は大歓迎だ。だけど、砂漠は俺にとって心がまっさらになれる特別な場所でもある。彩乃には、本当の『砂漠』を見てもらいたいと思ったんだよ」

なるほど、ここは果てしなく広がる砂の大地と暮れゆく大空しか見えない。人の声はもちろん、車やバギーを走らせるエンジンの音も聞こえず、シンとして静かだ。

雄一が薪《まき》に火を点《つ》けた。キャンプファイヤーが辺りを照らす頃には、もうすっかり日が落ちて空にうっすらと星が見え始める。

彩乃は彼とともにタジン鍋で料理をし、出来上がったものをアラビアパンと一緒に食べた。

「うわぁ、おいしい！　このオムレツも絶品です」

雄一が追加で作ってくれたオムレツには、トマトとチーズがたっぷりと入っている。

「美味《うま》いだろ？　これ、以前アジドの親父さんに作り方を教えてもらったんだ」

聞けば、アジドの家族はここからさほど遠くない砂漠のオアシス付近に住んでいるらしい。

「彼らは、遊牧民みたいに場所を変えながら暮らしているんだ。もっとも、アジドはほとんど街にいて、めったに家族がいるテントには帰らないみたいだけど」

「そうなんですか」

「うん。彼は今、いろいろな国の言葉を勉強してる。これから先、もっと仕事をして、大きな町に家を建てたいそうだ。それはそうと、アジドのやつ、カフタンを着た彩乃を見て顔を真っ赤にしてたな。俺がエスコートしてるってのに、あれは状況が許せば本気で彩乃を嫁にほしいって顔だ」

「よ、嫁にって……まさかそんなこと――」

「いや、俺の勘は結構当たるんだよ。もちろん、彩乃に手出しなんかさせないがな」

チラリと流し目を送られ、途端に頬が焼ける。話しながら食事を終え、屋根の外に出て熱くて甘いミントティーを飲みながら空を眺めた。満天の星の中に、美しく色変わりしている天の川が見える。見つめていると、そのまま空に吸い込まれてしまいそうだ。

「言葉では言い尽くせないほど綺麗ですね。こんなに美しい景色、生まれて初めてです」

時折り、流れ星が夜空に長い光の線を描く。聞こえてくるのは、薪《まき》が爆《は》ぜる音と近くにいるラクダの息遣いだけ。

そんな静けさの中にいる彩乃は、まるで世界中に自分たちしか存在しないのではないかという感覚に陥《おちい》ってしまう。思わず小さく身を震わせると、雄一がすぐに肩を抱き寄せてくれた。

「砂漠って、奥深いですね。ものすごく魅力的で綺麗だけど、とても怖いです」

彩乃は彼に身を寄せながら、砂漠の底知れぬ美しさと恐ろしさを、身をもって体感する。まだ到着して数時間ほどしか経っていないし、怖い目にあったわけではない。しかし、今対峙している圧倒的な大地と空の風景が、彩乃の目に自然の計り知れない力を見せつけていた。

「だいぶ寒くなってきたな」

雄一が彩乃の両脚を腕に抱え、身体ごと自分の膝の上に移動させた。そして、寒くないよう傍《かたわ》らに置いてあったショールで自分たちをすっぽりと包み込んだ。一気に距離が縮まり、どちらともなく唇を寄せ合い、そっとキスをする。

愛おしさが募ってきて、彩乃は雄一の身体に強く腕を巻きつかせた。彼が彩乃の額《ひたい》に、くり返し頬をすり寄せてくる。

彩乃はくすぐったさに身をよじり、笑い声を上げた。

「ふふっ、雄一さんったら、シャウエンで見た猫みたい」

「あの猫よりも、よっぽど懐《なつ》いてるぞ。だろ?」

彩乃が首を縦に振ると、雄一も頷《うなず》いて満足そうな微笑みを浮かべる。

「雄一さん、この国に来てから、ずっと生き生きしてますよね。砂漠に来た今日は、特に。見てるだけで、嬉しくなっちゃいます」

「そうか? 確かに自分でも生き生きしていると思うよ。だけど、彩乃……嬉しくなるって言う割には、顔がすごく寂しそうだ」

ズバリと指摘され、彩乃はハッとして唇を固く閉じる。

「なにか言いたいことがあるんだろう? 言ってごらん。包み隠さず、全部。そうでなきゃ、くすぐりの刑だぞ」

雄一に笑いながら脅され、彩乃はあわてて手足をばたつかせた。

「い、言います! 言いますから!」

雄一が納得したように頷《うなず》いた。一見ふざけているように見えるが、彼の瞳には真剣な色が宿っている。

「旅をしている時の雄一さんは、すごく素敵です。男らしくてかっこよくて。日本にいる時よりも、ずっと楽しそうで魅力的で。だから、また少し寂しく感じてしまって……」

彩乃は口ごもり、視線を下に向けた。すると、雄一が彩乃の顎をすくい、ゆっくりと唇を合わせてくる。

「うん、それから？」

彼に促され、彩乃はためらいつつも、また口を開く。

「雄一さん、本当はもっとたくさん旅をして、もっともっといろいろな国に行きたいんだろうなって。日本にいて机の前に座ってるより、実際に旅をしている時のほうが充実してるんだろうなって……。だって、砂漠はこんなにも人を魅了するし、世界には素敵な場所がたくさんある……。それに、今の雄一さんは、日本にいる時よりも何倍も幸せそうに見えるから――」

本当は、そんなことまで言うつもりはなかった。しかし、つい気持ちが高ぶって話す口が止まらなくなってしまったのだ。

「ごめんなさい。お付き合いを始めるとき、雄一さんの仕事や生き方、全部ひっくるめて大好きだって言ったくせに、私ったら雄一さんを困らせるようなことを言ってしまって――」

「いや、ぜんぜん困らない。むしろ、そうやって寂しく感じてくれて嬉しいよ」

雄一が、彩乃の顔のパーツをひとつひとつキスで辿《たど》っていく。その優しい感触に、彩乃はうっかり泣きそうになってしまう。

「日本に拠点を移したといっても、仕事柄、家を空けることは多いし、彩乃が寂しく思うのは当然だよ。その気持ちは、すごくよくわかる。……だって、俺自身もそうだからね。彩乃を残して旅の空の下にいると、彩乃が恋しくてたまらなくなるときがある。無性に会いたくて、今みたいに抱きしめたくなるんだ」

雄一が彩乃を抱いたまま立ち上がり、テントの中に移動をした。外気から遮断されたそこは、彼が用意した充電式のヒーターのおかげで、ほどよく暖まっている。

彼は、彩乃とともに分厚いマットレスの上に横になった。そして、くり返し唇を合わせてくる。

「もっとたくさん旅をして、いろいろな国に行きたいのは事実だ。だけど、それと同じくらい——いや、それ以上に彩乃と一緒にいたいと思う気持ちが強い。今の俺が日本にいるときより幸せに見えるのは、彩乃が一緒だからだ。俺にとって特別な場所に、彩乃が一緒にいてくれているからだよ」

雄一のヘーゼル色の瞳が、星のように綺麗に瞬《またた》いて彩乃をじっと見つめてくる。

「彩乃と付き合うようになってから気づいたんだが、俺は自分が思っている以上に寂しがり屋だったらしい。彩乃は海外にいる俺を、今回初めて見るだろう？　一人で旅に出ているときの俺は、彩乃が思ってるほど生き生きしていない。もちろん、仕事はきっちりやる。だけど、彩乃がそばにいないせいで、夜は結構しょぼくれて情けない状態になったりするんだ」

雄一が、やや恥ずかしそうな顔をしながら、彩乃の頬に鼻筋をこすり付けてきた。

「彩乃と出会う前の俺は、一生旅人として、どこにも根を張らずに生きるんだと思っていた。だけど、今は違う。日本に定住しようという気になって、実際にそうした。それは、そこに彩乃がいてくれるからだ。彩乃、愛してる。心から大切にするし、生涯をかけて護《まも》りたいと思う。だから、日本に帰ったらすぐにでも籍を入れよう。心と身体だけじゃなく、書類上も彩乃と繋がっていたいんだ。ダメか？」

プロポーズはされていたし、双方の家族への報告をすませ、もうすでにふたりは雄一の家で同居中だ。しかし、結婚の具体的な話は、お互いの忙しさもあってなんとなく先送りになってしまっていた。

思いがけない告白をされて、彩乃は驚きつつも彼のほうに身を乗り出す。

「ダメじゃない……。ダメじゃないです」

「本当か？　ああ、よかった！」

雄一がガッツポーズを取るなり、彩乃に貪《むさぼ》るようなキスをしてきた。そして、カフタンの前を開けて零れ出た乳房にきつく吸いついてくる。

「雄一さ……あ、ああんっ……！」

「彩乃……愛してる。これは、言わば結婚前のプレ・ハネムーンだ。……ってことで、これはもう必要ないよな？」

雄一が、どこからか取り出した避妊具の箱をカタカタと振る。

将来的に子供を作る話は、以前彼としたことがあった。その結果、環境さえ整えばできるだけ早く、という意見でまとまっている。

「はい……」

彩乃は頷《うなず》きながら返事をして、彼の首に腕を巻きつかせる。

「ブエエエエッ！」

ふたりの声が、余程うるさかったのだろう。テントの外で、突然ラクダが不満そうに鳴き声を上げた。

ふたりは顔を見合わせて、プッと噴き出す。そして、笑いながらキスをして、お互いの温もりを全身で感じ合うのだった。

恋愛小説「エタニティブックス」の人気作を漫画化!

Eternity COMICS

総務部の丸山さん、イケメン社長に溺愛される

漫画 水口舞子 Maiko Mizuguchi
原作 有允ひろみ Hiromi Yuuin

アパレル企業の総務部で働く丸山里美《まるやまさとみ》は、何故か昔から存在感がとても希薄で、“総務部の幽霊さん”とあだ名されるほど。そんな里美が、自分とは正反対の華やかで人目を引く、勤め先の社長・健吾《けんご》に告白された！　一時の気まぐれだろうと思う里美。でも、健吾のほうは本気も本気、里美に甘く迫ってきて……!?

B6判　定価：本体640円＋税　ISBN 978-4-434-25250-1

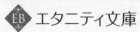

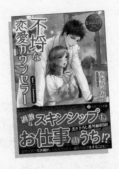

本書は、2017年2月当社より単行本として刊行されたものに、書き下ろしを加えて文庫化したものです。


この作品に対する皆様のご意見・ご感想をお待ちしております。

おハガキ・お手紙は以下の宛先にお送りください。

【宛先】

〒150-6008 東京都渋谷区恵比寿4-20-3 恵比寿ガーデンプレイスタワー 8F
（株）アルファポリス　書籍感想係

メールフォームでのご意見・ご感想は右のＱＲコードから、
あるいは以下のワードで検索をかけてください。

アルファポリス　書籍の感想　検索

ご感想はこちらから

エタニティ文庫

恋《こい》に落《お》ちたコンシェルジュ

有允《ゆういん》ひろみ

2020年5月15日初版発行

文庫編集－熊澤菜々子・塙綾子
発行者－梶本雄介
発行所－株式会社アルファポリス
〒150-6008 東京都渋谷区恵比寿4-20-3 恵比寿ガーデンプレイスタワー8F
TEL 03-6277-1601（営業）　03-6277-1602（編集）
URL https://www.alphapolis.co.jp/
発売元－株式会社星雲社（共同出版社・流通責任出版社）
〒112-0005 東京都文京区水道1-3-30
TEL 03-3868-3275
装丁イラスト－芦原モカ
装丁デザイン－ansyyqdesign
印刷－中央精版印刷株式会社

価格はカバーに表示されてあります。

落丁乱丁の場合はアルファポリスまでご連絡ください。

送料は小社負担でお取り替えします。


ISBN978-4-434-27413-8 C0193